4
3/10
3/17 5

6/08

Ángeles fugaces

Ángeles
fugaces

Tracy Chevalier

Traducción de José Luis López Muñoz

ALFAGUARA

Título original: Falling Angels
© 2001, Tracy Chevalier
© De la traducción: José Luis López Muñoz
© De esta edición:
   2002, Santillana Ediciones Generales, S. L.
   Torrelaguna, 60. 28043 Madrid
   Teléfono 91 744 90 60
   Telefax 91 744 92 24
   www.alfaguara.com

• Aguilar, Altea, Taurus, Alfaguara S. A.
Beazley 3860. 1437 Buenos Aires. Argentina
• Aguilar, Altea, Taurus, Alfaguara S. A. de C. V.
Avda. Universidad, 767, Col. del Valle,
México, D.F. C. P. 03100. México
• Distribuidora y Editora Aguilar, Altea,
Taurus, Alfaguara, S. A.
Calle 80 nº 10-23
Santafé de Bogotá. Colombia

   ISBN: 84-204-5139-8
   Depósito legal: M. 13.945-2002
   Impreso en España - Printed in Spain

© Cubierta:
   Jordi Salvany

© Fotografías de cubierta:
   Hutton Archive / Getty Images

Para Jonathan, una vez más

Enero de 1901

KITTY COLEMAN

Hoy por la mañana me he despertado con un desconocido en la cama. La cabeza rubia que he encontrado a mi lado no era, sin duda, la de mi marido. No he sabido si horrorizarme o encontrarlo divertido.

Vaya, he pensado, he aquí una manera original de empezar el siglo.

Luego me he acordado de anoche y se me ha revuelto el estómago. Me he preguntado dónde estaría Richard en esta casa inmensa y cómo se habría previsto que cada oveja volviera con su pareja. Todos aquí —incluido el varón que tenía a mi lado— eran mucho más expertos que yo —que nosotros— en la mecánica de estas cuestiones. Pese a lo mucho que Richard faroleó anoche, estaba tan in albis como yo, pero mucho más interesado. Eso me dio que pensar.

Toqué con el codo al que dormía a mi lado, primero con suavidad y luego de manera más enérgica hasta que por fin se despertó con un resoplido.

—Fuera —dije. Me obedeció sin rechistar. Por fortuna no trató de besarme. Cómo soporté anoche su barba es algo que no entenderé nunca; supongo que el clarete contribuyó. Tengo las mejillas enrojecidas y llenas de arañazos.

Cuando ha aparecido Richard unos minutos después, sujetando su ropa hecha un lío, apenas he sido capaz de mirarlo. Estaba avergonzada y también enfadada; enfadada por sentirme avergonzada y sin esperar, sin embargo, que Richard sintiera lo mismo. Lo que peor me ha parecido es que se haya limitado a besarme, diciendo «Hola, cariño» antes de empezar a vestirse. Me ha llegado, desde su cuello, el perfume de la otra mujer.

Pero no me puedo quejar. Como he dicho con tanta frecuencia, soy una mujer sin prejuicios; me enorgullezco de ello. Ahora esas palabras me lastiman.

Sigo en la cama viendo vestirse a Richard y me descubro pensando en mi hermano. Harry siempre me tomaba el pelo por pensar demasiado; aunque se negaba en absoluto a reconocer que fuera responsable de haberme animado. Pero todas aquellas veladas en las que repasamos juntos lo que había aprendido de sus tutores por la mañana (decía que era para recordarlo mejor) ¿qué hicieron sino enseñarme a pensar y a expresar lo que pensaba? Quizá lo lamentó más adelante. Ahora no lo sabré ya. Acabo de terminar el luto que he llevado por él, pero algunos días es como si todavía sostuviera en la mano el telegrama.

A Harry le avergonzaría saber en qué han acabado sus enseñanzas. No es que haya que ser inteligente para este tipo de cosas; la mayoría de los que están ahí abajo son tan tontos como cubos, mi compañero de la barba rubia incluido. Nadie con quien mantener una verdadera conversación. Tuve que recurrir al vino.

A decir verdad, me tranquiliza no formar parte de este grupo; remar de cuando en cuando por sus bajíos es más que suficiente para mí. Richard, sospecho, no piensa igual, pero se casó con la mujer equivocada si quería esa clase de vida. O quizá fui yo quien escogió mal, aunque eso nunca se me hubiera ocurrido en otro tiempo, cuando estábamos locos el uno por el otro.

Creo que Richard me ha empujado a hacer esto para demostrarme que no es tan tradicional como yo temía. Pero ha tenido sobre mí el efecto contrario. Mi marido se ha convertido en todo lo que nunca pensé que llegara a ser cuando nos casamos. Se ha hecho vulgar.

Me siento muy triste hoy por la mañana. Papá y Harry se hubieran reído de mí, pero esperaba en secreto que el cambio de siglo nos cambiara a todos; que Inglaterra se deshiciera como por ensalmo de su raído abrigo negro para dejar al descubierto algo resplandeciente y nuevo. Sólo hemos gastado once horas del siglo veinte, pero sé perfectamente que nada ha cambiado a excepción de un número.

Basta. Hoy van a montar a caballo, algo que no es para mí. Me escaparé con una taza de café a la biblioteca en donde, sin duda alguna, no habrá nadie.

RICHARD COLEMAN

Pensé que estar con otra mujer me devolvería a Kitty, que los celos me abrirían de nuevo la puerta de su dormitorio. Dos semanas después, sin embargo, sigue sin permitirme entrar, igual que antes.

No me gusta pensar que soy un hombre desesperado, pero no entiendo por qué mi mujer es tan difícil. Le he proporcionado una vida decorosa, pero sigue siendo desgraciada, si bien no puede —o no quiere— decir por qué.

Es suficiente para empujar a cualquiera a cambiar de esposa, aunque sólo sea por una noche.

MAUDE COLEMAN

Cuando papi vio el ángel en la tumba vecina a la nuestra exclamó:

—¡Qué demonios!

Mami se limitó a reír.

Miré y seguí mirando hasta que me dolió el cuello. Se alzaba por encima de nosotros, un pie adelantado y una mano señalando al cielo. Llevaba una túnica de cuello cuadrado que le llegaba hasta los pies, y el pelo suelto, flotante hasta las alas. Miraba en mi dirección, pero por mucho que me empeñara en ponerme delante no daba sensación de verme.

Mami y papi empezaron a discutir. A papi no le gusta el ángel. No sé si a mami le gusta o no; no lo ha dicho. Creo que la urna que papi ha colocado en la sepultura de nuestra familia aún le gusta menos.

Quería sentarme pero no me he atrevido. Hacía mucho frío, demasiado frío para estar en contacto con la piedra y, además, se ha muerto la Reina, lo que, según creo, significa que nadie se puede sentar, ni jugar, ni hacer nada que le resulte cómodo.

Anoche, ya en la cama, oí que tocaban las campanas, y cuando ha aparecido la tata esta mañana me ha dicho que ayer se murió la Reina. Me he comido las gachas muy despacio, para ver si sabían distinto que ayer, ahora que la Reina ya no está. Pero sabían exactamente igual, demasiado saladas. La señora Baker siempre las hace así.

Toda la gente con la que nos hemos cruzado camino del cementerio iba vestida de negro. Yo llevaba un vestido de lana gris y un delantal blanco; me lo hubiera puesto de todos modos, pero además la tata ha dicho que estaba muy bien para una niña cuando alguien se moría. Las niñas no tienen que vestirse de negro. La tata me ha ayudado a vestirme. Me ha dejado que me pusiera el abrigo plisado blanco y negro con sombrero a juego, pero no estaba segura sobre el manguito de piel de conejo, y se lo he tenido que preguntar a mami, que ha dicho que daba lo mismo. Mami se ha puesto un vestido azul de seda y un chal, cosa que a papi no le ha gustado.

Mientras discutían acerca del ángel he hundido la cara en el manguito. La piel es muy suave. Luego he oído un ruido, como de alguien golpeando piedras y, al alzar la cabeza, he visto un par de ojos azules que me miraban por encima de la lápida vecina a la nuestra. Me he quedado mirándolos y, por detrás de la piedra, ha aparecido la cara de un chico. Tenía el pelo lleno de barro y lo mismo las mejillas. Me ha guiñado un ojo y luego ha desaparecido detrás de la lápida.

Mami y papi, que se habían alejado un poco por el camino para contemplar el ángel desde otra perspectiva, no vieron al chico. He caminado de espaldas entre las sepulturas sin perderlos de vista. Cuando vi que no miraban me escondí detrás de la lápida.

El chico estaba apoyado en ella, en cuclillas.

—¿Por qué tienes barro en el pelo? —le pregunté.

—He bajado a una tumba —dijo.

Lo miré con detenimiento. Tenía barro por todas partes; en la chaqueta, en las rodillas, en los zapatos. Incluso trocitos en las pestañas.

—¿Me dejas tocar la piel? —preguntó.

—Es un manguito —dije—. Mi manguito.

—¿Me lo dejas tocar?

—No —luego me dio vergüenza haber dicho aquello, de manera que se lo tendí.

El chico se escupió en los dedos y se los secó con la chaqueta antes de acariciar la piel.

—¿Qué hacías dentro de una tumba? —le pregunté.

—Ayudar a mi padre.

—¿Qué hace tu padre?

—Cava las tumbas, claro. Le ayudo.

Luego oímos un ruido, como de un gatito maullando. Nos asomamos por el borde de la lápida y una niña que estaba en el camino me miró directamente a los ojos, como había sucedido con el chico. Iba vestida de negro de pies a cabeza y era muy guapa, con ojos castaños muy brillantes, largas pestañas y piel como de nata. El pelo, también castaño, era largo y rizado y mucho más bonito que el mío, que cuelga sin vida como ropa puesta a secar y no tiene un color definido. La abuela lo llama rubio de agua de fregar, lo que quizá sea cierto pero no muy amable. La abuela siempre dice lo que piensa.

Aquella chica me recordó mis bombones preferidos, de avellana y nata, y me bastó mirarla para querer que fuese mi amiga íntima. No tengo una amiga íntima y he rezado para que se me conceda una. A menudo me pregunto —sentada en St. Anne y quedándome cada vez más fría (¿por qué están siempre tan frías las iglesias?)— si las oraciones sirven de algo, pero esta vez Dios me ha respondido.

—Utiliza tu pañuelo, Livy, cariño, así me gusta —la madre de la chica subía por el camino, con otra niña más pequeña de la mano. Las seguía un hombre alto con una barba de color zanahoria. La pequeña no era tan guapa. Aunque se parecía a la mayor, la barbilla no era tan puntiaguda, ni el pelo tan rizado, ni los labios tan carnosos. En cuanto a los ojos, eran más avellana que castaños, y lo miraban todo como si nada les sorprendiera. Al chico y a mí nos vio inmediatamente.

—Lavinia —dijo la chica mayor, que se encogió de hombros y agitó la cabeza para que se le movieran los rizos—. Mamá, quiero que papá y tú me llaméis Lavinia, no Livy.

Decidí en aquel momento y para siempre que nunca la llamaría Livy.

—No seas maleducada con tu madre, Livy —dijo el señor—. Para nosotros eres Livy y no hay más que hablar. Livy es un nombre precioso. Cuando seas mayor te llamaremos Lavinia.

Lavinia frunció el ceño mirando al suelo.

—Y ahora deja de llorar —continuó su padre—. Era una buena reina y ha vivido muchos años, pero no hay ninguna necesidad de que una niña de cinco años llore tanto. Además, estás asustando a Ivy May —señaló con la cabeza a su hermanita.

Miré de nuevo a Lavinia. Por lo que yo veía no estaba llorando en absoluto, aunque retorciera un pañuelo entre las manos. Le hice gestos para que se acercara.

Lavinia sonrió. Cuando sus padres le dieron la espalda se salió del camino y vino detrás de la lápida.

—También yo tengo cinco años —dije cuando estuvo a nuestro lado—. Aunque cumpliré seis en marzo.

—¿De veras? —dijo Lavinia—. Yo los cumplo en febrero.

—¿Por qué llamas a tus padres mamá y papá? Yo los llamo mami y papi.

—Mamá y papá es mucho más elegante —Lavinia miró fijamente al chico, arrodillado junto a la lápida—. ¿Cómo te llamas, por favor?

—Maude —respondí antes de darme cuenta de que no se dirigía a mí.

—Simon.

—Eres un niño muy sucio.

—No digas eso —le advertí.

Lavinia me miró.

—¿Que no diga qué?

—Es sepulturero, por eso está tan embarrado.

Lavinia dio un paso atrás.

—Aprendiz de sepulturero —dijo Simon—. Primero hacía de paje para un empresario de pompas fúnebres, pero mi padre me puso a trabajar con él en cuanto aprendí a utilizar la laya.

—Tuvimos tres pajes en el funeral de mi abuela —dijo Lavinia—. A uno le pegaron por reírse.

—Mi madre dice que ya no hay muchos funerales así —intervine—. Dice que son demasiado caros y que el dinero se debería gastar en los vivos.

—Mi familia siempre tiene pajes en sus funerales. También los tendré yo en el mío.

—¿Es que te estás muriendo? —preguntó Simon.

—¡Claro que no!

—¿También has dejado a tu tata en casa? —le pregunté, pensando que deberíamos hablar de otra cosa antes de que Lavinia se molestara y se fuese.

Se sonrojó.

—No tenemos tata. Mamá se las arregla muy bien sola.

Yo no conocía a ningún niño que no tuviera tata.

Lavinia miraba mi manguito.

—¿Te gusta mi ángel? —preguntó—. Mi padre me dejó escogerlo.

—Al mío no le gusta —afirmé, aunque sabía que no debería repetir lo que papi había dicho—. Lo ha llamado tontería sentimental.

Lavinia frunció el ceño.

—Bueno. A papá no le gusta nada vuestra urna. De todos modos, ¿qué le pasa a mi ángel?

—A mí sí que me gusta —dijo el chico.

—A mí también —mentí.

—Creo que es precioso —suspiró Lavinia—. Cuando vaya al cielo quiero que me lleve un ángel exactamente así.

—Es el ángel más bonito del cementerio —dijo el chico—. Los conozco todos. Hay treinta y uno. ¿Queréis que os los enseñe?

—Treinta y uno es número primo —dije—. Sólo es divisible por uno y por él mismo —papi acababa de explicarme los números primos, aunque no lo había entendido todo.

Simon se sacó un trozo de carbón del bolsillo y empezó a dibujar en la parte trasera de la lápida. Pronto había reproducido una calavera y unas tibias cruzadas: cuencas redondas, un triángulo negro para la nariz, hileras de dientes cuadrados y una sombra en un lado de la cara.

—No hagas eso —dije. No me hizo caso—. No está bien.

—Claro que lo hago. Montones. Mira a tu alrededor.

Examiné la tumba de nuestra familia. En la parte más baja del pedestal que sostenía la urna estaba garabateada una calavera diminuta y dos tibias cruzadas. Papi se enfurecería si se enteraba. Enseguida vi que todas las tumbas a nuestro alrededor tenían una calavera y unas tibias cruzadas. Nunca las había visto antes.

—Voy a dibujarlas en todas las tumbas del cementerio —continuó.

—¿Por qué lo pintas? —pregunté—. ¿Por qué la calavera y los huesos?

—Te recuerda lo que hay debajo, ¿no es cierto? Ahí no quedan más que huesos, da lo mismo lo que pongas en la tumba.

—Qué descarado —dijo Lavinia.

Simon se puso en pie.

—Voy a dibujar una calavera —dijo— en la espalda de tu ángel.

—Ni se te pase por la cabeza —le advirtió Lavinia.

Simon dejó caer al instante el trozo de carbón.

Lavinia miró a su alrededor como si se dispusiera a marcharse.

—Sé un poema —dijo Simon de repente.

—¿Qué poema? ¿Tennyson?

—No sé del hijo de quién.[*] Dice así:

> *Un joven de buena cuna*
> *despertó dentro de un féretro;*
> *es bastante acogedor,*
> *señaló, más bien molesto,*
> *pero nadie me había dicho*
> *que estoy muerto.*

—¡Vaya! ¡Qué cosa tan repugnante! —exclamó Lavinia. Simon y yo nos echamos a reír.

—Mi padre dice que a muchas personas las han enterrado vivas —explicó Simon—. Dice que las ha oído,

---

[*] Tennyson: en inglés «hijo de Tenny». (*N. del T.*)

arañando dentro de la caja, mientras les echa tierra encima.

—¿De verdad? Mami tiene miedo de que la entierren viva —dije.

—No soporto oíros —gritó Lavinia, tapándose los oídos—. Me voy —cruzó por entre las tumbas hacia sus padres. Yo quería ir detrás, pero Simon empezó a hablar otra vez.

—Mi abuelo está enterrado aquí, en el prado.

—No es posible.

—Te digo que sí.

—Enséñame la tumba.

Simon señaló una hilera de cruces de madera al otro lado del camino. Enterramientos de indigentes; mami me había hablado de ellos, explicando que se había reservado aquella zona para personas sin dinero.

—¿Dónde está su cruz? —pregunté.

—No tiene. Las cruces no duran. Plantamos un rosal, aquél, de manera que siempre sabemos dónde está. Lo robamos de uno de los jardines en la parte de abajo de la colina.

Se veía el tocón de un arbusto, podado para el invierno. Nosotros vivimos en la parte baja de la colina, y tenemos muchas rosas en el jardín. Quizá aquel rosal fuera nuestro.

—También mi abuelo trabajaba aquí —dijo Simon—. Igual que mi padre y yo. Decía que era el cementerio más bonito de Londres. No hubiera querido que lo enterrasen en ningún otro sitio. Tenía historias que contar sobre los otros cementerios. Montones de huesos por todas partes. Cuerpos enterrados sin nada más que un saco de tierra encima. ¡Imagínate el olor! —Simon agitó la mano delante de la nariz—. Y gente que robaba cuerpos por la noche. Aquí está al menos seguro y tranquilo, con el muro de separación tan alto, y los pinchos encima.

—Tengo que irme —dije. No quería parecer asustada como Lavinia, pero no me apetecía oír hablar del olor de los cadáveres.

Simon se encogió de hombros.

—Podría enseñarte cosas.

—Quizá otra vez —corrí para alcanzar a nuestras familias, que caminaban juntas. Lavinia me cogió de la mano y me la apretó y a mí aquello me gustó tanto que la besé.

Mientras subíamos de la mano por la colina, veía con el rabillo del ojo una figura, semejante a un fantasma, saltando de lápida en lápida, siguiéndonos primero y luego adelantándonos. Sentí que nos hubiéramos separado de él.

Le di un codazo a Lavinia.

—Es un chico curioso, ¿verdad? —dije, señalando con la cabeza su sombra mientras se escondía detrás de un obelisco.

—Me gusta —dijo Lavinia—, aunque hable de cosas horribles.

—¿No sería estupendo que pudiéramos escaparnos como hace él?

Lavinia me sonrió.

—¿Lo seguimos?

No esperaba que dijese una cosa así. Lancé una ojeada a los demás: sólo la hermana de Lavinia nos estaba mirando.

—Sí —le susurré.

Me apretó la mano y salimos corriendo en su busca.

KITTY COLEMAN

No me atrevo a decírselo a nadie porque me acusarían de delito de lesa majestad, pero me animó mucho saber que se había muerto la Reina. El aburrimiento que me dominaba desde el primer día del año se desvaneció y tuve que esforzarme mucho para parecer adecuadamente seria. El cambio de siglo fue tan sólo un cambio de números, pero ahora hemos de lograr un verdadero cambio de liderazgo, y estoy convencida de que Eduardo nos representará mejor que su madre.

De momento, sin embargo, nada ha cambiado. Se esperaba que fuéramos en masa al cementerio para mostrar nuestro dolor, si bien nadie de la familia real está enterrado allí, ni tampoco lo estará la Reina. Está la muerte, y eso es suficiente, imagino.

Ese condenado cementerio. Nunca me ha gustado.

A decir verdad, la culpa no la tiene el sitio, que posee cierto encanto lúgubre, con sus sucesivas hileras de tumbas —lápidas de granito, obeliscos egipcios, chapiteles góticos, pedestales coronados por columnas, damas llorosas, ángeles y, por supuesto, urnas— que ascienden por la colina hasta el glorioso cedro del Líbano que lo corona. Estoy incluso dispuesta a pasar por alto algunos de los monumentos más ridículos, representaciones ostentosas de la posición social de las familias. Pero, para mi gusto, los sentimientos que el cementerio promueve entre los familiares y amigos de los fallecidos son demasiado ampulosos. A eso se añade que se trata del cementerio de los Coleman, no del de mi familia. Echo de menos el diminuto camposanto de Lincolnshire donde están enterrados mis padres, con la lápida añadida para Harry, aunque su cuerpo descanse en algún lugar de África meridional.

Lo desmedido de todo ello —a lo que ahora contribuye nuestra ridícula urna— me descompone. ¡Qué absurda desproporción con todo lo que la rodea! Si Richard se hubiera molestado en consultarme..., aunque no es eso lo que suele hacer. Pese a todos sus defectos es una persona razonable y tiene que haberse dado cuenta de que la urna era demasiado grande. Adivino la mano de su madre en la elección. Sus gustos siempre han sido tremendos.

Hoy era divertido verlo farfullar indignado a causa del ángel que han erigido sobre la sepultura vecina (demasiado próxima, a decir verdad; dan la sensación de que podrían pelearse en cualquier momento). No me ha resultado nada fácil mantenerme seria.

—¿Cómo se atreven a castigarnos con su mal gusto? —ha dicho mi marido—. La idea de tener que contemplar esa tontería sentimental cada vez que vengamos al cementerio me revuelve el estómago.

—Es sentimental pero inofensivo —he respondido—. Al menos el mármol es italiano.

—¡El mármol me tiene sin cuidado! No quiero ese ángel junto a nuestra sepultura.

—¿Se te ha ocurrido que quizá estén diciendo lo mismo de tu urna?

—¡Nuestra urna no tiene nada de malo!

—Y ellos dirán que su ángel tampoco tiene nada de malo.

—El ángel resulta ridículo junto a la urna. Está demasiado cerca, para empezar.

—Exactamente —dije—. No les has dejado sitio para nada.

—Claro que sí. Otra urna hubiera quedado muy bien. Quizá un poco más pequeña.

Alcé las cejas como lo hago cuando Maude dice alguna tontería.

—O incluso del mismo tamaño —concedió Richard—. Sí, eso hubiera quedado francamente bien, un par de urnas. En cambio lo que tenemos es esa estupidez.

Y así hemos seguido mucho tiempo. Si bien no siento gran aprecio por los ángeles inexpresivos que salpican el cementerio, me molestan menos que las urnas, que parecen una cosa bien peculiar en una tumba si se piensa que los romanos las utilizaban como receptáculos de cenizas humanas. Un símbolo pagano para una sociedad cristiana. Aunque lo mismo sucede con todo el simbolismo egipcio que se ve aquí. Cuando se lo señalé a Richard resopló pero no se le ocurrió mejor respuesta que decir:

—La urna añade dignidad y elegancia al sepulcro de los Coleman.

No estoy nada segura. Absoluta trivialidad y simbolismo inadecuado me parece bastante más exacto. He tenido la prudencia de no decirlo.

Aún seguía Richard dándole vueltas al ángel cuando he te aquí que aparecen sus propietarios, de luto riguroso. Albert y Gertrude Waterhouse; explican que no son familia del pintor. (Tanto mejor: siempre me dan ganas de gritar cuando veo sus cuadros, tan excesivos, en la Tate Gallery. La Dama de Shalott en su barca parece que acaba de tomar opio.) Nunca nos habíamos tropezado con ellos, aunque son propietarios de su sepultura desde hace varios años. Los encuentro más bien anodinos: él es un tipo sonriente, de barba pelirroja y ella una de esas mujeres de poca estatura a quienes los partos les han arruinado la cintura, de manera que la ropa nunca les sienta bien. Su pelo es crespo más que rizado y las horquillas no consiguen domeñarlo.

La hija mayor, Lavinia, que parece ser de la edad de Maude, tiene un precioso pelo castaño, lustroso y rizado. Es una criaturita mimada y mandona: al parecer su padre compró el ángel a petición suya. A Richard casi le dio algo cuando lo supo. Y llevaba un vestido negro con adornos de crespón, más bien vulgar e innecesario para una niña tan pequeña.

Por supuesto a Maude le ha gustado esa chica desde el primer momento. Cuando todos juntos hemos dado un paseo por el cementerio, Lavinia insistía en llevarse a los ojos un pañuelo con orla negra, llorando cuando pasábamos por la tumba de un niñito muerto hace cincuenta años. Confío en que Maude no empiece a imitarla. No soporto semejantes tonterías. Maude es muy sensata, pero he notado lo mucho que le atraía la manera de comportarse de esa chica. Las dos han desaparecido juntas; sólo Dios sabe para qué. Y han vuelto convertidas en grandes amigas.

Me parece muy poco probable que Gertrude Waterhouse y yo lleguemos a ser grandes amigas. Cuando dijo una vez más lo triste que estaba por la muerte de la Reina, no he podido dejar de comentar que Lavinia parecía disfrutar extraordinariamente con su luto.

Gertrude Waterhouse no respondió nada durante unos instantes, pero luego señaló:

—¡Qué vestido tan bonito! ¡Un tono de azul tan poco corriente!

Richard lanzó un bufido. Habíamos tenido una discusión tremenda acerca de mi vestido. Si he de ser sincera, estaba ya bastante avergonzada de mi elección: durante todo el paseo no había visto a ningún adulto con otro color que el negro. Mi vestido es azul marino, pero de todos modos destacaba mucho más de lo que había sido mi intención.

Decidí mostrarme audaz.

—Sí; se me ha ocurrido que no hay que ir de negro por la Reina Victoria —expliqué—. Las cosas están cambiando ya. Va a ser diferente con su hijo. Estoy segura de que Eduardo será un rey espléndido. Ha esperado lo suficiente.

—Más que suficiente, si quieren saber mi opinión —exclamó el señor Waterhouse—. Pobrecillo, ya no es ningún jovencito —pareció avergonzarse, como sorprendido de haber dicho lo que pensaba.

—Tengo entendido que no es eso lo que piensan las señoras —dije. No me pude contener.

—¡Oh! —Gertrude Waterhouse pareció horrorizarse.

—¡Por el amor de Dios, Kitty! —protestó Richard—. Mi mujer siempre dice cosas que no debiera —comentó, disculpándose, a Albert Waterhouse, que rió entre dientes, incómodo.

—No tiene importancia, estoy seguro de que lo compensa de otros modos —dijo.

Se produjo un silencio mientras todos sopesábamos aquella observación. Durante un instante de vértigo me pregunté si era posible que se estuviera refiriendo a la Nochevieja. Pero, por supuesto, no sabía nada de eso; no es la gente que él trata. Yo misma me he esforzado muchísimo por no pensar en ello. Richard no lo ha vuelto a mencionar, pero ahora siento que morí un poco aquella noche, y que nada volverá a ser del todo igual, con Rey nuevo o sin él.

Entonces regresaron las niñas, sin aliento, proporcionándonos una distracción muy oportuna. Los Waterhouse se disculparon enseguida y desaparecieron, cosa que fue un alivio para todo el mundo, a excepción de las niñas. Lavinia derramó algunas lágrimas y temí que Maude hiciera lo mismo. Después no paró de hablar de su nueva amiga hasta que finalmente prometí que trataría de organizar algo para que se pudieran ver. Tengo la esperanza de que a la larga se le olvide, dado que los Waterhouse son precisamente la clase de familia que hace que me sienta más descontenta de mí.

LAVINIA WATERHOUSE

He vivido toda una aventura hoy en el cementerio con mi nueva amiga y un niño muy travieso. Había estado muchas veces, pero nunca me han dejado ir a sitios donde mamá no me viera. Hoy, sin embargo, mamá y papá se han encontrado con la familia propietaria de la sepultura vecina a la nuestra y, mientras hablaban de las cosas de las que hablan las personas mayores, Maude y yo nos hemos marchado con Simon, el chico que trabaja en el cementerio. Hemos recorrido la Egyptian Avenue y todos los panteones que rodean el cedro del Líbano. Es un sitio tan maravilloso que casi me he desmayado de la emoción.

Luego Simon nos ha llevado a visitar todos los ángeles. Nos ha enseñado un precioso ángel niño cerca de las Terrace Catacombs. No lo había visto nunca. Lleva una túnica corta, tiene alitas y vuelve la cabeza hacia el otro lado, como si se hubiera enfadado y acabara de dar una patada en el suelo. Es tan encantador que casi quisiera haberlo elegido para nuestra sepultura. Pero no figuraba en el catálogo del marmolista. De todos modos estoy segura de que mamá y papá están de acuerdo en que el mío es el mejor.

Simon nos llevó a ver otros ángeles cercanos y luego dijo que nos quería enseñar una tumba que su padre y él acababan de preparar. A mí no me apetecía, pero Maude dijo que sí y no quise que pensara que tenía miedo. De manera que fuimos y miramos y, aunque era espantosa, tuve también la extrañísima sensación de que quería tumbarme en aquel agujero. No lo hice, por supuesto; y mucho menos con el precioso vestido que llevaba.

Luego, cuando nos disponíamos a marcharnos, apareció un individuo espantoso, la cara muy roja, barba hirsuta y olor a ginebra. Se me ha escapado un grito, aunque enseguida me he dado cuenta de que era el padre de Simon, porque los dos tienen los mismos ojos azules, como trozos de cielo. Acto seguido empezó a gritarle cosas terribles a Simon, preguntándole dónde se había metido y qué hacíamos allí nosotras, y utilizando para ello las palabras más atroces. Papá nos daría una paliza si Ivy May o yo las dijésemos. Y papá no tiene la mano larga. Tan espantosas eran.

Luego esa persona persiguió a Simon que daba vueltas y más vueltas alrededor de la tumba, ¡hasta que acabó saltando dentro! Bueno. No esperé a ver más. Maude y yo corrimos como locas colina abajo. Mi amiga dudaba sobre si deberíamos volver y ver si le había pasado algo a Simon, pero me negué, diciendo que nuestros padres estarían preocupados por nosotras, aunque, en realidad, no quería volver a verlo, tanto me había asustado. Y no me cabe duda de que ese chico tan descarado sabe cuidarse solo. Estoy segura de que pasa mucho tiempo dentro de las tumbas.

Así que Maude es mi nueva amiga y yo la suya..., aunque no entiendo por qué una chica tan poco atractiva tiene que tener un manguito tan hermoso, además de una tata, cuando yo no tengo ni una cosa ni otra. Y una madre muy hermosa con cintura de avispa y grandes ojos oscuros. No he podido evitar sentirme un poco avergonzada al mirar a mamá. Realmente es una injusticia.

GERTRUDE WATERHOUSE

Oí la noticia y ya no pude dormir en toda la noche, preocupada por la ropa que nos pondríamos. A Albert le bastaba con el traje negro que usa para trabajar, con gemelos de azabache y una cinta negra en el sombrero. El luto siempre ha sido más fácil para los varones. E Ivy May es demasiado pequeña para que tenga importancia lo que se ponga.

Pero Livy y yo debíamos vestirnos de manera adecuada, tratándose del fallecimiento de nuestra Reina. Por lo que a mí se refiere, no me importaba mucho, pero Livy es muy especial, y se pone muy difícil si no consigue exactamente lo que quiere. Aborrezco tener escenas con ella: es como dejarme llevar en un baile del que no conozco los pasos y ella sí, de manera que siento que me equivoco todo el tiempo y además que soy completamente tonta. ¡Y mi hija sólo tiene cinco años! Albert dice que soy demasiado blanda con ella, pero por otra parte le ha comprado el ángel que quería para la sepultura, aunque sabe el poquísimo dinero que tenemos para ese tipo de cosas, dado que estamos ahorrando para mudarnos de casa. De todos modos, no le critico: es muy importante que la sepultura sea un reflejo adecuado de los sentimientos de la familia hacia nuestros antepasados. Eso Livy lo sabe muy bien y estaba en lo cierto: la sepultura requería atención, sobre todo después de que instalasen al lado esa urna monstruosa.

Esta mañana me he levantado muy pronto y he conseguido encontrar un poquito de crespón que guardé después del funeral por mi tía. Lo había escondido porque se supone que debería haberlo quemado y Livy se horrorizaría si lo viera por la casa. No había bastante para adornar los dos vestidos, de manera que lo he utilizado para el suyo, y el poco que ha sobrado para mi sombrero. Cuando terminaba de coser Livy se levantaba, y ha quedado tan satisfecha con el efecto del crespón que no ha preguntado de dónde había salido.

Como he dormido poco y me he levantado muy pronto, estaba tan cansada cuando hemos llegado al cementerio que casi he gritado al ver la seda azul que llevaba Kitty Coleman. Era un insulto para los ojos, como un pavo real desplegando la cola en un funeral. Ha hecho que me sintiera vestida pobremente y que me avergonzara incluso de estar a su lado, ya que hacerlo obligaba a establecer comparaciones y me recordaba que mi figura ya no es lo que era.

Mi único consuelo —y una cosa tan vergonzosa que tengo que pedir a Dios que me perdone— es que Maude, su hija, es muy poco agraciada. Y he sentido orgullo al ver cómo destacaba Livy al lado de una cosita tan sosa como ella.

Me he mostrado, como es lógico, lo más cortés que he podido, aunque estaba claro que Kitty Coleman se aburría conmigo. Y luego ha hecho observaciones hirientes sobre Livy y ha dicho cosas poco respetuosas..., no exactamente sobre la Reina, pero he notado que hablaba con desdén de Victoria. Y ha cohibido tanto a mi pobre Albert que ha acabado por decir algo que no se corresponde con su manera de ser. Ni siquiera me he atrevido después a preguntarle qué era lo que quería decir.

Da lo mismo; Kitty Coleman y yo no tendremos que volver a vernos. Durante todos los años que hemos sido propietarios de sepulturas adyacentes es la primera vez que nos encontramos. Con un poco de suerte no volverá a suceder, aunque siempre me preocupará esa posibilidad. Mucho me temo que a partir de ahora no disfrutaré ya tanto en el cementerio.

ALBERT WATERHOUSE

Condenadamente guapa. No sé en qué estaba pensando para decir lo que dije de todos modos. Intentaré compensar a Trudy mañana comprándole sus caramelos de violeta favoritos.

En cualquier caso, me he alegrado de conocer a Richard Coleman, pese a la urna. (Lo que está hecho, hecho está, le digo a Trudy. Ya la han instalado y no sirve de nada quejarse.) Richard ocupa un puesto muy bueno en un banco. Viven al pie de la colina y, por lo que me ha dicho, podría ser el sitio indicado para nosotros si decidiéramos marcharnos de Islington. Hay además un buen equipo local de críquet en el que podría ayudarme a entrar. Un tipo muy útil.

No le envidio a su mujer, pese a lo bonita que es. Más problemas de los que estoy en condiciones de controlar. Livy ya me causa suficientes complicaciones.

SIMON FIELD

Me quedo un rato dentro de la fosa después de marcharse las chicas. No parece que haya motivo para salir. Mi padre no se molesta en seguirme ni se queda en lo alto del agujero y me grita. Sabe dónde puede echarme el guante cuando quiera. «Aunque este cementerio tiene un muro muy alto alrededor», dice siempre, «puedes trepar y salir, pero al final siempre vuelves por la puerta principal, con los pies por delante».

El cielo es bonito desde dos metros y medio de profundidad. Parece del color de las pieles de esa chica. Su manguito, lo ha llamado. Era muy suave. Quería acercármelo a la cara, como ha hecho ella.

Tumbado en el suelo contemplo el cielo. A veces cruza un pájaro volando, muy por encima. De los lados del agujero me caen terrones sobre la cara. No tengo miedo de que se derrumben las paredes. En las tumbas más hondas apuntalamos los laterales, pero no es necesario en las pequeñas. Ésta es de arcilla, de buena calidad y húmeda, de manera que se mantiene. Sucede a veces que el agujero se derrumba, pero sobre todo si se trata de arena o cuando la arcilla se seca. Hay gente que ha muerto dentro de fosas. Mi padre siempre me dice que me cubra la cara con una mano y levante la otra si estoy dentro de una y se viene abajo. Así tendré un canal para el aire y desde fuera, gracias a los dedos, podrá verse dónde estoy.

Aparece alguien y mira dentro de la sepultura. Se recorta en negro contra la luz, de manera que no veo quién es. Pero sé que no es mi padre: no huele a ginebra.

—¿Qué estás haciendo ahí abajo, Simon? —me pregunta.

Ahora ya sé quién es. Me pongo en pie de un salto y me limpio la tierra de la espalda, el trasero y las piernas.

—Sólo descansando, señor Jackson.

—No se te paga para descansar.

—Nadie me paga nada, señor Jackson —digo antes de darme cuenta.

—¿No? En mi opinión ganas mucho con todo lo que aprendes aquí. Estás aprendiendo un oficio.

—Aprender no me alimenta.

—No te insolentes conmigo, Simon. No eres más que un servidor de la Compañía del Cementerio de Londres. Hay muchos esperando fuera que ocuparían encantados tu sitio. No lo olvides. Vamos a ver, ¿has terminado esa sepultura?

—Sí, señor Jackson.

—En ese caso tápala y vete a buscar a tu padre. Debería estar recogiendo las herramientas. Bien sabe Dios que necesita que lo ayuden. No sé por qué no lo despido.

Yo sí lo sé. Mi padre conoce este sitio mejor que nadie. Es capaz de abrir cualquier tumba, recordar quién está enterrado y a qué profundidad, y si es arena o arcilla. Lo aprendió todo del abuelo. Y sabe cavar deprisa cuando quiere. Tiene brazos duros como rocas. Lo hace como nadie cuando ha bebido un poco pero no demasiado. Entonces Joe y él cavan y se ríen y yo saco los cubos llenos y los vacío. Pero cuando bebe más de la cuenta, somos Joe y yo los que cavamos y sacamos la tierra.

Miro alrededor en busca de la rama larga con muñones de ramas más pequeñas que uso para salir de las sepulturas poco profundas. Mi padre ha debido sacarla.

—Señor Jackson —llamo, pero ya se ha ido. Grito, pero no vuelve. Mi padre pensará que he salido y he tapado la tumba; tampoco volverá.

Trato de cavar muescas en las paredes del agujero para trepar, pero no tengo laya, sólo las manos, y la tierra es demasiado dura. Además, ahora está muy firme, pero nada me asegura que vaya a durar. No quiero que se me venga encima.

Hace frío en el agujero ahora que no puedo salir. Me acuclillo sobre los talones y me abrazo las piernas. De cuando en cuando llamo. Hoy hay que cavar otras cuatro sepulturas y se están construyendo un par de mausoleos, pero ninguno cerca de aquí. De todos modos, quizá me oiga algún visitante, o tal vez vuelva una de esas chicas. En ocasiones oigo voces y grito «¡Socorro! ¡Socorro!». Pero nadie aparece. La gente no se acerca a sepulturas recién abiertas. Creen que va a salir algo del agujero y los va a atrapar.

El cielo que tengo encima se vuelve gris oscuro y oigo la campana que anuncia a los visitantes el cierre del cementerio. Hay un chico que se ocupa todos los días de tocar la campana. Grito hasta que me duele la garganta pero la campana puede más.

Al cabo de un rato deja de sonar y después ya es de noche. Doy saltos para calentarme y luego me acurruco otra vez y me abrazo las rodillas.

A oscuras el agujero huele cada vez más fuerte a arcilla y a cosas húmedas. Hay un afluente subterráneo del río Fleet que atraviesa el cementerio. Lo siento cerca.

El cielo se limpia de nubes y empiezo a ver puntitos de estrellas; aparecen más y más, hasta que el trozo de cielo que tengo encima se llena, como si alguien lo rociara con harina y se dispusiera a estirar la masa con un rodillo.

Contemplo las estrellas durante toda la noche. No hay otra cosa que hacer en una sepultura. Veo cosas en ellas: un caballo, un pico, una cuchara. A veces aparto la vista, vuelvo a mirar y se han movido un poco. Al cabo de un rato el caballo desaparece por un extremo del cielo, luego la cuchara. Una vez veo una estrella que corre, atravesando el cielo. Me pregunto adónde va cuando hace eso.

Me acuerdo de las chicas, la del manguito y la guapa. Estarán bien arropadas en la cama, muy calentitas. Me gustaría estar como ellas.

No lo paso demasiado mal si no me muevo. Cuando lo hago me duele el cuerpo como si alguien me golpeara con un tablón. Al cabo del tiempo ya no me puedo mover. Se me debe de haber helado la sangre.

Lo más duro es el final de la noche, cuando podría empezar a clarear pero todavía no se nota. Mi padre dice que muere entonces la mayoría de la gente, porque ya no pueden esperar más a que empiece el día. Miro las estrellas. Desaparece el pico y lloro un poco y luego debo de dormirme porque, cuando vuelvo a mirar hacia lo alto, las estrellas se han ido, es de día y se me han helado las lágrimas en las mejillas.

Cada vez hay más luz pero no viene nadie. Se me pega la boca de tanta sed como tengo.

Luego oigo el himno «Santo, santo, santo» que a mi padre le gusta silbar cuando trabaja. Tiene gracia porque lleva años sin pisar una iglesia. El silbido está cada vez más cerca y trato de llamar, pero me duele demasiado hacer ruido.

Le oigo caminar alrededor del hoyo, poniendo tablas y después las alfombras verdes que parecen hierba, para que los alrededores de la tumba parezcan bonitos y limpios. Luego tiende, de lado a lado del hoyo, las sogas que van debajo del ataúd para descenderlo, y luego las dos varas de madera sobre las que se deposita, en los dos extremos del hoyo. No mira hacia abajo y no me ve. Ha cavado tantos agujeros que no necesita mirar dentro.

Trato de abrir la boca pero no puedo. Luego oigo los resoplidos de los caballos, el crujir de sus arreos y las ruedas chirriando sobre el camino, y sé que tengo que salir ya o no lo haré nunca. Estiro las piernas y grito de dolor, excepto que no se oye nada porque sigo sin poder abrir la boca. Logro ponerme en pie y entonces la boca me funciona y llamo

«¡padre!, ¡padre!». Parezco uno de los cuervos que se posan en los árboles. Al principio no pasa nada. Llamo otra vez y mi padre se asoma al hoyo y bizquea para mirarme.

—¡Muchacho! ¿Qué haces ahí?

—¡Sáqueme, padre! ¡Sáqueme!

Se tumba en el borde del hoyo y tiende los brazos.

—¡Aprisa, chico! Cógete de mi mano —pero no consigo llegar. Mi padre mira hacia el ruido de los caballos y mueve la cabeza—. No hay tiempo, chico. No hay tiempo —se pone en pie de un salto, se aleja y yo grito de nuevo.

Vuelve con el señor Jackson, que me lanza una mirada terrible. No dice nada, pero se aleja mientras mi padre se queda en el sitio, siguiéndolo con la vista. Luego el señor Jackson regresa y me tira la cuerda que utilizamos para medir la profundidad de lo que hemos cavado. Hay un nudo por cada pie. Me agarro a un nudo y el señor Jackson y mi padre me sacan del agujero, de manera que voy a caer en la alfombra verde que parece hierba. Me pongo en pie de un salto, aunque me duele todo, y allí estoy, delante de los empleados de pompas fúnebres con sus sombreros de copa y los pajes con sus abrigos negros y los caballos, moviendo hacia atrás y adelante las plumas negras que llevan sujetas a la cabeza. Detrás del carruaje con el féretro están los parientes y amigos vestidos de negro, todos mirándome. Siento ganas de reír ante las miradas que me lanzan, pero veo el rostro espantoso del señor Jackson y echo a correr.

Más tarde, después de hacerme beber ron y de colocarme junto al fuego con una manta, mi padre me da capones en las orejas.

—No vuelvas a hacer eso, chico —dice. Como si yo hubiera planeado quedarme toda la noche dentro del hoyo—. Perdería mi trabajo y entonces, ¿qué sería de nosotros? —luego aparece el señor Jackson y me da una zurra para asegurarse de que he aprendido la lección. A mí no me importa, de todos modos; apenas siento la fusta. Nada duele tanto como el frío en el fondo de la fosa.

Diciembre de 1901

RICHARD COLEMAN

Le expliqué a Kitty que las mismas personas nos habían vuelto a invitar a la fiesta de Fin de Año. No dijo nada, mirándome con esos ojos castaños oscuros que me sedujeron en otro tiempo pero que ahora se limitan a juzgarme. Si no me hubiera mirado así, quizá no habría añadido lo que añadí.

—Ya les he contestado que aceptamos —dije, aunque no era verdad—. Encantados.

Seguiremos aceptando esa invitación año tras año hasta que Kitty vuelva a ser mi esposa.

Marzo de 1903

LAVINIA WATERHOUSE

Ni más ni menos que un milagro. ¡Mi mejor amiga al fondo de nuestro jardín! ¿Cabe imaginar algo más maravilloso?

Esta mañana, mientras me cepillaba el pelo delante de la ventana, me sentía muy melancólica al mirar nuestro nuevo jardín. Aunque es un trocito de tierra muy agradable, e Ivy May y yo tenemos un dormitorio encantador que da sobre él, no podía evitar la añoranza de nuestra antigua casa. Era más pequeña, y estaba en una calle muy transitada, y mucho más lejos de un sitio tan precioso como Hampstead Heath. Pero era donde nací y estaba llena de recuerdos de mi infancia. Quería llevarme el trozo de papel pintado donde papá marcaba todos los años hasta dónde habíamos crecido Ivy May y yo, pero me han dicho que no lo haga para no estropear la pared. Lloré mientras nos marchábamos.

Luego, por el rabillo del ojo, noté algo que se agitaba, y cuando miré hacia la casa al fondo de la nuestra, ¡había una chica asomada a una ventana que saludaba! Vaya. Entrecerré los ojos y al cabo de un momento la reconocí: era Maude, la chica del cementerio. Sabía que nos habíamos mudado más cerca, pero no que ella viviese también aquí. Saqué el pañuelo y lo agité hasta que me dolió el brazo. Incluso Ivy May, que nunca se interesa por nada a no ser que la pellizque (y tampoco así, a veces), se levantó de la cama para ver la causa de tanto alboroto.

Maude intentaba decirme algo, pero estaba demasiado lejos y no la oía. Luego señaló la cerca que separa nuestros jardines y me enseñó diez dedos. Como somos almas gemelas entendí al instante que me daba cita allí al cabo de diez minutos. Le tiré un beso y me dispuse a vestirme a toda velocidad.

—¡Mamá! ¡Mamá! —grité todo el camino mientras bajaba las escaleras. Mamá salió corriendo de la cocina, pensando que estaba enferma o que me había lastimado. Pero cuando le conté lo que acababa de suceder, no pareció en absoluto interesada. Nunca ha querido que vea a los Coleman, sin explicar el porqué. Quizá los haya olvidado a estas alturas, pero yo no me he olvidado de Maude, incluso después de tanto tiempo. Sabía que estábamos destinadas a compartir nuestra vida.

Salí corriendo hasta la cerca del jardín, que era demasiado alta para ver al otro lado. Llamé a Maude y me contestó; al cabo de un momento, su cabeza apareció por encima de la cerca.

—¿Cómo has llegado hasta ahí? —exclamé.

—Estoy de pie en el baño para pájaros —dijo, tambaleándose un poco. Luego consiguió subirse a la cerca y, antes de que me diera cuenta, ¡había perdido el equilibrio y caído al suelo por nuestro lado! ¡Pobre! Los rosales le hicieron bastantes arañazos. La abracé y la besé y se la llevé a mamá, quien, me alegra decirlo, se mostró muy amable con ella y le curó los arañazos con tintura de yodo.

Luego subimos juntas a mi dormitorio para que pudiera ver mis muñecas.

—No te había olvidado —dije—. Te he buscado siempre que íbamos al cementerio.

—También yo —dijo ella.

—Pero no te he visto nunca. Sólo a ese chico travieso de cuando en cuando.

—Simon. Cavando con su padre.

—Ahora que vivo aquí, podemos volver juntas y nos enseñará todos los ángeles. Será estupendo.

—Sí.

Luego Ivy May trató de estropearlo golpeando con tanta fuerza unas con otras las cabezas de mis muñecas que me pareció que iban a romperse. Le dije que se marchara, pero Maude dijo que no le importaba que Ivy May se quedara porque no tenía ni hermanos ni hermanas con quien jugar. Bueno. Ivy May se puso más contenta que unas pascuas..., dentro de lo poco expresiva que es para mostrar su alegría.

Da lo mismo. Maude desayunó con nosotros y no paramos de hablar un solo momento.

Es sin duda un milagro que los ángeles nos hayan traído a esta casa y me hayan reunido con mi mejor amiga.

MAUDE COLEMAN

Es curioso cómo pasan las cosas. Papá siempre dice que las coincidencias no lo son en realidad si uno se molesta en estudiarlas con el cuidado suficiente. Hoy he comprobado que está en lo cierto.

Miraba por la ventana cuando he visto, en la casa de enfrente, una chica que se cepillaba el pelo junto a la ventana. No la había visto nunca; en esa casa vivían dos solteronas, pero se mudaron hace unas semanas. Luego movió la cabeza, se encogió de hombros y me di cuenta de que era Lavinia. Fue tal mi sorpresa que me quedé quieta mirándola.

¡Llevaba tanto tiempo sin verla! Desde la muerte de la Reina hace más de dos años. Es verdad que le he preguntado a mamá varias veces si nos podíamos ver, pero siempre me daba una excusa. Prometió que preguntaría la dirección de los Waterhouse en el cementerio, pero creo que nunca llegó a hacerlo. Después de algún tiempo no insistí más porque sabía que era su manera de decir que no. Ignoraba por qué no quería que tuviera una amiga íntima, pero no podía hacer nada, excepto estar ojo avizor en el cementerio todas las veces que íbamos, con la esperanza de que los Waterhouse fuesen también ese día. Pero nunca lo habían hecho. Ya había renunciado a tener una amiga íntima. Y no había conocido a ninguna otra chica como Lavinia a la que le gustara pasear conmigo por el cementerio.

Y ahora la tenía delante de mí, en la casa de enfrente. Empecé a saludar y, cuando por fin me vio, también me saludó con entusiasmo. Era muy consolador que se alegrara de verme. Le hice gestos para reunirnos en el jardín, y luego bajé corriendo a contar a mis padres tan asombrosa coincidencia.

Mamá y papá estaban ya desayunando y leyendo el periódico; papá el *Mail,* mamá la *St. Pancras Gazette.* Cuando les dije quiénes eran nuestros nuevos vecinos, papá no se asombró en absoluto, y procedió a explicar que había hablado a los Waterhouse de la casa.

Mamá lo miró de manera peculiar.

—No sabía que fueras tan amigo suyo —comentó.

—El señor Waterhouse vino a verme al banco —explicó papá— hace ya algún tiempo. Dijo que estaban pensando en mudarse a esta zona y me preguntó si sabía de algún sitio. Cuando la casa vecina quedó libre se lo comuniqué.

—De manera que ahora vamos a ser vecinos en la vida además de en la muerte —dijo mamá. Luego rompió la cáscara de su huevo pasado por agua con mucha fuerza.

—Al parecer es muy buen bateador —dijo papá—. Al equipo local no le vendría mal uno.

Cuando quedó claro que no se trataba de una coincidencia, que papá era responsable de la aparición de los Waterhouse en la casa vecina, me sentí extrañamente decepcionada. Quería creer en el destino, pero papá me ha demostrado una vez más que no existe tal cosa.

GERTRUDE WATERHOUSE

No se me pasa por la cabeza criticar la decisión de Albert. Está más informado en estas cuestiones y, a decir verdad, me gusta mucho nuestra nueva casita, con un piso más que la de Islington y un jardín lleno de rosas, en lugar de las gallinas del vecino escarbando la tierra.

Pero se me cayó el alma a los pies cuando supe que no sólo somos vecinos de los Coleman, sino que su fachada posterior da a nuestra casa. Y por supuesto tiene un piso más y un jardín descomunal. Cuando no había nadie por los alrededores me subí a una silla para echar una ojeada. Hay un sauce y un estanque y un arriate de rododendros y un césped maravilloso donde estoy segura de que las chicas jugarán al cróquet todo el verano.

Kitty Coleman trabajaba en el jardín, plantando prímulas. Su vestido tenía el mismo color, como de mantequilla, y llevaba además un precioso sombrero de ala ancha, sujeto con un pañuelo de chifón. Incluso cuando se dedica a la jardinería va muy bien vestida. No me vio, lo digo agradecida, porque habría sido tal mi vergüenza que quizá me hubiera caído de la silla. De todos modos me bajé tan deprisa que me torcí un tobillo.

No se lo confesaré a nadie, ni siquiera a Albert, pero me irrita que su jardín sea tan bueno. Está orientado a mediodía y le da mucho el sol, lo que facilita las cosas. Y además debe de tener a alguien que la ayude, por lo menos con el césped, que parece trabajado con un rodillo. Lo haré lo mejor que sepa con nuestras rosas, pero las plantas se me mueren con demasiada facilidad. En realidad soy un desastre para el jardín. Y tampoco ayuda que el nuestro dé al norte. Y de momento no podemos permitirnos que alguien lo trabaje. Espero que Kitty Coleman no se ofrezca a enviarnos a su jardinero: no sabría qué hacer.

Después de que Maude pasara por encima de la cerca me pareció que debería hacerles una visita, aunque sólo fuera para explicar sus arañazos. La fachada de la casa es muy elegante, el jardín tiene muchos rosales y los escalones que llevan hasta la puerta están embaldosados en blanco y negro. (La puerta de nuestra casa da directamente a la acera. Pero debo esforzarme por no hacer comparaciones.)

Confiaba en que bastara con dejar la tarjeta, pero Kitty Coleman nos ha recibido muy amablemente en el cuarto de estar que utiliza por las mañanas. Me sorprendieron los colores que ha elegido: amarillo mostaza con un ribete marrón oscuro, que imagino es la moda del momento. Kitty los ha llamado «amarillo dorado» y «marrón chocolate», pero la realidad no es tan bonita como el nombre. Prefiero nuestro color burdeos. No hay nada comparable a una sencilla sala en color burdeos. Es cierto que yo no tengo un cuarto de estar para las mañanas; quizá si dispusiera de una habitación con tanta luz en el primer piso también la pintaría de amarillo.

Pero tengo mis dudas.

Kitty posee un gusto refinado: chales de seda bordados sobre los sofás, helechos en macetas, jarrones con flores secas y un piano de media cola. Más bien me horrorizó su juego de café, tan moderno, con un dibujo de diminutos cuadrados negros y amarillos que casi me mareó. Personalmente, prefiero un sencillo dibujo de rosas. Pero *chacun à son goût*. Ah. Cometí la equivocación de decirlo en voz alta y Kitty me contestó en francés. ¡No entendí una palabra! La culpa la tengo yo por intentar presumir.

Me marché con un consuelo secreto. No, dos. Las niñas, por lo menos, están encantadas de volver a tratarse, y a Livy no le vendrá mal una amiga sensata. Maude, al menos, será una influencia estabilizadora, a no ser que también ella sucumba al encanto de Livy como nos ha pasado a todos los demás, con la excepción de mi querida Ivy May, impermeable a los excesos de su hermana. Siempre me sorprende. Pese a lo tranquila que es, no permite que Livy se imponga.

Y el otro consuelo: Kitty Coleman recibe los martes por la tarde, igual que yo. Cuando lo descubrió, sonrió un poco y dijo «¡Vaya, qué lástima!». No tengo intención de cambiar mi día, desde luego; hay tradiciones que no pienso alterar. Y sé que Kitty no cambiará el suyo. De esa manera evitaremos al menos un compromiso social.

No sé decir con exactitud por qué no me gusta. Es la cortesía personificada, tiene unos modales excelentes y es una preciosidad. Su casa es espléndida, su esposo, bien parecido y su hija, inteligente. Pero no me cambiaría por ella. Tiene una veta de descontento que perturba todo lo que la rodea. Y sé que es poco caritativo pensarlo, pero dudo de su sinceridad cristiana. Piensa demasiado y reza muy poco, sospecho. Pero son las únicas personas que conocemos por los alrededores, y las niñas sienten un gran afecto la una por la otra y mucho me temo que estamos condenadas a vernos bastante.

Cuando volvimos a casa y a nuestra sala en la parte de atrás, me fue imposible no mirar por la ventana a su casa, mucho mayor que la nuestra, a lo lejos. Siempre estará ahí para recordarme su elevada posición social. Me resultó tan terrible pensarlo que se me cayó la taza de té sobre el platillo y la pobrecita se rajó. Me eché a llorar y ni siquiera los brazos de Ivy May en torno a mi cuello (por regla general no prodiga los abrazos) sirvieron para consolarme.

Junio de 1903

MAUDE COLEMAN

Lavinia y yo no vemos el momento de ir al cementerio. Ahora que podemos ir juntas será mucho más divertido que antes. Pero, entre unas cosas y otras, desde que los Waterhouse se mudaron no lo hemos conseguido: por Pascua nos fuimos a casa de la tía Sarah en el campo, luego Lavinia estuvo enferma y después o mamá o la señora Waterhouse tenían siempre que hacer una visita o un encargo. Qué fastidio; vivimos muy cerca, pero no encontramos a nadie que nos lleve y no nos dejan ir solas. Es una pena que mi tata se marchase para cuidar de su madre, muy mayor ya, porque podría haberlo hecho ella.

Ayer le pregunté a mamá si querría ir con nosotras.

—Estoy demasiado ocupada —dijo. No me pareció que estuviera ocupada; sólo leía un libro. No se lo dije, de todos modos. Se supone que tiene que cuidar de mí ahora que mi tata se ha marchado. Pero la mayor parte de las veces acabo haciendo compañía a Jenny y a la señora Baker.

Después le pregunté si Jenny podía llevarnos a Lavinia y a mí.

—Jenny tiene demasiado trabajo para tirar de vosotras hasta el cementerio.

—Por favor, mamá. Sólo por un ratito.

—No utilices ese tono mimoso conmigo. Lo has aprendido de Lavinia y no te favorece nada.

—Lo siento. Pero quizá..., quizá Jenny tenga que hacerte algún recado en The Village. Entonces podría llevarnos.

—¿Y tus lecciones?

—Ya las he preparado.

Mamá suspiró.

—Es una suerte que vayas al colegio en otoño. Tu tutor ya no puede ir a tu ritmo.

Traté de mostrarme servicial.

—Quizá tengas libros que haya que devolver a la biblioteca.

—Así es, en efecto. Bueno, de acuerdo, ve y dile a Jenny que venga. Y ya que va a The Village, que vea si ha llegado la tela que encargué.

Lavinia y yo subimos corriendo la colina, arrastrando a Jenny con nosotras. Se quejó todo el camino y estaba sin aliento cuando llegamos arriba, aunque si se hubiera callado en lugar de quejarse, habría subido sin notarlo. Darnos tanta prisa no nos sirvió de nada; Ivy May se negó a correr y Jenny hizo que Lavinia volviera a buscarla. A veces es una cruz llevar a Ivy May con nosotras, pero la señora Waterhouse insiste. Una vez que llegamos al cementerio, sin embargo, Jenny nos dejó hacer lo que quisiéramos, con tal de que no nos separásemos de Ivy May. Al instante salimos corriendo en busca de Simon.

¡Qué placer estar allí sin nadie que nos vigilara! Siempre que voy con mamá y papá o la abuela siento que tengo que estarme quieta y con aspecto solemne, cuando en realidad lo que quiero hacer es exactamente lo que Lavinia y yo hemos hecho, correr de aquí para allá y explorar. Mientras buscábamos a Simon, hemos jugado a todos los juegos imaginables: saltar de tumba en tumba sin tocar la tierra (lo que no es difícil, dado que las sepulturas están muy juntas); avanzar cada una por un lado del camino y sumar puntos por ver un obelisco, o una mujer inclinada sobre una urna, o un animal; jugar a tú la llevas en el Círculo de Líbano. Lavinia grita cuando se la persigue, y algunas personas mayores nos dijeron que nos calláramos y que nos portásemos mejor. Después de eso tratamos de no hacer ruido, pero lo habíamos pasado tan bien jugando que se nos hizo muy cuesta arriba.

Por fin encontramos a Simon, justo en la parte más alta del cementerio, no lejos de la puerta norte. No lo vimos en un primer momento, pero sí a su padre junto a una tumba nueva, sacando un cubo de tierra mediante una cuerda y una polea que colgaban de un armazón situado sobre la fosa. Luego lo vertía en lo que parecía un gran cajón de madera con ruedas, de más de un metro de alto y casi lleno ya.

Nos acercamos sigilosamente y nos escondimos detrás de una lápida para que no nos viera su padre, porque está sucio, tiene la cara colorada y grandes patillas, y olía a ginebra desde donde estábamos. Lavinia dice que es exactamente como un personaje de Dickens. Supongo que les pasa a todos los sepultureros.

Oíamos a Simon cantando en la fosa, una canción que Jenny canta a veces con la gente que se reúne en el parque de Hampstead un lunes festivo:

> *Si quieres pasarlo bien*
> *Deja que te dé un consejo*
> *Hampstead y sólo Hampstead*
> *Es buen lugar para un festejo.*

El padre de Simon ni siquiera nos estaba mirando, pero de algún modo supo que estábamos allí, porque dijo, alzando la voz:

—Vamos a ver, señoritas, ¿qué es lo que quieren?

Simon dejó de cantar. Su padre dijo:

—Salgan las tres de ahí.

Lavinia y yo nos miramos, pero antes de que pudiéramos decidir nada, Ivy May se nos había adelantado y no quedó más remedio que seguirla.

—Por favor, señor, queremos ver a Simon —me di cuenta con sorpresa de que le había llamado «señor».

También él pareció sorprendido, mirándonos como si no pudiera creer que estuviésemos allí. Luego gritó de repente al interior de la fosa:

—¡Chico, tienes visita!

Al cabo de un momento la cabeza de Simon apareció en el borde de la sepultura y se nos quedó mirando.

—Bueno, maleducado —le increpó Lavinia—, ¿es que no nos vas a decir nada?

—¿Le importa que cambiemos un rato, padre? —preguntó.

—No hay mucho sitio ahí abajo para mí y Joe —respondió el padre de Simon. El muchachito no dijo nada y su padre rió entre dientes—. Vaya, no importa, vete con tus señoritinas.

Simon salió y su padre bajó a la fosa, sonriéndonos antes de desaparecer. Simon subió el cubo con la polea y arrojó el contenido en el cajón de madera. Estaba cubierto de barro de pies a cabeza.

—¿Qué es eso? —le pregunté, señalando el cajón.

—El cajón de Lamb —dijo Simon—. Se mete ahí lo que sacas del hoyo; luego, cuando el ataúd está en la fosa, lo acercas y abres el lateral. ¿Ves? Tiene una bisagra. Y devuelves la tierra a la tumba. De esa manera no se ensucian los alrededores. Hay otros dos más allá, que ya están llenos —señaló con la mano los otros cajones, arrimados a la pared divisoria—. Sólo se deja un montoncito de tierra en un extremo para que la echen los que vienen al entierro.

—¿Podemos mirar dentro de la sepultura?

Simon dijo que sí con la cabeza y nos acercamos al borde. La fosa era más honda de lo que esperaba. El padre de Simon estaba en el fondo con otro hombre. Yo sólo les veía la coronilla: la del padre de Simon como estropajo de aluminio; su acompañante completamente calvo. Estaban cortando las paredes del hoyo con layas. Apenas había sitio para darse la vuelta. El calvo levantó la vista para mirarnos.

Tenía una cara muy larga y una nariz semejante a una salchicha. Al parecer el padre de Simon y él son socios y nuestro amigo los ayuda.

Simon subió otro cubo lleno de terrones de arcilla. Vi que encima se retorcía una lombriz.

—¿Encontráis algo mientras caváis? —le pregunté—. Además de lombrices.

Simon arrojó la arcilla en el cajón de Lamb y devolvió el cubo al interior del hoyo.

—Trozos de loza. Algunas plumas estilográficas. Una peonza. Aquí hubo un colegio antes del cementerio. Y antes los jardines de una gran casa.

El padre de Simon alzó la cabeza.

—Necesitamos reforzar aquí abajo, chico.

Simon empezó a pasarle tablas de un montón. Me di cuenta entonces de que había maderas clavadas a intervalos regulares por todo el borde del hoyo.

—¿Qué profundidad tiene? —pregunté.

—Unos cuatro metros por el momento —dijo Simon—. Pasaremos de cinco, ¿no es cierto, padre?

Miré hacia el fondo.

—¿Tanto?

—Mucha gente que enterrar con el tiempo. Los ataúdes tienen cincuenta centímetros, más otros treinta entre cada féretro, el espacio suficiente para seis. Eso es una familia.

Sumé de memoria; era como un problema que me hubiera puesto mi tutor.

—Siete ataúdes.

—No; arriba se dejan más de treinta centímetros.

—Claro. Dos metros bajo tierra, según el dicho.

—No tanto —dijo Simon—. Eso no es más que una frase. Sólo dejamos algo más de medio metro encima del último ataúd.

—¿Se puede saber de qué estáis hablando? —preguntó Lavinia.

El padre de Simon empezó a golpear una tabla con un mazo.

—¿No corren peligro ahí abajo? —pregunté.

Simon se encogió de hombros.

—No demasiado. La madera apuntala la fosa. Y es arcilla, de manera que no es probable que se derrumbe. La arcilla se sostiene bien. Con la arena, en cambio, hay que tener mucho cuidado. Es más fácil cavar en arena, pero no se sostiene. Es muy peligrosa.

—¡Vaya! ¡Dejad de hablar de esas cosas tan aburridas! —exclamó Lavinia—. Queremos que nos enseñes ángeles.

—Déjalo en paz, Lavinia —dije—. ¿No ves que está trabajando? —aunque quiero mucho a Lavinia (es mi mejor amiga, después de todo), raras veces le interesan las mismas cosas que a mí. Nunca quiere mirar por el telescopio que papá instala en el jardín, por ejemplo, o buscar algo en la *Enciclopedia Británica* de la biblioteca. Quería preguntarle más cosas a Simon sobre las fosas y la manera de cavarlas, pero Lavinia no me lo permitió.

—Quizá después, cuando hayamos terminado —dijo Simon.

—Sólo tenemos media hora —expliqué—. Eso ha dicho Jenny.

—¿Quién es Jenny?

—Nuestra doncella.

—¿Dónde está ahora?

—Haciendo recados. La dejamos en la puerta.

—Se fue con un hombre —dijo Ivy May.

Simon la miró.

—¿Quién es ésta, entonces?

—Ivy May. Mi hermanita —dijo Lavinia—. Pero está equivocada. Tú no has visto a ningún hombre, ¿verdad que no, Maude?

Negué con la cabeza, pero no estaba segura.

—Llevaba una carretilla y Jenny lo siguió y entró con él en el cementerio —insistió Ivy May.

—¿Pelirrojo? —preguntó Simon.

Ivy May asintió.

—Ah, ése. Se la estará pasando por la piedra, entonces.

—¡Cómo! ¿Alguien está haciendo daño a Jenny? —exclamé—. ¡Entonces tenemos que ir a rescatarla!

—No, no; no le hace daño —dijo Simon—. Es que... —nos miró a Lavinia y a mí y se calló—. Es igual. No tiene importancia.

El padre de Simon rió desde el fondo del hoyo.

—¡Has conseguido liarla bien, chico! Te olvidas de con quién hablas. ¡Ten cuidado con lo que dices si vas a tratar con esas chicas!

—Cállese, padre.

—Será mejor que nos vayamos —dije, intranquila ya por Jenny—. Estoy segura de que ya ha pasado media hora. ¿Cuál es el camino más rápido para volver a la puerta principal? Simon señaló la estatua de un caballo un poco más allá.

—Tomad el camino junto al caballo y seguidlo hasta abajo.

—¡Por ahí no! —exclamó Lavinia—. ¡Se pasa por donde están los disidentes!

—¿Qué más da? —preguntó Simon—. No te van a morder. Están muertos.

La parte del cementerio destinada a los disidentes es donde están enterradas todas las personas que no pertenecen a la Iglesia de Inglaterra: católicos, en su mayor parte, y también baptistas y metodistas y otros. He oído que también entierran ahí a los suicidas, aunque eso no se lo dije a Lavinia. Sólo he pasado por allí dos veces. No era muy distinto del resto del cementerio, pero sí me sentí un poco extraña, como si me encontrara en un país extranjero.

—Vamos, Lavinia —dije, poco deseosa de que Simon pensara que juzgábamos a los disidentes—, eso no importa. Además, ¿no era católica tu madre antes de casarse con tu padre? —hacía poco había encontrado un rosario debajo de un cojín en casa de Lavinia y Elizabeth, la mujer que les limpia la casa, me lo dijo.

Lavinia se ruborizó.

—¡No! ¿Y qué importaría si lo fuese?

—No importa; eso es lo que digo precisamente.

—Ya sé —nos interrumpió Simon—. Si queréis podéis volver pasando junto al ángel dormido. ¿Lo habéis visto alguna vez? Está en el camino principal, no en la zona de los disidentes.

Las dos negamos con la cabeza.

—Os lo enseñaré, no está lejos. Me voy un segundito, pero vuelvo enseguida, padre —gritó en dirección al hoyo.

Sólo le contestó un gruñido.

—Vamos, deprisa —Simon corrió camino abajo y nos apresuramos tras él. Esa vez corrió hasta Ivy May.

Nunca habíamos visto el ángel que nos enseñó. Todos los demás del cementerio caminan o vuelan o señalan o al menos están de pie e inclinan la cabeza. Pero aquél estaba tumbado sobre un costado, las alas recogidas, durmiendo a pierna suelta. No sabía que los ángeles necesitasen dormir como los seres humanos.

A Lavinia le pareció maravilloso, por supuesto. Yo prefería seguir hablando del trabajo de sepulturero, pero cuando me volví para preguntarle a Simon algo sobre el cajón de Lamb ya se había ido. Había vuelto corriendo a su trabajo sin despedirse.

Finalmente conseguí apartar a Lavinia del ángel, pero cuando alcanzamos la puerta principal, no encontramos a Jenny. Seguía sin entender las palabras de Simon acerca de ella y el hombre, y estaba un poco preocupada. Lavinia en absoluto.

—Vayamos a la marmolería que está ahí al lado para ver ángeles —dijo—. Sólo un minuto.

Nunca había estado en la marmolería, llena de toda clase de piedras, grandes bloques y losas, lápidas de piedra negra, pedestales, incluso un montón de obeliscos apoyados uno contra otro en una esquina. Todo muy polvoriento y el suelo cubierto de arena. Por todas partes se oían los golpes repetidos de los hombres que trabajaban la piedra.

Lavinia me precedió hasta la oficina.

—¿Nos deja ver el libro de los ángeles, si es tan amable? —le dijo a la persona que estaba detrás del mostrador. Me pareció extraordinariamente audaz.

El otro, sin embargo, no pareció sorprenderse. De la estantería que tenía detrás sacó un gran libro polvoriento y lo colocó sobre el mostrador.

—Aquí fue donde elegimos nuestro ángel —explicó Lavinia—. Me encanta verlo. Tienen cientos de ángeles. ¿No son maravillosos? —empezó a pasar las páginas. Había dibujos de toda clase de ángeles: de pie, arrodillados, mirando hacia arriba, hacia abajo, con los ojos cerrados, con coronas en las manos, trompetas, pliegues de tela. Había ángeles niños y gemelos y cabezas de querubines y angelitos con alas.

—Están... bien —dije. No sé por qué, exactamente, pero no me gustan mucho los ángeles de los cementerios. Todos son muy suaves y perfectos, y tienen los ojos tan vacíos que incluso cuando me coloco en la dirección en la que miran, nunca parecen verme. ¿De qué sirve un mensajero que ni siquiera advierte tu presencia?

Papá aborrece los ángeles porque dice que son sentimentales. Mamá los llama zonzos. Tuve que mirar esa palabra en el diccionario: significa algo que es insípido, insulso, que no tiene fuerza, que está vacío. Creo que tiene razón. Desde luego los ojos son así. Mamá dice que a los ángeles se les presta más atención de la que se merecen. Cuando hay un ángel sobre una tumba en un cementerio, todo el mundo lo mira más que a los restantes monumentos, pero en realidad no hay nada que ver.

—¿Por qué te gustan tanto los ángeles? —le pregunté a Lavinia.

Se echó a reír.

—¿A quién podrían no gustarle? Son los mensajeros de Dios y traen amor. Siempre que miro sus rostros, tan amables, me siento segura y en paz.

Eso, sospecho yo, es un ejemplo de lo que papá llama sentimentalismo.

—¿Dónde está Dios, exactamente? —pregunté, pensando en que los ángeles vuelan entre Él y nosotros.

Lavinia pareció escandalizarse y dejó de pasar páginas.

—¡Qué pregunta! Allí arriba, por supuesto —señaló al cielo en el exterior de la oficina—. ¿Es que no escuchas cuando vas a la catequesis los domingos?

—Pero lo que hay allí son estrellas y planetas —dije—. Lo sé; los he visto por el telescopio de papá.

—Ten mucho cuidado, Maude Coleman —dijo Lavinia—, o acabarás diciendo una blasfemia.

—Pero...

—¡No! —Lavinia se tapó los oídos—. ¡No te voy a escuchar!

A Ivy May se le escapó una risita.

Renuncié.

—Volvamos a buscar a Jenny.

La segunda vez nos estaba esperando en la puerta principal, encendida y sin aliento como si acabara de subir otra vez la cuesta, pero ilesa, comprobé con satisfacción.

—¿Dónde habéis estado, niñas? —exclamó—. ¡Casi me muero de aprensión!

Ya empezábamos a bajar la cuesta cuando le pregunté por la tela para mamá.

—¡El libro! —gritó; y volvió corriendo al cementerio para recuperarlo. No quiero ni pensar en dónde lo habría dejado.

JENNY WHITBY

No me divertía nada tener que hacer recados para el ama, se lo aseguro. Sabe perfectamente lo ocupada que estoy. Desde las seis de la mañana, se dice pronto, hasta las nueve de la noche; más si tienen invitados. Una fiesta al año, además de Navidad y el día siguiente. Y quiere que devuelva libros y recoja telas..., cosas que muy bien podría hacer ella. Yo no tengo tiempo para leer libros, incluso aunque quisiera, que no quiero.

De todos modos era un precioso día soleado, y he de reconocer que daba gusto salir a la calle, aunque no me apetezca nada subir la cuesta para ir a The Village. Llegamos al cementerio y me disponía a dejar allí a las chicas, a correr hasta las tiendas y a volver enseguida. Luego lo vi, solo, cruzando el patio con una carretilla y su curiosa manera de andar. Se volvió para mirarme, sonrió y pensé: espera un segundito.

De manera que entré en el cementerio con las chicas y les expliqué que podían hacer lo que les gustara durante media hora, no más. Querían encontrar a un chaval que trabaja allí para jugar con él, y les aconsejé que tuvieran cuidado y no le dejaran ponerse impertinente. Y que no perdieran de vista a la pequeñina, Ivy May. Tiene la costumbre de quedarse atrás, parece; aunque apuesto a que es eso lo que le gusta. De manera que les hice cogerse de la mano a las tres. Después se fueron por un lado y yo por otro.

Noviembre de 1903

KITTY COLEMAN

Esta noche hemos ido con los Waterhouse a una fogata en The Heath. Las niñas querían ir, y nuestros maridos se entienden bastante bien (aunque Richard en privado se burla de Albert Waterhouse porque lo considera un payaso), de manera que nos toca a Gertrude Waterhouse y a mí sonreír y soportarnos mutuamente lo mejor que podemos. Estuvimos delante de una enorme fogata en Parliament Hill, agarrados a nuestras salchichas y patatas asadas y maravillándonos de estar reunidos en la misma colina en la que se situó Guy Fawkes, dispuesto a ver arder el Parlamento. He contemplado cómo la gente se acercaba o se alejaba del calor de las llamas, tratando de encontrar un sitio donde se sintiera cómoda. Pero incluso cuando se nos calentaba la cara, teníamos frío en la espalda: como las patatas, abrasadas por fuera y crudas por dentro.

Mi resistencia al calor es mucho mayor que la de Richard o Maude; incluso que la de la mayoría de las personas. Me fui acercando más y más hasta que me ardieron las mejillas. Cuando miré alrededor, el círculo de personas se había quedado mucho más atrás; estaba sola al borde del fuego.

Richard ni siquiera miraba las llamas; contemplaba el cielo sin nubes. Muy característico; lo que ama no es el calor, sino las frías distancias del universo. Cuando iniciamos nuestro noviazgo, me llevaba, con Harry de carabina, a reuniones sin otra finalidad que observar los astros. Entonces me parecía de lo más romántico. Hoy, sin embargo, cuando he seguido su mirada hacia el cielo estrellado, todo lo que he sentido ha sido espacio vacío entre esos agujeritos y yo, y era como una manta muy pesada esperando para caerme encima. Casi tan asfixiante como el miedo a que me entierren viva.

No entiendo qué es lo que ve en las estrellas; primero Richard y ahora también Maude, porque ha empezado a llevársela cuando sube a The Heath por la noche con su telescopio. No he dicho nada, porque en realidad no me puedo quejar de nada, y está claro que Maude medra con su atención. Pero me deprime, porque veo a Richard fomentando en nuestra hija la misma fría racionalidad que descubrí en él después de habernos casado.

Me comporto de una manera ridícula, por supuesto. También mi padre me educó para que utilizara la lógica, y desprecio el sentimentalismo de la época en que vivimos y que encarnan a la perfección los Waterhouse. Pero me alegro en secreto de que Maude y Lavinia sean amigas. Aunque insoportable y melodramática, Lavinia no es fría, y sirve de contrapeso a la mano helada de la astronomía.

Cerca del fuego, con todo el mundo a mi alrededor tan alegre, pienso que soy una criatura bien extraña: yo misma me doy cuenta. Demasiado espacio y me asusto; demasiado poco y también me asusto. Está claro que no existe un sitio cómodo para mí; estoy demasiado cerca o demasiado lejos del fuego.

Detrás de mí, Gertrude Waterhouse, un brazo para cada hija. Maude se había colocado junto a Lavinia y todas se reían de algo, Maude con un poco de timidez, como si no estuviera segura de que debiera compartir la risa con ellas. He sentido una punzada de dolor por ella.

A veces me resulta penoso estar con los Waterhouse. Quizá Lavinia sea mandona con su madre, pero existe claramente entre ellas un cariño que yo no logro con Maude. Después de unas horas en su compañía, tomo la decisión de ir del brazo con mi hija cuando caminamos, como hace Gertrude con Lavinia. Y de pasar más tiempo con ella; leerle, ayudarla con su costura, llevarla al jardín conmigo, ir con ella a Londres.

Hasta ahora nunca ha sido así. El nacimiento de Maude fue un golpe del que todavía no me he repuesto. Cuando salí de la anestesia y la tuve por primera vez en brazos, me sentí como crucificada en la cama, atrapada por su boca en mi pecho. Por supuesto que la quería —la quiero— pero mi vida tal como la había imaginado acabó en aquel momento. Dio origen a un sentimiento de frustración que sale a la superficie cada vez con mayor frecuencia.

Al menos tuve suerte con el médico. Cuando vino a verme pocos días después del parto, hice salir a la enfermera de la habitación y le dije que no quería más hijos. Se apiadó de mí y me explicó los ritmos y los signos a los que tenía que estar atenta y lo que le podía decir a mi marido para mantenerlo alejado durante esos periodos. No funciona para todas las mujeres, pero sí en mi caso, y Richard nunca se ha percatado, aunque es cierto que últimamente no viene a mi cama con mucha frecuencia. Tuve que pagar al médico, por supuesto, un honorario irónico —«para estar seguro de que ha aprendido la lección» fue su manera de decirlo— sólo una vez, cuando me recuperé del parto. Mantuve los ojos cerrados y no resultó demasiado desagradable. Se me ocurrió que podría haberlo utilizado contra mí, chantajearme para conseguir nuevos pagos carnales, pero no sucedió. Por ello, y por su lección de biología, siempre le he estado agradecida. Más adelante, incluso, derramé una lágrima cuando supe que había muerto. Un médico comprensivo puede ser útil en ciertas ocasiones.

Para ser justa con Maude, he de confesar que la sensación de sentirme atrapada la tengo desde mucho antes de que naciera. Lo experimenté por primera vez una mañana cuando acabábamos de regresar de nuestra luna de miel y de instalarnos en la casa de Londres. Richard se despidió de mí con un beso en mi nuevo cuarto de estar —que yo había elegido con ventanas a la calle y no al jardín, con el fin de no perder de vista el mundo exterior— para tomar el tren que lo llevaba al trabajo. Lo vi desde la ventana mientras se alejaba, y tuve los mismos celos que me inspiraba mi hermano cuando salía camino del colegio. Al doblar Richard la esquina, me volví y contemplé la habitación tranquila, en silencio, situada en la periferia de la ciudad que es el centro del mundo, y me eché a llorar. No tenía más que veinte años y mi vida había iniciado un recorrido —largo y lento— sobre el que carecía por completo de control.

Me sobrepuse, como es lógico. Sabía perfectamente bien que tenía suerte en muchas cosas: haber recibido una educación, tener un padre liberal y un marido bien parecido y con una posición suficientemente desahogada como para permitirnos una cocinera y una doncella y que no pone obstáculos a mis esfuerzos por mejorar, aunque no sea capaz de darme ese mundo más amplio que tanto anhelo. Aquella mañana me sequé las lágrimas, contenta al menos de que mi suegra no hubiera estado allí para verme llorar. Pequeñas bendiciones, por las que doy gracias a mi Dios.

Mi matrimonio no es ya lo que fue en otro tiempo. Ahora temo lo que Richard me propondrá para la noche de Fin de Año. Ignoro si realmente disfruta con la experiencia. Más bien lo hace para castigarme. Pero no me creo capaz de ser lo que quiere que sea: una esposa alegre, convencida de que el mundo es un sitio razonable y él un hombre también razonable.

Si pudiera hacerlo, o incluso fingirlo, podríamos pasar en casa el Fin de Año. Pero no puedo.

Hoy por la noche he tratado de acallar mi sentimiento de desesperación y, por lo menos, de no descuidar a Maude. Cuando abandonábamos la fogata me he acercado a ella, le he cogido la mano y le he ofrecido mi brazo. Ha dado un salto como si la hubiese mordido y luego ha puesto cara de culpable por haber reaccionado de esa manera. Me ha cogido del brazo con bastante torpeza, pero hemos logrado seguir así varios minutos, hasta que ha encontrado una excusa para salir corriendo a reunirse con su amiga. Confieso, para vergüenza mía, que he sentido alivio.

Mayo de 1904

MAUDE COLEMAN

Sé que no debería decirlo, pero la abuela siempre consigue echarnos a perder el día cuando viene de visita, incluso antes de llegar. Hasta que recibimos ayer su carta, lo estábamos pasando tan ricamente, sentados en el patio, alrededor de la mesa, y leyéndonos unos a otros trozos de noticias de los periódicos. Es mi rato preferido con mamá y papá. Estábamos en primavera, el día era tibio, las flores del jardín empezaban a florecer y por una vez mamá parecía feliz.

Papá leía trocitos del *Mail* y mamá, del periódico local, todos los delitos de la semana: estafas, esposas maltratadas y pequeños latrocinios son los más corrientes. A mamá le encanta la página de los delitos.

—Escuchad esto —dijo—. «James Smithson ha comparecido ante el juez acusado de robar el gato de su vecino. El señor Smithson alegó en su defensa que el minino se había apoderado del asado dominical y que sólo reclamaba lo que era suyo, que se encontraba dentro del gato.»

Los tres nos reímos, pero cuando llegó Jenny con la carta, mamá dejó de sonreír.

—¿Qué voy a hacer con ella durante todo el día? —preguntó al terminar de leer.

Papá no respondió, pero frunció el ceño y siguió con el periódico.

Fue entonces cuando sugerí la visita al columbario. No estaba del todo segura de qué era un columbario, pero habían inaugurado uno en el cementerio, y sonaba lo bastante importante para la abuela.

—Buena idea, Maude —dijo mamá—. Si es que está de acuerdo.

Papá levantó la vista del *Mail*.

—Me sorprendería mucho que aceptara ir a ver una cosa tan desagradable.

—No sé qué decirte —respondió mamá—. Creo que es una idea excelente. Me maravilla que no quieras ir tú, dado lo mucho que te gustan las urnas.

Al oír la palabra urna supe que iban a discutir, de manera que corrí hasta el fondo del jardín para decirle a Lavinia que posiblemente iríamos al cementerio al día siguiente. Papá y el señor Waterhouse han colocado escaleras para que podamos subir a la cerca más fácilmente, después de que me torciera una muñeca al caerme.

A la abuela le tengo bastante miedo. Da la sensación de que se ha tragado el palo de una escoba y además dice cosas que a mí me castigarían si las dijera. Hoy, cuando ha llegado, me ha mirado y ha dicho:

—Mira que eres feúcha, Señor. Nadie adivinaría que Kitty es tu madre. Ni yo tu abuela, si vamos a eso —siempre le gusta recordar a todo el mundo que de joven era una belleza.

Subimos al cuarto de estar de las mañanas y la abuela dijo al instante, una vez más, que no aprobaba los colores que mamá ha utilizado para decorar la habitación. A mí más bien me gustan. Me recuerdan al café para obreros al que Jenny me lleva a veces para darme gusto, y donde en cada mesa hay un tarro de mostaza y una botella de salsa marrón. Quizá mamá los vio allí y decidió utilizarlos en su sala, aunque es difícil imaginarse a mamá en un café para obreros, con todo el humo y la grasa y los hombres sin afeitar. Mamá siempre ha dicho que prefiere a un hombre con piel suave, como la de papá.

Mamá ni hizo caso de las observaciones de la abuela.

—Café, por favor, Jenny —pidió.

—Para mí no —dijo la abuela—. Sólo una taza de agua caliente y una rodaja de limón.

Me quedé detrás, junto a la ventana, para poder mirar a través de las venecianas. El aire estaba polvoriento, nada sorprendente con toda la actividad de la calle: caballos que tiraban de carros cargados de leche, carbón, hielo, el chico del panadero yendo de puerta en puerta con su cesta de pan, muchachitos que traían cartas, doncellas que hacían recados. Jenny siempre dice que vive en guerra con el polvo y que está perdiendo la batalla.

Me gusta mirar fuera. Cuando me volví hacia el interior de la sala, me pareció que el polvo que flotaba en un rayo de sol estaba completamente inmóvil.

—¿Por qué te has escondido ahí detrás? —dijo la abuela—. Ven aquí para que podamos verte. Tócanos algo al piano.

Miré a mamá, aterrada. Mamá sabe que aborrezco tocar. No me ayudó.

—Vamos, Maude —dijo—. Tócanos algo de tu última lección.

Me senté ante el piano y me limpié las manos en el delantal. Sabía que la abuela preferiría un himno a Mozart, de manera que empecé a tocar *Quédate a mi lado* que, como sé perfectamente, mamá detesta. Al cabo de unos pocos compases la abuela dijo:

—Dios del cielo, hija, eso es terrible. ¿No sabes hacerlo mejor?

Dejé de tocar y me quedé mirando el teclado; me temblaban las manos. No me gustan nada las visitas de la abuela.

—Vamos, vamos, madre, sólo tiene nueve años —me defendió mamá finalmente—. Lleva poco tiempo dando clases.

—Una chica necesita aprender esas cosas. ¿Qué tal la costura?

—Regular —contestó mamá con franqueza—. Eso lo ha heredado de mí. Pero lee muy bien. Está leyendo *Sentido y sensibilidad,* ¿no es cierto, Maude?

Asentí.

—Y *A través del espejo* por segunda vez. Papá y yo hemos estado reproduciendo la partida de ajedrez.

—Leer —dijo la abuela, el palo de la escoba más llamativo que nunca—. Eso no le sirve de nada a una chica. Sólo para meterle ideas en la cabeza. Sobre todo tonterías como esos libros de Alicia.

Mamá, que leía todo el tiempo, se irguió un poco en la silla.

—¿Qué hay de malo en que una chica tenga ideas, madre?

—No se sentirá satisfecha con la vida si tiene ideas —dijo la abuela—. Como tú. Siempre le dije a Richard que no serías feliz. «Cásate con ella si tienes que hacerlo», le dije, «pero nunca estará satisfecha». Tenía razón. Siempre quieres algo más, pero todas tus ideas no te explican qué es eso que quieres.

Mamá no dijo nada, pero se apretó con tanta fuerza las manos sobre el regazo que los nudillos perdieron por completo el color.

—Pero yo sí sé lo que necesitas.

Mamá me miró y luego hizo un gesto con la cabeza a la abuela, para indicarle que se disponía a decir algo que yo no debía oír.

—Tendrías que tener más hijos —continuó, haciendo caso omiso de mamá. Nunca tiene en cuenta sus sentimientos—. El médico dijo que no hay razón para que no los tengas. Te gustaría un hermanito o una hermanita, ¿no es cierto, Maude?

Miré a la abuela y luego a mamá.

—Sí —dije, para castigar a mamá por hacerme tocar el piano. Me sentí mal nada más decirlo, pero era verdad, después de todo. Tengo celos de Lavinia con frecuencia a causa de Ivy May, incluso aunque sea un estorbo cuando tiene que ir a todas partes con nosotras.

En aquel momento llegó Jenny con una bandeja y todas sentimos alivio al verla. Cuando hubo servido a las señoras me las arreglé para escabullirme detrás de ella. Mamá decía algo sobre la Exposición de Verano en la Academia Real.

—Seguro que es una porquería —estaba diciendo la abuela cuando cerraba yo la puerta.

—*Porquería* —repitió Jenny en la cocina, al tiempo que movía la cabeza y arrugaba la nariz. Sonó tan parecido a la abuela que estuve riéndome hasta que me dolió el estómago.

A veces me pregunto por qué la abuela se molesta en visitarnos. Mamá y ella disienten en casi todo, y la abuela no se caracteriza por su tacto. Siempre le toca a mamá limar las asperezas.

—Privilegios de la edad —dice papá todas las veces que mamá se queja.

Por un momento me dio vergüenza haberla abandonado en el piso de arriba, pero todavía me molestaba que hubiera dicho que cosía tan mal como tocaba el piano. De manera que me quedé en la cocina y ayudé a la señora Baker con el almuerzo. Íbamos a tomar lengua de vaca, fiambre con ensalada, y bizcochos de soletilla de postre. Los almuerzos con la abuela nunca son muy interesantes.

Cuando bajó Jenny con la bandeja del café contó que le había oído decir que quería visitar el columbario, «incluso aunque sea para *paganos*». No esperé a que Jenny terminara y salí corriendo en busca de Lavinia.

KITTY COLEMAN

A decir verdad, me sorprendió que mi suegra estuviera tan interesada en el columbario. Supongo que la idea concuerda con su sentido del orden y el ahorro, aunque dejó bien claro que nunca resultaría apropiado para cristianos.

De todas formas fue un descanso para mí tener algo que hacer en su compañía. Siempre temo sus visitas, aunque ya sufra menos que de recién casada. He necesitado diez años de matrimonio para aprender a tratarla; hay que hacerlo como si fuera un caballo, aunque nunca he llevado un caballo, ¡son tan grandes y tan torpes!

Pero a mi suegra he aprendido a manejarla. Los retratos, por ejemplo. Como regalo de boda nos dio varios retratos al óleo muy oscuros de distintos Coleman del siglo pasado, más o menos, todos con la misma expresión adusta que es también la suya, lo que resulta notable si se tiene en cuenta que su parentesco con la familia es político.

Eran unos cuadros terribles, pero mi suegra insistía en que había que colgarlos en el vestíbulo para que todas las visitas pudieran verlos y admirarlos; y Richard no intentó siquiera disuadirla. Raras veces le lleva la contraria. Su único acto de rebeldía fue casarse con la hija de un médico de Lincolnshire, y probablemente se pasará lo que le queda de vida evitando nuevos conflictos. De manera que colgamos los retratos. Al cabo de seis meses encontré unas acuarelas de tema botánico exactamente del mismo tamaño y las colgué en su lugar, aunque volvía a poner los retratos en el vestíbulo cada vez que mi suegra nos visitaba. Afortunadamente no es la clase de persona que hace visitas por sorpresa; siempre anuncia su llegada un día antes, lo que me da tiempo de sobra para hacer el cambio.

Después de varios años fui adquiriendo más confianza y un buen día decidí mantener las acuarelas. Por supuesto, fue lo primero que notó al llegar, antes incluso de desabrocharse el abrigo.

—¿Qué ha sido de los retratos de la familia? —preguntó—. ¿Cómo es que no están en su sitio?

Por suerte me había preparado.

—Oh, madre —cómo me crispa llamárselo; es todo menos una madre para mí—, me preocupaba que las corrientes de la puerta de la calle pudieran estropearlos, de manera que los he llevado al estudio de Richard, y así mi marido se consolará con la presencia de sus antepasados.

Su respuesta fue típica.

—Si he de ser sincera no sé por qué los has tenido aquí tanto tiempo. Me hubiera gustado sugerírtelo, pero ésta es tu casa, después de todo, y Dios no permita que me ponga a decirte cómo debes llevarla.

A Jenny casi se le cayó al suelo el abrigo de mi suegra de las ganas que tuvo de reírse; sabía demasiado bien el lío organizado en torno a los cuadros, porque era ella quien me ayudaba a cambiarlos todas las veces.

Muy al comienzo conseguí una victoria sobre mi suegra que me ha sostenido a lo largo de muchas tardes agotadoras, cuando después de soportarla he tenido que tumbarme y tomar una dosis de polvos de Beecham. La señora Baker fue mi triunfo. La elegí como cocinera por su apellido;[*] la frivolidad del motivo la hizo irresistible. Y no lo pude evitar: se lo dije también a mi suegra.

Al oírlo, escupió el té, horrorizada.

—¿Escogida por su apellido? ¡No seas ridícula! ¿Qué manera es ésa de llevar una casa?

Para mi inmensa satisfacción, la señora Baker —una mujer pequeña, reservada, que me hace pensar en un haz de ramitas— ha resultado una joya, porque es una cocinera muy capaz y ahorrativa, que entiende instintivamente ciertas cosas, de manera que ni siquiera necesito explicárselas. Cuando le digo que viene mi suegra a almorzar, por ejemplo, sirve un consomé en lugar de una sopa de pescado, y un huevo escalfado en lugar de una tortilla. Sí: es una verdadera joya.

---

[*] Baker, además de ser un apellido corriente, significa «panadera». (*N. del T.*)

Jenny me ha causado más problemas, pero me gusta más que la señora Baker, que mira a todo el mundo de reojo, por lo que parece eternamente desconfiada. Jenny tiene la boca grande y las mejillas redondas, un rostro hecho para la risa. Siempre trabaja con una expresión divertida, como si estuviera a punto de soltar la carcajada por algún chiste estupendo. Y a veces le sucede: la oigo reír durante todo el camino, escaleras arriba, desde la cocina. Trato de no pensar en ello, pero a veces me pregunto si no soy yo quien le hace reír. Seguro que sí.

Mi suegra dice que no hay que fiarse de ella, por supuesto. Y quizá tenga razón. Hay un algo inquieto en Jenny que hace pensar que un día se estrellará y todos sufriremos las consecuencias. Pero estoy decidida a conservarla, aunque sólo sea para fastidiar a mi suegra.

Y además ha sido una bendición para Maude: es una chica cariñosa (la señora Baker es fría como el peltre). Desde que nos dejó su tata y se supone que soy yo quien se ocupa de ella, Jenny resulta indispensable para no perderla de vista. A menudo se la lleva al cementerio; un capricho de Lavinia que desgraciadamente Maude ha hecho suyo y que yo no corté de raíz como debería haber hecho. Jenny no se queja apenas; imagino que agradece la posibilidad de descansar un rato. Siempre va al cementerio de muy buen humor.

Maude dijo que a las Waterhouse les gustaría ir también a ver el columbario, lo que me pareció muy bien. Sospecho que Gertrude Waterhouse es, si no la clase de mujer con la que a mi suegra le habría gustado que se casara su hijo (yo tampoco), sí, al menos, más capaz de congeniar con ella. Podrían hablar sobre su mutua adoración por la difunta Reina, cuando menos.

El columbario está situado en una de las bóvedas del Círculo de Líbano, donde se ha cavado una especie de canal en torno a un gran cedro del Líbano, bordeado por una doble hilera de panteones familiares. Para llegar hay que recorrer la Egyptian Avenue, una sombría hilera de mausoleos adornados con rododendros, la entrada en estilo egipcio, y columnas decoradas con flores de loto. Todo ello resulta bastante teatral: estoy segura de que resultaba muy elegante en 1840, pero ahora más bien da ganas de reír. El árbol, al menos, resulta majestuoso, las ramas dobladas y extendidas casi horizontalmente, como un paraguas de agujas azul verdosas. Con el cielo azul detrás, como sucedía hoy, consigue que cualquier corazón remonte el vuelo.

Quizá debería haber preparado más a las niñas sobre lo que iban a ver. Maude es muy flemática y sólida e Ivy May, la pequeña de los Waterhouse, de ojos grandes color avellana, muy reservada. Pero Lavinia es el tipo de chica que encuentra cualquier excusa para desmayarse, cosa que hizo nada más mirar a través de la verja de hierro que da entrada al columbario. No es que haya mucho que ver, en realidad: se trata de una pared alta y no muy grande llena de nichos de medio metro de ancho por treinta centímetros de alto. Están todos vacíos, excepto dos, muy en lo alto, cubiertos con lápidas, y otro con una urna dentro, pero todavía sin lápida. Dado que por todas partes, en el resto del cementerio, hay urnas sobre las tumbas, es difícil entender el alboroto que ha organizado Lavinia.

También me resultó consolador, he de confesarlo, porque hasta aquel momento Gertrude Waterhouse y mi suegra se entendían a las mil maravillas. No diré que sentía celos, pero tuve la sensación de no estar a la altura de las circunstancias. Sin embargo, cuando Gertrude tuvo que ocuparse de su hija postrada, colocándole bajo la nariz un frasquito de sales, mientras Ivy May la abanicaba con su pañuelo, mi suegra adoptó una actitud de clara desaprobación.

—¿Qué le pasa a esa niña? —ladró.

—Es un poquito impresionable, mucho me temo —replicó la pobre Gertrude—. No está preparada para tales espectáculos.

Mi suegra resopló. Sus resoplidos son a veces más expresivos que las palabras.

Mientras esperábamos a que Lavinia volviera en sí, Maude me preguntó por qué se llamaba columbario a aquel lugar.

—Es la palabra latina para palomar, donde viven las palomas.

—Pero ahí no vive ningún pájaro.

—No. Los nichos son, como ves, para colocar urnas, como la que tenemos en nuestra sepultura, pero mucho más pequeñas.

—Pero ¿por qué ponen urnas ahí?

—A la mayoría de las personas se las entierra en ataúdes. Pero algunas personas prefieren que las quemen. En

esas urnas se guardan sus cenizas y ahí es donde se las co-
loca.

—¿Quemadas? —Maude parecía un poco horrorizada.

—La palabra es incineradas, en realidad —dije—. No
tiene nada de malo. En cierto modo asusta menos que ser
enterrado. Mucho más rápido por lo menos. Se está po-
pularizando un poco más ahora. Quizá yo prefiera que me
incineren —lancé aquel último comentario con cierta li-
gereza, ya que, en realidad, nunca lo había pensado antes.
Pero ahora, al contemplar la urna en uno de los nichos,
empezó a atraerme; aunque no querré que mis cenizas se
coloquen en una urna. Más bien que se esparzan en algún
sitio para que haya más flores.

—¡Estupideces! —me interrumpió mi suegra—. Y es
totalmente inadecuado hablar de tales cosas a una niña de
la edad de Maude —después de haber dicho aquello no
resistió la tentación de continuar—. Además, es contrario
al cristianismo e ilegal. No estoy segura siquiera de que sea
legal construir una cosa así... —hizo un gesto en dirección
al columbario— si alienta actividades delictivas.

Mientras hablaba, un caballero descendía a paso rápido las escaleras, próximas al columbario, que comunican
el nivel superior del Círculo con el inferior, pero se detuvo bruscamente al oírla.

—Perdóneme, señora —dijo, con una inclinación de
cabeza en dirección a mi suegra—. No he podido evitar
oír su comentario. La incineración, desde luego, no es ilegal. Nunca ha sido ilegal en Inglaterra; simplemente la sociedad no la aprobaba y por eso no se practicaba. Pero

existen crematorios desde hace años; el primero se construyó en Woking en 1885.

—¿Quién es usted? —preguntó mi suegra—. ¿Y en qué le concierne lo que yo diga?

—Perdóneme, señora —repitió su interlocutor, con otra inclinación de cabeza—. Soy el señor Jackson, director del cementerio. Sólo deseaba aclararle algunos hechos relativos a la incineración, porque quería tranquilizarla y asegurarle que no hay nada ilegal en relación con el columbario. La ley sobre incineraciones aprobada hace dos años regula sus procedimientos y prácticas para toda la Gran Bretaña. El cementerio ha respondido sencillamente a una demanda social, y refleja la opinión pública en este asunto.

—Desde luego no reflejan ustedes mi opinión sobre esa cuestión, joven —resopló mi suegra—, y soy propietaria de una sepultura aquí..., lo he sido desde hace casi cincuenta años.

Sonreí ante el calificativo de mi suegra; el señor Jackson parecía tener cuando menos cuarenta años, con hebras grises en el bigote, bastante tupido. Era muy alto y vestía traje oscuro con sombrero hongo. Si no se hubiera presentado, yo habría creído que era pariente o amigo de algún difunto. Probablemente lo había visto antes, pero no lograba recordarlo.

—No estoy diciendo que no se deba practicar la incineración —continuó mi suegra—. Para los no cristianos puede ser una posibilidad: hindúes y judíos, ateos y suicidas, personas a quienes nada les importa el alma. Pero me escandaliza ver una cosa así instalada en terreno consagrado. Debería haberse colocado en la parte reservada a los disidentes, donde la tierra no está bendita. Aquí es una ofensa al cristianismo.

—Las personas cuyos restos descansan en el columbario eran con toda seguridad cristianos, señora —respondió el señor Jackson.

—Pero ¿qué me dice de la resurrección? ¿Cómo podrán reunirse cuerpo y alma si el cuerpo ha sido... —mi suegra no terminó la frase, limitándose a agitar una mano en dirección a los nichos.

—Achicharrado —concluyó Maude por ella. Y a mí me costó trabajo no reírme.

En lugar de amilanarse ante la arremetida de mi suegra, el señor Jackson pareció crecerse. Siguió muy tranquilo, las manos a la espalda, como si estuviera analizando una ecuación matemática y no una difícil cuestión teológica. Maude y yo y las Waterhouse —Lavinia ya se había recuperado para entonces— nos quedamos mirándolo, esperando a que hablara.

—Sin duda no hay diferencia entre los restos descompuestos de un cuerpo enterrado y las cenizas de otro incinerado —dijo.

—¡Toda la diferencia! —farfulló mi suegra—. Aunque se trata de una conversación sumamente desagradable, sobre todo delante de estas niñas, una de las cuales, además, acaba de reponerse de un desmayo.

El señor Jackson miró a su alrededor como si se diera cuenta en aquel momento de la presencia de las demás.

—Mis disculpas, señoras —hizo una inclinación de cabeza (otra)—. No era mi intención ofenderlas —pero no por eso abandonó el razonamiento, como era claramente el deseo de mi suegra—. Me limitaré a decir que Dios es omnipotente y nada de lo que hagamos con nuestros restos mortales le impedirá, si así lo desea, reunir nuestra alma con nuestro cuerpo.

Se produjo un breve silencio, interrumpido tan sólo por un leve jadeo de Gertrude Waterhouse. La implicación de las palabras del señor Jackson —que mi suegra, con su razonamiento, ponía en duda el poder del mismo Dios— no le había pasado inadvertida. Como tampoco a mi suegra, quien, por vez primera desde que la conozco, pareció quedarse sin palabras. No durante mucho tiempo, por supuesto, pero la satisfacción que sentí fue muy intensa.

—Joven —dijo mi suegra por fin—, si Dios quisiera que quemáramos a nuestros muertos lo habría dicho así en la Biblia. Vamos, Maude —añadió, volviéndole la espalda—, ya es hora de que hagamos una visita a nuestra sepultura.

Mientras se llevaba a una Maude más bien reacia, el señor Jackson me miró y yo le sonreí. Inclinó la cabeza por cuarta vez, murmuró algo sobre sus muchas ocupaciones, y se marchó muy deprisa, el rostro encendido.

Vaya, pensé. Vaya.

LAVINIA WATERHOUSE

No era mi intención desmayarme, de verdad. Sé que Maude piensa que lo hice aposta, pero no es cierto; esta vez no. Fue sólo que, estoy segura, cuando miré hacia el columbario advertí un leve movimiento. Se me ocurrió que podía ser el espíritu de alguno de los pobrecillos cuyas cenizas están allí, rondando en busca de su cuerpo. Luego sentí que algo me tocaba la nuca, supe que tenía que ser un espíritu, y me desmayé.

Cuando le conté después a Maude lo que había sucedido, dijo que sería probablemente la sombra del cedro contra la pared del columbario. Pero sé lo que vi, y no era una cosa de este mundo.

Después me sentí muy desdichada, pero nadie me hizo el más mínimo caso, ni siquiera para traerme un vaso de agua; todas pendientes de aquel hombre que hablaba sobre quemar y qué sé yo qué más. No seguí lo que dijo: era demasiado aburrido.

Luego la abuela de Maude se la llevó casi a la fuerza y nuestras madres la siguieron y sólo Ivy May me esperó. A veces es un verdadero encanto. Me levanté y me estaba limpiando el vestido, cuando oí un ruido por encima, alcé la vista y ¡vi a Simon en lo más alto del columbario! No pude evitar un grito, por aquello del espíritu y todo lo demás. Creo que no me oyó nadie: al menos nadie volvió para ver qué sucedía.

Cuando me repuse, dije:

—¿Qué estás haciendo ahí arriba, descarado?

—Mirarte —dijo con toda la desvergüenza del mundo.

—¿Te gusto, entonces? —le pregunté.

—Claro.

—¿Más que Maude? Soy más guapa.

—Su mamá es la más guapa de todas —dijo.

Fruncí el ceño. No era eso lo que quería que dijera.

—Vamos, Ivy May —dije—; tenemos que encontrar a las demás —le tendí la mano, pero no la cogió. Se quedó mirando a Simon, las manos detrás de la espalda, como si estuviera inspeccionando algo.

—Ivy May no habla mucho, ¿verdad? —dijo Simon.

—No.

—A veces hablo —dijo mi hermana.

—Ahí lo tienes —Simon asintió con la cabeza. Le sonrió y, para sorpresa mía, Ivy May respondió a su sonrisa.

Fue entonces cuando regresó ese individuo, el señor Jackson, el que habló sobre todo eso de quemar. Dobló corriendo la esquina y se detuvo al vernos a Simon y a mí.

—¿Qué haces ahí, Simon? Tendrías que estar ayudando a tu padre. ¿Y qué haces con estas señoritas? No son compañía para gente como tú. ¿Les ha molestado, señorita? —me preguntó.

—Sí, claro, me ha molestado terriblemente —respondí.

—¡Simon! Tu padre se va a quedar sin trabajo por esto. Ve y dile que deje de cavar. Esto es el fin para ti, chico.

Yo no sabía con seguridad si estaba fanfarroneando. Pero Simon se puso en pie como pudo y se le quedó mirando. Parecía como si quisiera decir algo, pero me miró y no dijo nada. Luego, de repente, dio unos cuantos pasos hacia atrás y, antes de que me diera cuenta de lo que hacía, saltó sobre nuestras cabezas desde lo alto del columbario hasta el Círculo con el cedro. Fue tal la sorpresa que me quedé allí con la boca abierta. Había saltado por lo menos tres metros.

—¡Simon! —gritó de nuevo el señor Jackson. Simon trepó por el cedro y empezó a subir por una de las ramas. Cuando estuvo muy arriba, se paró y se sentó de espaldas a nosotros, balanceando las piernas. Iba descalzo.

—Mi hermana ha mentido. No nos estaba molestando.

A menudo Ivy May decide hablar precisamente cuando no quiero que lo haga. Tuve ganas de pellizcarla.

El señor Jackson alzó las cejas.

—¿Qué hacía?

No se me ocurrió nada que decir y miré a Ivy May.

—Nos estaba indicando por dónde ir —respondió mi hermana.

Asentí.

—Estábamos perdidas.

El señor Jackson suspiró. Se le movió la mandíbula como si estuviera mascando algo.

—¿Por qué no las acompaño a donde se encuentra su madre, jovencitas? ¿Saben dónde está?

—En nuestra sepultura —dije.

—¿Y cómo se llama usted?

—Lavinia Ermyntrude Waterhouse.

—Ah, en el prado, con un ángel.

—Sí, el ángel lo elegí yo, ¿sabe?

—Vengan conmigo.

Mientras nos dábamos la vuelta para seguirle le di un pellizco muy grande a Ivy May, pero no fue muy satisfactorio porque no se quejó. Quizá pensó que ya había usado bastante la boca para un día.

EDITH COLEMAN

Interrumpí mi visita. Tenía intención de quedarme a cenar y ver a Richard, pero el viaje al cementerio me resultó tan agotador que cuando volvimos a casa de mi hijo le dije a la doncella que me buscara un coche. La encontré en el vestíbulo con una dosis de polvos de Beecham en una bandeja: la única vez, desde que la conozco, que ha tenido el buen sentido de anticiparse a los deseos de alguien. Los había mezclado con agua de cal, lo que era enteramente innecesario, y así se lo dije, momento en que soltó una risita. La muy insolente. La hubiera puesto de patitas en la calle sin más contemplaciones, pero Kitty pareció no darse cuenta.

Ha sido de lo más molesto que Kitty no me hubiera dicho quiénes eran los Waterhouse, porque en ese caso habría evitado un momento muy desagradable. (No puedo por menos de preguntarme si no lo habrá hecho aposta.) Cuando visitamos nuestra sepultura me fijé en el ángel de la tumba vecina. Richard lleva algún tiempo diciendo que tiene intención de pedir a sus propietarios que cambien el ángel por una urna que haga juego con la nuestra. Me limité a pedirle su opinión a Gertrude Waterhouse, sin reparar en el nombre que aparecía en la tumba. Me sorprendió tanto saber que el ángel era suyo como a ella descubrir que no nos gusta. Con el fin de sacar la verdad a la luz —alguien tiene que hacerlo después de todo, y esas tareas siempre acaban cayendo sobre mis espaldas— prescindí de cualquier miramiento social y expliqué que todo el mundo preferiría que las sepulturas tuviesen urnas gemelas. Pero a continuación Kitty echó por tierra mi argumento al decir que ahora más bien le gusta el ángel, mientras que, por otra parte, Gertrude Waterhouse confesó que a ellos no les parece bien nuestra urna. (¡Qué desfachatez!)

Luego la pesada de su hija mayor saltó con que si las sepulturas tuvieran urnas que hiciesen juego, la gente pensaría que las familias estaban emparentadas. Esa observación me hizo reflexionar, lo confieso. No me parece que la asociación con los Waterhouse sea en absoluto beneficiosa para los Coleman.

Y tampoco apruebo la influencia que tiene la chica mayor de los Waterhouse sobre mi nieta: carece de sentido de la proporción y quizá eche a perder el de Maude, que podría tener una amiga mucho más adecuada.

De manera que me lavo las manos en el asunto del ángel y de la urna. Lo he intentado, pero son los hombres quienes tienen que resolverlo, mientras que nosotras, las mujeres, soportamos las consecuencias. Es muy poco probable que Richard haga nada ya, puesto que han pasado más de tres años desde que se colocó el ángel y al parecer Albert Waterhouse y él se llevan muy bien debido al críquet.

Ha sido todo muy violento y yo estaba furiosa con Kitty por ser la responsable. Es muy propio de ella avergonzarme. Nunca nos hemos llevado bien, pero me sentía más inclinada a mostrarme tolerante con ella de recién casada, porque sabía que hacía feliz a Richard. Estos últimos años, sin embargo, es evidente que no se llevan bien. Nunca podría hablar de ello con mi hijo, por supuesto, pero, francamente, estoy segura de que no lo acepta en su cama; de lo contrario tendrían más hijos y Richard no estaría tan deprimido. No puedo hacer nada, excepto insinuar a Kitty que las cosas deberían ser de otro modo, pero no consigo el menor efecto; ya no hace feliz a Richard y parece muy poco probable que vuelva a hacerme abuela.

De todos modos, para suavizar las cosas con Gertrude Waterhouse he pasado a hablar del mantenimiento del cementerio, tema sobre el que estaba segura de que todos estaríamos de acuerdo. Cuando me casé, mi marido se apresuró a enseñarme la sepultura familiar de los Coleman, lo que acrecentó mi seguridad de que había hecho una buena elección al aceptarlo. El cementerio parecía un lugar sólido, seguro y ordenado: los muros limítrofes eran altos, los arriates y los caminos estaban bien cuidados, el personal era discreto y competente. El diseño de los jardines, muy alabado, no me interesó, ni me gustaron los excesos de la Egyptian Avenue y del Círculo de Líbano, pero los entendí como rasgos que habían influido en la reputación del cementerio como sitio preferido para las personas de nuestra clase. No sería yo quien se quejara.

Ahora, sin embargo, la calidad se está perdiendo. Hoy he visto tulipanes secos en los arriates. Eso no hubiera sucedido hace treinta años; entonces las flores se sustituían tan pronto como empezaban a marchitarse. Y no se trata sólo de la gerencia. Algunos propietarios prefieren incluso plantar flores silvestres alrededor de sus tumbas. Dentro de poco traerán una vaca para que mordisquee las margaritas.

Como ejemplo de descuido señalé una hiedra de una tumba vecina (no la de los Waterhouse) que estaba trepando por un lateral de la nuestra. Si no se hace nada, pronto cubrirá la urna y la derribará. Kitty se dispuso a arrancarla, pero la detuve diciéndole que era función de la dirección del cementerio asegurarse de que la hiedra de otras personas no crecía en nuestra propiedad. Insistí en que la dejara como prueba y que se advirtiera al director de aquella situación.

Para sorpresa mía Kitty se marchó en aquel mismo instante en busca del director, forzándonos a Gertrude Waterhouse y a mí a conversar incómodamente hasta su reaparición, y fue mucho el tiempo que estuvo ausente. Ha debido de recorrer todo el cementerio.

Si he de ser justa, Gertrude Waterhouse es una persona agradable. Lo que le falta es más firmeza. Debería tomar un poco de la de mi nuera, que tiene más de la que le conviene.

SIMON FIELD

Me gusta subirme al árbol. Se ve todo el cementerio y hasta la ciudad. Te puedes sentar allí en lo alto bien tranquilo sin que te vea nadie. Uno de los grandes cuervos negros viene y se posa en la rama cerca de donde me siento. No le tiro nada ni le grito. Le dejo que se quede allí conmigo.

No es que esté mucho tiempo, de todos modos. A los pocos minutos desde que se marchan las chicas bajo para ir a buscarlas. Cuando voy corriendo por el camino principal veo venir al señor Jackson hacia mí y tengo que esconderme detrás de una tumba.

Está hablando con uno de los jardineros.

—¿Quién es esa señora que está con las chicas? —pregunta—. ¿La que lleva un vestido verde manzana?

—Es la señora Coleman, jefe. Kitty Coleman. ¿Se acuerda de la sepultura, abajo, cerca de donde se entierra a los pobres, con una urna muy grande? Es la suya.

—Sí, claro, por supuesto. La urna y el ángel, demasiado juntos.

—Eso es. Condenadamente guapa, ¿no le parece?

—Tenga cuidado con lo que dice.

El jardinero ríe entre dientes.

—Claro, jefe. Tendré cuidado con lo que digo.

Cuando pasan vuelvo a las tumbas. He de esconderme de los jardineros que trabajan en el prado. Aquí todo está muy cuidado, la hierba bien segada, las malas hierbas arrancadas y los caminos rastrillados. En algunos sitios del cementerio no se molestan tanto, pero en el prado siempre hay alguien haciendo algo. El señor Jackson dice que tiene que tener buen aspecto para causar una impresión favorable en los visitantes, porque de lo contrario no comprarán sepulturas y no habrá dinero para pagarnos. Mi padre dice que eso es una tontería; la gente se muere todos los días, necesitan un sitio para enterrarlos y pagarán tanto si la hierba está cortada como si no. Dice que lo único que importa es una fosa bien cavada.

Me agacho detrás de la sepultura con el ángel. La tumba de Livy. Todavía no tiene la calavera y las tibias, aunque siento cosquillas en los dedos cuando la veo sin marcar. Pero cumplo mi palabra.

Las señoras hablan delante de las dos sepulturas, y Livy y Maude están sentadas en la hierba, haciendo cadenas con las margaritas. Me asomo de cuando en cuando pero no me ven. Sólo Ivy May. Me mira directamente con sus grandes ojos verdes y castaños, como un gato que se inmoviliza cuando te ve y espera para saber qué es lo que vas a hacer: darle una patada o acariciarlo. No dice nada, y me llevo el dedo a la boca para que siga callada. Estoy en deuda con ella por salvar el empleo de padre.

Luego oigo que la señora del vestido verde dice:

—Voy a ir a buscar al director, al señor Jackson. Quizá consiga que alguien se ocupe de las cosas de aquí.

—No servirá de nada —dice la señora mayor—. Lo que ha cambiado es la actitud. La actitud de esta nueva época que no siente respeto por los muertos.

—De todos modos, podrá al menos encargar a alguien que arranque la hiedra, dado que usted no me lo permite —dice la señora de verde. Se tropieza con la falda al andar. Me gusta cuando hace eso. Es como si estuviera tratando de quitársela—. Iré y lo encontraré. No será más que un minuto —se aleja camino adelante y voy de tumba en tumba, siguiéndola.

Me gustaría decirle dónde está el señor Jackson, pero no lo sé. Se están preparando tres sepulturas y cuatro funerales. Se construye una columna cerca de la araucaria, y también se han hundido algunas tumbas nuevas y necesitan más tierra. El señor Jackson podría estar en cualquiera de esos sitios, supervisando a los que trabajan. O podría estar tomando té en el pabellón o vendiéndole una tumba a alguien. Eso ella no lo sabe, claro.

En la avenida principal casi la atropella un tiro de caballos que arrastra un bloque de granito. Da un salto hacia atrás, pero no grita como hubieran hecho muchas señoras. Se queda allí, muy pálida, y tengo que esconderme detrás de un tejo mientras saca un pañuelo y se lo pasa por la frente y el cuello.

Cerca de la Egyptian Avenue otra pareja de enterradores baja en dirección suya con los picos al hombro. Son gente dura: mi padre y yo no nos acercamos a ellos. Pero cuando los detiene y les dice algo miran al suelo, los dos, como hechizados. Uno señala el camino y luego a la derecha; les da las gracias y camina en la dirección indicada. Cuando se aleja, los enterradores se miran, uno dice algo que no consigo oír y los dos ríen.

No me ven seguirla. Salto de sepultura en sepultura, escondiéndome detrás de las lápidas. Noto en los pies el calor de las losas de granito cuando llevan tiempo al sol. A veces me quedo quieto un minuto para sentir su tibieza. Luego corro para alcanzarla. Desde detrás, su espalda parece un reloj de arena. Aquí tenemos relojes de arena con alas. El tiempo vuela, dice padre que significan. Piensas que vas a estar mucho tiempo en el mundo pero no es verdad.

Tuerce a la altura de la estatua con el caballo para entrar en la zona de los disidentes, y allí recuerdo que están podando los castaños de Indias. Al llegar a una esquina encontramos al señor Jackson con cuatro jardineros: dos en el suelo y otros dos que han trepado al gran castaño de Indias. Uno está a caballo de una rama y se va deslizando, bien sujeto por las piernas. Uno de los jardineros en el suelo hace un chiste comparando a la rama con una mujer, y todo el mundo ríe, excepto el señor Jackson y la señora, cuya presencia nadie ha advertido todavía. Pero se sonríe, sin embargo.

Han atado cuerdas a la rama y los dos jardineros que están en el árbol manejan una sierra para dos. Se detienen para limpiarse el sudor de la cara, y para liberar la sierra cuando se engancha.

Cuando ven a la señora del vestido verde se dan codazos, pero nadie le dice nada al señor Jackson. Parece más contenta mirando a los hombres en el árbol que cuando estaba con las otras señoras. Sus ojos son oscuros, como si tuvieran manchas de carbón alrededor, y de las horquillas se le escapan mechoncitos de cabellos.

De repente se oye un crujido y la rama se rompe por el sitio donde la están serrando. La señora lanza una exclamación y el señor Jackson se vuelve y la ve. Los jardineros bajan la rama con ayuda de las cuerdas y cuando llega al suelo empiezan a serrarla en trozos.

El señor Jackson se acerca a la señora. Tiene el rostro encendido como si fuera él quien ha estado serrando y no diciendo a los demás lo que tienen que hacer.

—Lo siento, señora Coleman, no la había visto. ¿Hace mucho que está aquí?

—Lo bastante para haber oído comparar una rama de árbol con una mujer.

El señor Jackson tose como si se le hubiera ido la cerveza por mal camino.

La señora Coleman ríe.

—No tiene importancia —dice—. Ha sido reconfortante, en realidad.

El señor Jackson parece no saber qué decir. Por suerte, uno de los jardineros que están en el árbol grita:

—¿Alguna rama más que cortar aquí, jefe?

—No, llévenla para quemar. Con eso habremos terminado aquí.

—¿Hacen fuegos en el cementerio? —pregunta la señora C.

—Por la noche, sí, para quemar madera y hojas y otros residuos. Dígame, señora, ¿en qué puedo ayudarla?

—Quiero darle las gracias por haber hablado con mi suegra sobre incineración —dice—. Ha sido muy instructivo, aunque supongo que la desconcertó que se le respondiera con tanta franqueza.

—A quienes tienen opiniones firmes hay que tratarlos con firmeza.

—¿A quién cita?

—A mí mismo.

—Oh.

No dicen nada durante un minuto. Luego habla ella:

—Creo que me gustaría ser incinerada, ahora que se me ha informado de que no será un mayor desafío para Dios que un enterramiento tradicional.

—Es algo que debe usted considerar con cuidado y decidir por sí misma, señora. No es una decisión que se deba tomar a la ligera.

—No estoy segura de eso —dice ella—. A veces pienso que no tiene ninguna importancia lo que haga o deje de hacer o lo que me hagan.

El señor Jackson la mira asombrado, como si acabara de lanzar una maldición. Luego uno de los guardas aparece corriendo por el camino y dice:

—Jefe, el cortejo de Anderson está al fondo de Swain's Lane.

—¿Ya? —pregunta el señor Jackson. Saca el reloj del bolsillo—. Demonios, se han adelantado. Mande un chico a la tumba para decir a los enterradores que estén preparados. Iré dentro de un instante.

—De acuerdo, jefe —el guarda regresa por donde ha venido.

—¿Hay siempre tanto trabajo? —pregunta la señora C.—. La mucha actividad no favorece la contemplación. Aunque supongo que todo es un poco más tranquilo aquí, entre los disidentes.

—Un cementerio es un negocio como cualquier otro —dice el señor Jackson—. La gente tiende a olvidarlo. Hoy de hecho es un día relativamente tranquilo en materia de entierros. Pero mucho me temo que no podemos garantizar paz y tranquilidad, excepto los domingos. Se trata de la naturaleza del trabajo; es imposible predecir cuándo fallecen las personas. Tenemos que estar preparados para actuar con rapidez, ya que nada se puede planear por adelantado. Hemos llegado a tener veinte funerales en un día. Otros, ninguno. Vamos a ver, señora, ¿quería usted alguna otra cosa? Temo que debo marcharme.

—Ahora me parece tan trivial, comparado con todo esto —agitó las manos en torno a sí. Le preguntaré a mi padre qué significa trivial.

—Nada es trivial aquí. ¿De qué se trata?

—De nuestra sepultura, abajo en el prado. Una hiedra de otra tumba está creciendo por un lateral. Aunque pienso que es responsabilidad nuestra cortarla, ha disgustado a mi suegra, y piensa que el cementerio debería quejarse al propietario de la sepultura vecina.

Ahora entiendo ya lo que quiere decir trivial.

El señor Jackson echa mano de una sonrisa que sólo se le ve cuando está con visitantes, como si le doliese la espalda y tratara de ocultarlo. La señora C. parece avergonzada.

—Mandaré a alguien para que la arranque inmediatamente —dice— y hablaré con los otros propietarios —mira a su alrededor como si buscara a un muchacho a quien dar órdenes, de manera que salgo de detrás de la lápida donde estaba escondido. Es arriesgado porque sé que todavía está enfadado conmigo por rondar a Livy e Ivy May en lugar de trabajar. Pero quiero que me vea la señora C.

—Yo lo puedo hacer, jefe —digo.

El señor Jackson parece sorprendido.

—¿Qué haces aquí, Simon? ¿Has estado acosando a la señora Coleman?

—No sé qué quiere decir acosar, jefe, pero no he hecho eso. Sólo me estoy ofreciendo para quitar la hiedra.

El señor Jackson está a punto de decir algo pero la señora C. le interrumpe.

—Gracias, Simon. Muy amable por tu parte —y me sonríe.

Ninguna señora me ha dicho nunca nada tan amable, ni me ha sonreído. No me puedo mover, contemplando su sonrisa.

—Vamos, chico, vamos —dice el señor Jackson en voz baja.

Le devuelvo la sonrisa a la señora C. y luego me marcho.

Enero de 1905

JENNY WHITBY

Un verdadero desastre, de eso no hay duda. Se había convertido en una costumbre, suya y mía. Todo el mundo contento: el ama, las niñas, él y yo. (Yo siempre la última de la lista.) Subía con las chicas la colina una vez por semana, más o menos. Yo me lo pasaba bien, ellas igual, y su excelencia no tenía que hacer nada, excepto quedarse en casa y leer.

Pero luego se le metió en la cabeza llevarlas al cementerio. Durante el verano empezó a ir dos, hasta tres veces, por semana. Las chicas estaban en el cielo; yo, en cambio, en el infierno.

Luego dejó de hacerlo y empezó a mandarme de nuevo, de manera que pensé: volvemos a lo de antes. Pero ha llegado el invierno, las chicas no van tanto y cuando lo hacen quiere ser ella quien las lleve. A veces, incluso cuando las chicas no tienen interés. Hace frío allí, con tanta piedra por todas partes. Tienen que correr para calentarse. Yo ya sé lo que tengo que hacer para no pasar frío.

Una o dos veces he convencido a la señora para ir yo y no ella. El resto del tiempo me tengo que escapar una tarde. Mi hombre no está por las noches. Los jardineros trabajan menos horas que las doncellas, es algo que me gusta recordarle.

—Sí, y también nos pagan dos veces más —dice—. Te dan muy mala vida, ¿no es cierto?

Le pregunté qué le pasaba a la señora; por qué iba tanto al cementerio.

—Quizá por la misma razón que tú —dijo.

—¡Quia! —reí—. A quién iría a ver, de todos modos, ¿a un enterrador?

—Al jefe, lo más probable —dijo.

Volví a reír, pero él hablaba en serio; dijo que todo el mundo los había visto juntos, de conversación en el sitio de los disidentes.

—¿Sólo hablando?

—Ya, como nosotros —dijo—. La verdad es que hablamos demasiado, tú y yo. Así que cierra la boca y ábrete de piernas.

Desvergonzado hijo de puta.

Octubre de 1905

GERTRUDE WATERHOUSE

Me gusta hacer un esfuerzo el día de las visitas. Recibo siempre en el salón delantero, utilizo el juego de té con el dibujo de rosas y Elizabeth hace un bollo: esta semana de limón.

Albert pregunta a veces si no deberíamos utilizar el salón delantero para comedor, en lugar del de atrás, que resulta un poco estrecho cuando se extiende la mesa. Es verdad que Albert tiene razón en la mayoría de las cosas, pero cuando se trata de llevar la casa, lo hago a mi manera. Siempre me siento mejor si dispongo de una buena habitación para enseñar a las visitas, aunque sólo se utilice una o dos veces por semana. Por eso he insistido en que dejemos las habitaciones como están, aunque reconozco que es un poco molesto plegar la mesa tres veces al día.

Es una tontería, y no se lo diría nunca a Albert, pero también prefiero recibir las visitas en el salón delantero porque no se ve desde la casa de los Coleman. Comprendo que no tiene sentido porque, en primer lugar, según Livy, que ha ido unas cuantas veces con Maude (yo no he ido nunca, como es lógico), Kitty Coleman recibe en el cuarto de estar donde pasa las mañanas, situado al otro lado de la casa, y que da a la calle, en lugar de a nuestro jardín. E incluso aunque estuviera en este lado, difícilmente tendría tiempo para mirar por la ventana en nuestra dirección. De todos modos, no me gusta pensar en su presencia a mi espalda, juzgando lo que hago. Me pondría nerviosa y no sería capaz de atender a mis visitas.

Siempre estoy un poco preocupada cuando Lavinia va a casa de Kitty el día que recibe, aunque tengo que reconocer, aliviada, que no sucede con frecuencia. De hecho, es más frecuente que las niñas vengan aquí después del colegio. Maude dice que esta casa es mucho más acogedora y, después de reflexionar, pienso que lo dice como cumplido y que no es un comentario sobre la falta de espacio. En cualquier caso he decidido tomarlo así. Es una chica estupenda y siempre me esfuerzo por verla como distinta de su madre.

Me complace, discretamente, que, pese al espacio y a la elegancia de la casa de los Coleman, sea aquí donde prefieren estar las niñas. Livy dice que la casa de Maude es fría y con muchas corrientes, excepto en la cocina, y tiene miedo de resfriarse, aunque, en realidad, aparte de sus desmayos, posee una constitución excelente y muy buen apetito. También dice que prefiere nuestros cómodos sofás, sillas oscuras y cortinas de terciopelo al gusto de Kitty Coleman por los muebles de ratán y las persianas venecianas.

Hasta que las mayores vuelven del colegio Ivy May me ayuda con las visitas: pasa el bollo y lleva la tetera a la cocina para que Elizabeth la llene. Las señoras que vienen —vecinas, conocidas de la iglesia y amigas incondicionales que hacen todo el trayecto desde Islington para verme, Dios las bendiga— le sonríen siempre, aunque a menudo también las desconcierta.

Ivy May es una criaturita bien curiosa. Al principio su negativa a hablar me preocupaba con frecuencia, pero con el tiempo me he acostumbrado y ahora la quiero más por ello. El silencio de Ivy May puede ser un gran descanso después de los dramas y las lágrimas de Livy. Y no es que tenga problemas de comprensión; lee y escribe bastante bien para una niña de siete años y también se maneja con la aritmética. Dentro de un año la mandaré al colegio con Livy y Maude, y quizá entonces tenga más dificultades; cabe que los profesores no sean tan pacientes con ella como nosotros.

En una ocasión le pregunté por qué se prodigaba tan poco, y me contestó así: «Cuando hablo, me escucháis». Es sorprendente que alguien con tan pocos años haya llegado por su cuenta a esa conclusión. Podría haber aprovechado la lección: hablo y hablo, a causa de los nervios y para llenar silencios. A veces delante de Kitty Coleman tengo ganas de decir «trágame tierra» cuando me oigo parlotear como un monito de circo. Kitty Coleman sonríe como si se aburriera mucho, pero lo disimulase cortésmente.

Cuando las chicas mayores llegan a casa, Livy pasa a ocuparse de ofrecer el bollo a las señoras y mi pequeña Ivy

May se sienta tranquilamente en el rincón. A veces se me parte el corazón. De todos modos, me alegro de tener a las mayores conmigo y trato de hacer que todo sea lo más cómodo posible. Aquí al menos puedo tener cierta influencia sobre ellas. No sé cómo se comporta Kitty Coleman cuando las chicas están en su casa. Casi siempre hace caso omiso de ellas, según Livy.

Les gusta venir aquí, pero lo que prefieren es ir al cementerio. He tenido que limitarle a Livy las visitas; de lo contrario subiría un día sí y otro también. De todos modos, creo que me miente sobre ese particular. Una vecina me dijo que creía haber visto a Livy y a Maude corriendo con un chico entre las tumbas un día en que se suponía que estaban jugando en casa de los Coleman, pero cuando le pregunté, lo negó, ¡y dijo que la vecina necesitaba gafas nuevas! No debí de parecer muy convencida y se echó a llorar porque sospechaba que mentía. De manera que no sé realmente qué pensar.

Quise tener unas palabras con Kitty Coleman sobre la frecuencia de sus visitas, dado que es ella quien las lleva con más frecuencia. ¡Qué conversación tan incómoda! Esa mujer hace que me sienta una completa imbécil. Cuando sugerí que quizá era malsano visitar el cementerio con tanta frecuencia, me contestó:

—Las chicas toman el aire en abundancia, lo que es muy saludable para ellas. Pero, en realidad, si tanto les gusta ir allí, hemos de echar la culpa a la Reina Victoria, por dar al luto una importancia tan ridícula que las muchachas de ideas románticas se emborrachan con él.

¡Vaya! Me sentí avergonzada y también bastante furiosa. Aparte del desprecio a Livy, Kitty Coleman sabe el mucho cariño que todavía le tengo a la difunta Reina, Dios la bendiga. No hay ninguna necesidad de criticar a los muertos. Así se lo dije, directamente a la cara.

Se limitó a sonreír y replicó:

—Si no podemos criticarla después de muerta, ¿cuándo entonces? De haberlo hecho en vida, es probable que nos hubieran procesado por traición.

—La monarquía está por encima de toda crítica —respondí con toda la dignidad que pude—. Son nuestros representantes supremos, y hacemos bien respetándolos, de lo contrario somos nosotros quienes salimos perdiendo.

Muy poco después me disculpé y me fui, todavía furiosa con ella. Sólo más tarde recordé que no habíamos hablado, como quería, de recortar las visitas de Livy al cementerio. Es una mujer imposible; nunca la entenderé. Y si soy sincera, tampoco tengo ninguna gana.

Febrero de 1906

MAUDE COLEMAN

Me conozco ya el cementerio centímetro a centímetro. Lo conozco mejor que mi jardín. Mamá nos lleva todo el tiempo, incluso en invierno después del colegio, cuando se está haciendo de noche y ni siquiera hemos pedido ir.

Por supuesto es muy divertido jugar allí. Primero buscamos a Simon y, si está libre, se viene un rato con nosotras. Jugamos al escondite y hacemos el recorrido de los ángeles (hay dos nuevos) y a veces nos sentamos en nuestras sepulturas y Lavinia cuenta historias sobre las personas enterradas en el cementerio. Tiene una guía vieja de la que le gusta leer sobre la chica a la que se le prendió fuego el vestido, o el teniente coronel muerto en la guerra de los bóers, descrito como «valiente y de buen corazón», o el individuo que murió en un accidente de ferrocarril. O, sencillamente, inventa historias, cosa que encuentro bastante aburrida pero que a Simon le gusta. No tengo la imaginación de Lavinia. Me interesan más las plantas y los árboles, o los tipos de piedras que se usan para los monumentos; o, si Ivy May está con nosotros, le hago pruebas de lectura utilizando las palabras de las tumbas.

No sé qué hace mamá mientras jugamos. Desaparece y raras veces la veo hasta que regresa para recogernos porque es hora de marcharse. Dice que es bueno para nosotras tomar el aire, y supongo que tiene razón, pero a veces paso frío y, lo reconozco, me da un poquito de miedo. Es curioso pensar lo mucho que me apetecía ir cuando no me estaba permitido y, sin embargo, ahora que voy allí todo el tiempo, ya no me parece tan extraordinario.

KITTY COLEMAN

No quiere que sea suya. Estoy loca por él, pero no quiere hacerme suya.

Durante casi dos años he visitado el cementerio sin otra intención que verlo. Pero sigue sin querer poseerme.

Al principio tenía cuidado; aunque iba en su busca no quería que lo pareciese. Siempre llevaba a las chicas conmigo, luego las dejaba que se fueran a jugar y fingía que las buscaba cuando en realidad era a él a quien buscaba. He recorrido de un extremo a otro todos los caminos del cementerio, dando la impresión de sentirme fascinada por los méritos de las cruces romanas frente a las más corrientes, o de los obeliscos en piedra de Portland frente a los de granito, o de los nombres de las sepulturas cincelados en la piedra frente a los superpuestos con letras de metal. No sé lo que los trabajadores piensan de mí, pero se han acostumbrado a mi presencia y siempre me saludan respetuosamente con una inclinación de cabeza.

He aprendido sobre el cementerio muchas cosas que ignoraba. Sé dónde echan la tierra sobrante que desplazan los ataúdes y dónde se guardan las tablas para apuntalar las tumbas profundas y las alfombras verdes que colocan alrededor de las fosas recién cavadas para que parezcan hierba. Sé qué enterradores cantan mientras cavan, y dónde esconden la ginebra. He visto los libros de contabilidad y los mapas detallados, cada parcela numerada, que se utilizan para llevar el registro de las sepulturas. Me he acostumbrado a los caballos que llevan bloques de piedra de un sitio a otro. He llegado a conocer el cementerio como actividad comercial más que como lugar para la contemplación espiritual.

Su director lo gobierna como si fuera un impoluto trasatlántico que cruzara el océano. Si es necesario, puede ser duro y hasta cruel con el personal: algunos de sus hombres son gente muy tosca, desde luego. Pero creo también que es justo y que valora el trabajo competente.

Más que nada, es amable conmigo sin hacer que me sienta inferior.

Hablamos sobre todo tipo de cosas: sobre el mundo y cómo funciona y sobre Dios y sus obras. Me pide opiniones y no se ríe de ellas, sino que las sopesa. Es como siempre había esperado que Richard llegaría a ser. Pero cometí la equivocación de pensar que mi marido cambiaría cuando nos casáramos; lo que hizo, en cambio, fue atrincherarse.

John Jackson no es un hombre bien parecido, ni una persona próspera, aunque tampoco pobre. No procede de una buena familia. No asiste a cenas, ni va al teatro ni a la inauguración de exposiciones. No es un hombre educado, aunque sabe muchas cosas; cuando me mostró la tumba de Michael Faraday en la zona de los disidentes fue capaz de explicarme sus experimentos con campos magnéticos mucho mejor de lo que podría haberlo hecho Richard o incluso mi hermano.

Es un hombre veraz, religioso, una persona de principios y con sentido moral. Esas últimas cualidades han sido mi perdición.

No estoy acostumbrada a que se me rechace. No es que me hubiera ofrecido nunca como lo he hecho ahora, pero me gusta coquetear y espero una respuesta, de lo contrario no lo haría. Pero John no coquetea. Cuando lo intenté con él, muy al principio, dijo que no le gustan las coquetas, que sólo quiere la verdad, y dejé de hacerlo. Y así a lo largo de varios meses —con interrupciones constantes por sus obligaciones en el cementerio— le conté lo poco que se puede decir sobre mi vida insignificante: lo mucho que noto la falta de mis padres y de mi hermano, mi desesperación sin horizontes, mi imposible búsqueda de un lugar junto al fuego en donde no haga ni demasiado calor ni demasiado frío. (Son muy pocas las cosas que le he ocultado: mis conocimientos sobre cómo no quedarme embarazada, la soledad de mi cama, el ritual de Fin de Año en el que Richard insiste. Esto último le repugnaría. A mí más que repugnarme lo que me sucede es que estoy resignada.)

Finalmente, cuando después de un verano en el que pensé que me cortejaba, le confesé en otoño lo que estaba dispuesta a hacer, me rechazó.

Dejé de ir al cementerio durante algún tiempo y mandaba a las chicas con Jenny cuando querían ir. Pero no pude mantener mi alejamiento. De manera que durante el último año nos hemos vuelto a ver, pero no con tanta frecuencia y sin tan grandes esperanzas. Es doloroso, pero John se atiene a sus principios y he llegado a aceptar que son más importantes que yo.

De manera que nos vemos y me habla con afecto. Hoy me ha dicho que siempre ha querido una hermana y que ahora ya la tiene. No le he contestado que tuve un hermano y que no quiero otro.

Abril de 1906

LAVINIA WATERHOUSE

Es estupendo tener a alguien por quien llevar luto como
es debido. Y ahora que ya tengo once años y soy lo bastante mayor para ponerme de verdad de luto, todavía mejor. Mi
querida tía se hubiera conmovido mucho viéndome vestida
así, y a papá se le llenaron los ojos de lágrimas cuando me
encontró «tan parecida a mi querida hermana».

He estudiado *La Reina* y *Cassell's* con mucho cuidado
para no equivocarme nunca, e incluso he escrito mi ma-
nual personal para ayudar a otras chicas en mi situación
con dudas sobre la etiqueta correcta en materia de luto.
Le pedí a Maude que me ayudase, pero no le interesaba.
A veces habla y habla de constelaciones, o de planetas, o de
piedras que ha encontrado en el parque, o de plantas en el
jardín de su madre, hasta que me dan ganas de gritar.

De manera que he tenido que hacerlo todo yo. Creo
que ha quedado muy bien; al menos eso es lo que dice mamá. Lo he escrito con mi mejor caligrafía sobre papel con

orla negra, y he conseguido que Ivy May dibuje un ángel para la cubierta. Está muy bien hecho y el libro queda estupendamente. Voy a copiar el texto a continuación para tenerlo siempre disponible.

GUÍA COMPLETA PARA LA ETIQUETA DEL LUTO
POR LA SEÑORITA LAVINIA ERMYNTRUDE WATERHOUSE

Es muy triste que alguien se muera. Señalamos esa ocasión mediante el luto. Llevamos ropa negra especial y joyas negras, utilizamos papel y sobres especiales para las cartas y no vamos ni a fiestas ni a conciertos.

El luto tiene distintas duraciones según qué miembro de la familia haya desaparecido.

La viuda es quien lleva el luto más tiempo porque es la más triste. ¡Qué cosa tan terrible es perder al esposo! Lleva luto durante 2 años; 18 meses de luto completo y 6 de alivio de luto. Algunas señoras lo mantienen más tiempo. Nuestra difunta Reina lo llevó por Alberto el resto de su vida, ¡cuarenta años!

¡Qué triste es para una madre perder un hijo, o para un hijo perder a su madre! Se lleva luto durante 1 año.

Para hermanos: 6 meses
Para abuelos: 6 meses
Tíos: 2 meses

Tíos abuelos: 6 semanas
Primos carnales: 4 semanas
Primos segundos: 3 semanas

Ropa

Es muy importante conseguir ropa de luto adecuada. Ha de ser nueva, y se debe quemar después del luto, porque trae mala suerte guardarla.

Jay's, de Regent Street, es donde todas las buenas familias de Londres adquieren su ropa de luto.

Las señoras, para el luto completo por esposo, padres o hijos, llevan trajes de la mejor seda australiana, adornada con crespón. Para abuelos y hermanos, las señoras llevan seda negra sencilla con adornos de crespón. En todos los demás casos visten de negro sin crespón.

Las señoras llevan guantes negros y pañuelos blancos con orla negra.

Al cabo de algún tiempo pueden prescindir del crespón. A esto se le llama «aligerar» el luto.

También existe el alivio de luto. Las señoras usan entonces gris o azul lavanda o violeta, o negro con franjas blancas. Los guantes también son grises.

Joyas

Durante el luto completo las señoras usan broches y pendientes de azabache. Los broches se pueden adornar con el cabello de la persona desaparecida. En el alivio de luto las señoras se pueden poner un poco de oro, plata, perlas y brillantes.

Artículos de escritorio

El papel para escribir debe tener una orla negra. Es muy importante que la orla sea de la anchura suficiente para honrar a la persona desaparecida, pero no tanto como para que resulte vulgar.

Caballeros

Los caballeros se visten como lo hacen de ordinario para ir a trabajar, pero llevan una cinta negra en el sombrero, además de corbatas y guantes negros. No utilizan joyas.

Niños (de menos de diez años)

Los niños se pueden vestir de negro si quieren, pero lo más frecuente es que lleven ropa blanca y, en ocasiones, azul lavanda, malva o gris. Pueden ponerse guantes. Los niños de más de diez años deben llevar luto completo.

MAUDE COLEMAN

Cuando fuimos hoy al cementerio estaban abriendo la sepultura de los Waterhouse. Sabía que el funeral por la tía de Lavinia era mañana, pero pensaba que iban a cavar la tumba más tarde. Era extraño ver a Simon y a su padre trabajando en una de nuestras sepulturas y no en la de algún desconocido. Siempre había creído que nuestras tumbas eran sólidas e indestructibles, pero ahora sé que es posible meter una palanca y abrirlas, e incluso derribar de paso un ángel.

Lavinia me cogió del brazo cuando vio el grupo de hombres alrededor de la tumba, y me pregunté si iba a hacer una escena. Estaba un poco cansada de ella, tengo que confesarlo. Desde que se murió su tía sólo ha hablado de ropa de luto y de cuándo podrá llevar otra vez joyas, ¡aunque la verdad es que raras veces le permiten ponérselas! Las normas de conducta acerca del luto son feroces, según lo que cuenta. Creo que yo no lo haría nada bien. Las quebrantaría todo el tiempo, sin siquiera darme cuenta.

Luego mamá gritó de repente «¡John!». Creo que nunca la he oído gritar tan fuerte. Todos nos sobresaltamos y, cuando me quise dar cuenta, el padre de Simon dio un empujón al señor Jackson, apartándolo. Un instante después el ángel de los Waterhouse se estrelló contra el suelo.

Todo fue muy extraño. Durante muchísimo rato fui incapaz de relacionar las cosas que acababa de ver. No entendía por qué el padre de Simon había empujado al señor Jackson ni por qué el director del cementerio, muy pálido, le había dado las gracias. No entendía por qué se había caído el ángel. Ni tampoco por qué mamá sabía el nombre de pila del señor Jackson.

Cuando vi que la cabeza del ángel se había separado del cuerpo tuve que hacer esfuerzos para no reírme. Lavinia se desmayó, por supuesto. Luego Simon salió corriendo con la cabeza del ángel bajo el brazo y sí que me reí: me recordó el poema de Keats en el que Isabella entierra la cabeza de su amado en el tiesto de albahaca.

Afortunadamente Lavinia no me oyó reír; aunque ya había vuelto en sí, estaba muy ocupada vomitando. Mamá, de manera sorprendente, le hizo muchísimo caso, la sostuvo con un brazo y le ofreció su pañuelo.

Lavinia se lo quedó mirando.

—No, no. Tengo que usar el mío de luto —dijo.

—No importa —dijo mamá—. De verdad que no.

—¿Está segura?

—Dios no te fulminará por usar un pañuelo corriente.

—Pero es que no tiene nada que ver con Dios —dijo Lavinia con gran seriedad—. Se trata del respeto a los difuntos. A mi tía le dolería mucho creer que no pienso en ella todo el tiempo.

—Tal vez tu tía no quisiera que pensaras en ella cuando te limpias la boca después de vomitar.

Ivy May dejó escapar una risita. Lavinia la miró con el ceño fruncido.

—Las cosas están cambiando —dijo mamá—. Nadie espera de ti ni de tu padre o de tu madre que observéis un luto completo. Quizá no lo recuerdes, pero el Rey Eduardo limitó a tres meses el que se debía llevar por su madre.

—Sí que lo recuerdo. Pero mamá vistió de luto más que nadie. Y me avergonzaría de no ponerme de negro por mi tía.

—¿Puedo serle de ayuda, señora? —preguntó el señor Jackson, que se había acercado.

—Pídanos un coche para que nos lleve a casa, si es tan amable —dijo mamá sin mirarlo.

El señor Jackson se alejó en busca de un vehículo. Para cuando regresó, Lavinia estaba en pie, pero muy pálida y temblorosa.

—¿La bajamos hasta el patio? —preguntó el señor Jackson—. ¿Puede andar, señorita, o prefiere que la lleve?

—Iré por mi propio pie —dijo Lavinia, procediendo a dar unos cuantos pasos muy poco seguros.

Mamá la rodeó con un brazo y el señor Jackson la tomó del codo. Fueron avanzando muy despacio por el camino hacia la entrada. Mientras Ivy May y yo los seguíamos, me di cuenta de que la mano de mamá y la del señor Jackson parecían tocarse por debajo del antebrazo de Lavinia. No estaba del todo segura, y pensé por un momento preguntarle a Ivy May qué veía ella, pero al final decidí no hacerlo.

El señor Jackson tuvo que llevar a Lavinia escaleras abajo hasta el patio, y luego mi amiga insistió en que estaba suficientemente bien para caminar sola. Cuando llegamos a la puerta principal nos esperaba un coche de alquiler que no era muy amplio para cuatro personas, incluso aunque tres fuésemos unas jovencitas. Supongo que fue el primer simón que se presentó. El señor Jackson ayudó a Lavinia a subir; en realidad fue necesario levantarla en vilo, tan débil estaba. Después se volvió y me ayudó a subir a mí y luego a Ivy May, que se me sentó en el regazo para dejar sitio a mamá. Permaneció muy erguida, sin moverse en lo más mínimo. Pesa más de lo que parece, pero me gustó tenerla encima y la abracé para que no se resbalara. Me han dado ganas de tener un hermano o una hermana que se me sentase en el regazo de cuando en cuando.

El señor Jackson ayudó a subir a mamá y cerró la puerta a continuación. Mamá abrió la ventanilla y él se asomó un momento para decir:

—Hasta la vista, jovencitas. Espero que se sienta mejor —añadió con una inclinación de cabeza hacia Lavinia—. Tendremos a su ángel en pie en un abrir y cerrar de ojos.

Lavinia apenas lo miró, limitándose a recostarse en el asiento y a cerrar los ojos.

Luego, mientras las ruedas del coche empezaban a girar, oí decir a alguien en voz baja: «Mañana». Pensé que se trataba del señor Jackson explicando que el ángel estaría listo para el funeral del día siguiente.

Mamá también debió de oírlo, porque se irguió de repente como si la señorita Linden, nuestra profesora, le hubiera clavado la regla en un costado como suele hacerlo durante las clases de buenos modales.

Después corríamos ya colina abajo, y descubrí a Simon que salía de la marmolería sin la cabeza del ángel. También él nos vio y con el rabillo del ojo comprobé que se ponía al lado del coche y que corría hasta quedarse sin aliento.

SIMON FIELD

Ha pasado así. Lo he visto todo.

Para retirar la losa de la tumba Waterhouse, tenemos que separarla de la base del pedestal donde se encuentra el ángel. Lo hacemos Joe y yo, mientras mi padre y el señor Jackson miran. El señor Jackson da instrucciones como le gusta hacer siempre. Me dan ganas de decirle que sabemos lo que hacemos, pero es el jefe y puede decir lo que le dé la gana.

Joe trabaja con una palanca para aflojar la losa y se apoya contra el pedestal para utilizar todo su peso. Joe es un tipo grande y fuerte y empuja el pedestal con la espalda, por lo que, antes de que nadie se dé cuenta, empieza a moverse. Los marmolistas debieron remover los cimientos cuando lo pusieron porque si no, no habría pasado. Llevo seis años cavando en el cementerio y nunca he visto uno que se moviera así.

Todavía peor: la argamasa que sujeta el ángel a la base del pedestal no es sólida. Veo cómo se tambalea hacia atrás y hacia adelante.

—Joe —digo—, para.

Joe deja de hacer palanca con la barra, pero sigue apoyándose en el pedestal y el ángel vuelve a tambalearse. Veo ya las grietas en la argamasa, pero antes de que pueda decir nada el ángel empieza a inclinarse. Oigo el grito de una mujer cuando cae y golpea la urna de los Coleman. La cabeza se separa al instante; sale en una dirección y el cuerpo en otra. De hecho el cuerpo cae exactamente donde está el señor Jackson, excepto que ya no está, porque mi padre lo ha tirado al suelo de un empujón.

Todo sucede despacio y deprisa al mismo tiempo. Luego Kitty Coleman y las chicas se acercan corriendo. Livy ve el ángel sin cabeza, chilla y se desmaya, lo que no tiene nada de nuevo. La señora C. ayuda a levantarse al señor Jackson, pálido y sudoroso. Respira con dificultad, saca un pañuelo y se limpia la cara. Luego contempla la base del pedestal y la argamasa agrietada, se aclara la garganta y dice:

—Voy a estrangular a ese marmolista con mis propias manos.

Entiendo perfectamente lo que quiere decir.

Luego añade:

—Gracias, Paul —muy serio y solemne, dirigiéndose a mi padre. Lo cual suena raro, porque nunca lo llama por su nombre de pila.

Mi padre se encoge de hombros.

—No sé para qué necesitan un ángel ahí arriba de todos modos —dice—. Urnas, ángeles, columnas y la biblia en verso. Tonterías. Cuando te mueres te has muerto. No necesitas un ángel que te lo cuente. Que me den una sepultura de pobre —padre golpea una de las cruces de madera de los pobres—. A mi padre lo enterraron así y es lo que a mí me va.

—Buena elección —dice el señor Jackson—, porque lo más probable es que acabes ahí.

Alguien pensaría que mi padre va a ofenderse, pero algo en la manera de hablar del señor Jackson hace que sonría. El jefe sonríe también, y es un espectáculo extraño, dado que el ángel casi lo mata. Es como si fueran camaradas en el bar delante de una jarra de cerveza, riéndose de un chiste.

—De todos modos, será mejor ocuparse de esa chiquita —dice a continuación mi padre, señalando a Livy con un gesto de cabeza. Maude está de cuclillas a su lado y también se acerca su madre. Livy se sienta. No le pasa nada; nunca le pasa nada.

Ivy May está a mi lado.

—Deberías haber marcado ese ángel —dice.

Me lleva un minuto descubrir que habla de la calavera con las tibias.

—No puedo —digo—. Livy no me deja.

Ivy May mueve la cabeza y siento vergüenza, como si le hubiera fallado. No tengo tiempo de decir nada más, porque el señor Jackson se vuelve hacia mí.

—Simon, corre a la marmolería y dile al señor Watson que lo quiero aquí al instante. Si protesta, le das esto —me pasa la cabeza del ángel, que se ha quedado sin nariz. Pesa mucho y casi se me cae, lo que hace que Livy grite de nuevo. Me la coloco bajo el brazo y echo a correr.

JENNY WHITBY

Estaba en el jardín sacudiendo alfombras cuando cayó a mis pies después de saltar por encima de la verja.

—¡Eh! —grité—. ¡Qué haces aquí, granujilla desarrapado, saltando la valla como si estuvieras en tu casa! ¡No vengas a mancharme el jardín con el barro de tus tumbas!

El muy desvergonzado se limitó a sonreírme.

—¿Por qué no? —dijo—. También lo traes tú en el dobladillo de la falda. Aunque últimamente no te hemos visto mucho por el cementerio.

—Cierra el pico —dije. Ya lo creo que es desvergonzado. Simon, lo llaman. Nunca nos hemos dicho gran cosa en el cementerio, pero las chicas hablan de él todo el tiempo. Es el hermano que Maude nunca ha tenido, pienso siempre.

Lo he visto arrastrándose por detrás de las tumbas para echar una ojeada cuando estoy ocupada con el jardinero. Creía que estaba bien escondido pero no era cierto. Interesado en vernos en acción. A mí me daba igual; me parecía divertido. Ya no. El jardinero no quiere saber nada de mí. El muy hijo de mala madre.

—Nunca me ha parecido gran cosa —dijo Simon de pronto, como si supiera exactamente lo que estaba pensando—. Has hecho bien en darle vacaciones, diría yo.

—Cierra el pico —dije—. Nadie te ha pedido que opines —pero no estaba enfadada de verdad. Hablar con él me daba la oportunidad de descansar un poco; ahora sacudir las alfombras me hace polvo la espalda—. De todos modos, ¿qué se te ha perdido por aquí?

—Quería ver dónde viven las chicas.

—¿Cómo lo has averiguado?

—Corriendo detrás del coche. Lo perdí de vista, pero seguí buscando hasta que lo encontré de nuevo, cuando dejaba a Maude y a su mamá aquí. Supongo que Livy ya se había apeado.

—Claro, viven ahí mismo, la señorita Livy y su hermana —le señalé la casa de enfrente.

Simon la miró un buen rato. Está muy delgaducho, pese a lo mucho que trabaja. No tiene muy buena cara y las muñecas muy rojas y huesudas, saliéndosele de una chaqueta que se le ha quedado pequeña.

—Espera un momento —le dije. Entré en la cocina, donde la señora Baker estaba cuarteando un pollo.

—¿Quién es ese chico? —preguntó enseguida. No se le escapa mucho de lo que pasa por aquí, ni se le puede ocultar nada. Ya he visto cómo me mira de reojo últimamente, aunque no dice esta boca es mía.

Fingí que no oía, corté una rebanada de pan y la unté de mantequilla. Luego se la llevé a Simon, que pareció alegrarse. Se la comió muy deprisa. Moví la cabeza y entré a por más. Mientras untaba la mantequilla, más esta vez, la señora Baker dijo:

—Si le das sobras a un perro vagabundo, nunca te lo quitarás de encima.

—Ocúpese de sus asuntos —le dije con brusquedad.

—El pan es asunto mío. Lo he cocido esta mañana y hoy no voy a cocer más.

—Entonces me pasaré sin él.

—No; seguro que no —dijo—. Si te dejara te comerías la cocina entera. Así que ten cuidado, Jenny Whitby.

—Déjeme en paz —respondí, y me fui corriendo antes de que pudiera decir nada más.

Mientras Simon se comía la segunda rebanada empecé otra vez a sacudir las alfombras.

—Mira —dijo el chico al cabo de un rato—, ahí está Livy en la ventana. ¿Qué hace?

Alcé los ojos.

—Están así todo el tiempo, esas dos. Se ponen en la ventana de su cuarto y hablan por signos. Tienen su propio lenguaje que sólo ellas entienden.

—Apuesto a que yo también.

Resoplé.

—¿Qué es lo que dice, entonces? —la señorita Livy señaló a lo alto e inclinó la cabeza. Luego se pasó un dedo por la garganta e hizo un puchero.

—Habla del cementerio —dijo Simon.

—¿Cómo lo sabes?

—Ése es el aspecto del ángel en su sepultura —Simon inclinó también la cabeza y lo indicó para que me fijara—. O era el aspecto. Ha perdido la cabeza, por eso Livy se ha señalado el cuello.

Luego me contó lo que le había sucedido al ángel y cómo su padre le había salvado la vida al jefe. Todo muy emocionante.

—Mira —dijo Simon de pronto—. Livy me ha visto.

La señorita Livy estaba señalando a Simon.

Oí que se abría la ventana encima de nosotros y cuando miré, la señorita Maude se estaba asomando para mirar.

—Mejor que me vaya —dijo Simon—. Tengo que ayudar a mi padre con la sepultura.

—No, quédate. La señorita Maude bajará a verte.

—Gracias por el pan —dijo Simon, levantándose de todos modos.

—Siempre que vuelvas habrá pan para ti —le dije, sin mirarlo—. Y no necesitas saltar la valla. Si encuentras cerrada la puerta del jardín, la llave está escondida bajo la piedra suelta junto a la carbonera.

Simon asintió con la cabeza y salió por la puerta del jardín.

Debería haberle dado algo para llevar. No me gusta nada ver a un chico pasar hambre de esa manera. Sólo de pensar en ello me entraron ganas de comer. De manera que me corté un poco de pan en la cocina. Que se vaya al infierno la señora Baker.

LAVINIA WATERHOUSE

Hoy por la noche he ido a The Heath con Maude y su padre a observar astros. No estaba segura de que debiera hacer una cosa así el mismo día del funeral de mi querida tía, pero mamá y papá me han dado permiso. Los dos parecían muy cansados; mamá me ha hablado incluso con brusquedad. He buscado en *Cassell's* y en *La Reina* «observación de astros», pero ninguno de los dos lo menciona, lo que me ha parecido una señal de que podía ir, con tal de que no disfrutase demasiado.

Y al principio así fue. Salimos al anochecer, porque el padre de Maude quería ver la luna precisamente cuando apareciera en el horizonte. Estaba buscando algo llamado Copérnico. Pensé que se trataba de una persona, pero Maude me explicó que era un cráter y antes había sido un volcán. Nunca estoy segura de qué quieren decir su padre y ella cuando hablan de la luna y de las estrellas. Me dejaron mirar por el telescopio y me preguntaron si veía algún cráter, lo que quiera que sea. En realidad no veía nada, pero para darles gusto dije que sí.

Prefiero mirar a la luna sin el telescopio; la veo mucho mejor. Era maravilloso contemplarla, nada más que media luna, toda de color naranja pálido, colgada justo encima del horizonte.

Luego me tumbé en una manta que habían traído y contemplé las estrellas, que empezaban a aparecer. Debo de haberme dormido, porque cuando he despertado ya era de noche y había muchas más estrellas. Y entonces ¡vi un ángel que caía y luego otro! Se los señalé a Maude, aunque, por supuesto, ya habían desaparecido cuando miró.

Me dijo que se las llama estrellas fugaces, aunque sean, en realidad, trocitos de un viejo cometa que se queman y que reciben el nombre de meteoritos. Pero yo sé lo que son en realidad: ángeles que tropiezan mientras nos traen los mensajes de Dios. Sus alas dejan un rastro de luz en el cielo hasta que recobran el equilibrio.

Al tratar de explicárselo, Maude y su padre me miraron como si estuviera loca. Volví a tumbarme con la esperanza de ver más, pero no dije nada cuando apareció uno.

RICHARD COLEMAN

La luna estaba magnífica y Copérnico era claramente visible. Lo que me recordó cierta noche, hace años, en la que llevé a Kitty y a su hermano a ver la luna. Aquel día contemplamos Copérnico casi con la misma claridad. Kitty estaba preciosa a la luz de la luna y yo era feliz, pese a que Harry no paraba de hablar de Copérnico, el hombre, dispuesto a impresionarme. Fue aquélla la noche en que decidí proponer a Kitty que se casara conmigo.

Hoy, por primera vez desde hace mucho tiempo, me habría gustado que viniera con nosotros en lugar de quedarse en casa leyendo. Ya no me acompaña nunca a observar astros. Maude, al menos, se interesa. A veces pienso que mi hija es la tabla de salvación de nuestra familia.

KITTY COLEMAN

Cuando finalmente se decidió, no vaciló en absoluto. Me tumbó sobre un arriate de prímulas que empezaban a marchitarse, y al aplastarlas con mi cuerpo, su aroma a almendras se extendió por el aire circundante. Un ángel se cernía sobre nosotros, pero John no quiso moverse. Lo desafiaba a que le asustase como lo había hecho ayer el otro ángel. A mí no me importó que estuviera allí, la cabeza inclinada de tal manera que me miraba directamente a los ojos: tenía motivos para dar las gracias a un ángel por traer a John a mis brazos.

Me subí la falda del traje gris y dejé las piernas al descubierto. Me parecieron tallos de hongos a la escasa luz de la tarde, o estambres de alguna flor exótica, una orquídea o un lirio. Sentí sus manos, me abrió los labios allí abajo y empujó hasta penetrarme. Todo aquello me resultó familiar. Lo nuevo fue que sus manos siguieran allí, amasando mi carne insistentemente. Le bajé la cabeza hasta mis pechos y me mordió a través de la ropa.

Finalmente la pesantez que me ha acompañado desde que me casé —quizá desde que vine al mundo— se desvaneció, consumiéndose lentamente en una burbuja cada vez mayor. El ángel contemplaba, los ojos vacíos, y por una vez me alegré de que no pudiera juzgarme, ni siquiera cuando grité al estallar la burbuja.

Mientras permanecía allí tumbada con John abrazándome, miré a través de las ramas del ciprés que se curvaba sobre nosotros. La media luna seguía muy baja en el cielo, pero por encima de mí habían aparecido las estrellas, y vi caer una, como para recordarme las consecuencias de lo que acababa de suceder. Había visto y sentido los signos en mi interior aquel mismo día y no quise hacer caso. Finalmente había alcanzado la dicha y supe que pagaría por ello. A él no se lo diría, pero acabaría con nosotros.

Mayo de 1906

ALBERT WATERHOUSE

El porqué de que haya recibido dos facturas de la marmolería es un misterio. «Por reparaciones en el mobiliario
fúnebre», dice una. Distinta de la factura por cincelar el
nombre de mi hermana en el pedestal. Durante el funeral no noté nada especial en nuestra sepultura. Trudy dice que
no sabe nada, pero Livy se alteró mucho cuando lo men-
cioné y salió corriendo de la habitación. Después aseguró
que había tenido un ataque de tos, pero yo no la oí. E Ivy
May se limitó a mirarme como si supiera la respuesta, pero
no estuviese dispuesta a informarme.

Mis hijas son todavía un misterio más grande que la
factura inesperada, que le he devuelto al director pidiéndole una explicación. Que resuelva el problema: parece una
persona muy competente.

Julio de 1906

EDITH COLEMAN

Sucede con frecuencia que soy yo quien se ve forzada a resolver una situación lamentable. Vivimos en una época de excesiva indulgencia. Lo veo por todas partes: en las modas absurdas que se imponen en los atuendos femeninos, en el teatro escandalosamente permisivo, en ese ridículo movimiento a favor del voto femenino del que se oye hablar todo el tiempo. Incluso, me atrevo a decirlo, en la conducta de nuestro Rey. Espero, sólo, que su madre no llegara nunca a enterarse de sus indiscreciones con la señora Keppel.

A los jóvenes les falta la integridad moral de sus mayores, de manera que, una y otra vez, se exige a mi generación que, finalmente, asuma la responsabilidad. No me quejo de tener que hacerlo; si puedo ser de ayuda, hago, como es lógico, lo que sea necesario, movida por la caridad cristiana. Sin embargo, cuando sucede en casa de mi propio hijo, lo siento como un ataque más personal, un desdoro para él y el apellido Coleman.

Parece que Kitty está sencillamente ciega. He sido yo quien ha llevado la luz a los rincones oscuros, iluminándoselos.

Para empezar, han servido el almuerzo en esa horrible vajilla a cuadros negros y amarillos, otro ejemplo de las frivolidades del momento. Pero mucho peor era el estado de la doncella. Después de que dejara caer, literalmente, todos los platos sobre la mesa y saliese de nuevo, bamboleándose como un pato, quedé sobrecogida. Kitty rehusó mirarme, limitándose a empujar de aquí para allá el pescado y las patatas nuevas. No apruebo la falta de apetito: es un comportamiento egoísta cuando hay en el mundo tantas privaciones. Se lo hubiera dicho, pero estaba más preocupada por el problema de Jenny.

En un primer momento traté de ser amable.

—Querida —dije—, Jenny no tiene muy buen aspecto. ¿Has hablado con ella?

Kitty me miró sorprendida.

—¿Jenny? —repitió distraídamente.

—Tu doncella —dije con más firmeza— no está bien. Te tienes que haber dado cuenta.

—¿Qué le pasa?

—Vamos, cariño, abre los ojos. Salta a la vista cuál es el problema.

—¿Salta a la vista?

No he podido menos que impacientarme un poco. A decir verdad, me hubiera gustado zarandearla, como habría hecho si se tratara de Maude. En algunos sentidos, Maude es una persona más madura que su madre. He sentido que no haya almorzado con nosotros; a veces es más fácil hablar con ella que con Kitty. Pero se me ha dicho que estaba en casa de su amiga. Al menos he sido más directa con Kitty de lo que hubiera podido serlo en presencia de Maude.

—Se ha metido en un lío. Con un hombre —añadí, para que no quedara la menor duda.

Kitty entrechocó los cubiertos de la manera más impropia y, muy pálida, me miró con esos ojos de color castaño oscuro que entontecieron a mi hijo hace unos años.

—Está de seis meses por lo menos —continué, mientras Kitty parecía incapaz de hablar—. Probablemente más. Siempre supe que esa chica acabaría mal. Nunca me ha gustado. Demasiado insolente. Bastaba con mirarla. Y canta mientras trabaja, algo que no soporto en la servidumbre. Supongo que el padre no se casará con ella, e incluso aunque lo hiciera, esa chica no puede seguir aquí. Nadie quiere a una casada y madre para ese puesto. Necesitas una chica sin ataduras.

Mi nuera seguía mirándome con expresión desconcertada. Estaba muy claro que no se hallaba en condiciones de actuar. Tendría que hacerlo yo.

—Hablaré con ella después del almuerzo —le dije—. Yo me encargo.

Kitty no dijo nada durante un rato. Luego asintió con la cabeza.

—Ahora cómete el pescado —dije.

Siguió empujando la comida de aquí para allá un poco más y luego dijo que le dolía la cabeza. No me gusta tanto desperdicio, pero no protesté, porque era evidente que estaba impresionada y parecía bastante indispuesta. Afortunadamente mi constitución es más robusta y me terminé el pescado, que era excelente si se exceptúa que la salsa tenía demasiada grasa. Menos mal que contamos con la señora Baker; deberá mantener la casa en pie hasta que encontremos alguien que sustituya a Jenny. Tenía mis dudas cuando Kitty la contrató, pero es una buena cocinera sin pretensiones, además de una cristiana responsable. Siempre es útil elegir a una viuda; al igual que me sucede a mí, no espera demasiado de la vida.

Jenny entró a recoger la mesa y no pude por menos de mover la cabeza con incredulidad ante su descaro. Asombroso de verdad que se le ocurriera que podía pasearse por la casa con semejante tripa sin que nadie se diera cuenta. Pero, claro, imagino que conoce a su señora. Si yo no hubiera alertado a Kitty, ¡habría acabado por servir la mesa con el bebé llorándole en los brazos! Vi cómo mi nuera examinaba a Jenny mientras se inclinaba para retirarnos los platos y cómo algo parecido al miedo le alteraba el rostro. Sin duda no estaba en condiciones de despedir a Jenny. Por mi parte, no sentía ningún miedo, tan sólo el convencimiento de que me disponía a hacer algo perfectamente justificado.

Kitty no dijo una sola palabra, excepto:

—No quiero café, Jenny.

—Ni agua caliente para mí —añadí. No tenía sentido retrasar lo inevitable.

La chica resopló y mientras salía pensé: no hay mal que por bien no venga; ¡qué oportunidad para librarse de una manzana podrida!

Le dije a Kitty que se fuese a descansar y esperé unos minutos antes de bajar a la cocina, donde la señora Baker estaba limpiando restos de harina de la mesa. No bajo con frecuencia, de manera que considero justificado que se sorprendiera. Pero había más que eso en su expresión. La señora Baker no es tonta: sabía el motivo de mi presencia allí.

—El pescado estaba muy bueno, señora Baker —dije amablemente—. Quizá un poco menos de mantequilla en la salsa la próxima vez.

—Gracias, señora —me contestó con mucha corrección, aunque un tanto ofendida al mismo tiempo.

—¿Dónde está Jenny? Quiero hablar un momento con ella.

La señora Baker dejó de frotar la mesa.

—Está en el fregadero, señora.

—De manera que usted lo sabe.

La señora Baker se encogió de hombros y siguió limpiando la mesa.

—Cualquiera que tenga ojos lo sabe.

Mientras me dirigía hacia el fregadero, me sorprendió con estas palabras:

—Déjelo estar, señora. Déjelo estar.

—¿Me va usted a decir cómo hay que llevar esta casa? —pregunté.

No me contestó.

—No sirve de nada ponerse sentimental, señora Baker. Es por su propio bien.

La señora Baker volvió a encogerse de hombros. No me lo esperaba: normalmente es una mujer razonable.

Aunque, por supuesto, con una formación muy distinta de la mía, a veces he pensado que no somos tan diferentes.

No me llevó mucho tiempo. Jenny lloró y salió corriendo de la habitación, como era de esperar, pero podría haber sido peor. En cierta manera ha debido de ser un alivio para esa chica que la hayan descubierto. Sabía muy bien que alguien acabaría por hacerlo. La espera ha debido de ser atroz, y me agrada pensar que he conseguido que dejara de torturarse.

Mi único pesar es que Maude estaba presente. La creía en casa de los Waterhouse, pero al salir del fregadero me la he encontrado en la puerta de la despensa. A Jenny le había hablado en voz baja, y no creo que mi nieta oyera lo que le he dicho, pero sí el grito de Jenny, y hubiera preferido no encontrármela allí.

—¿Está Jenny enferma? —preguntó.

—Sí —le respondí, pensando que era la mejor manera de explicar lo que sucedía—. Tendrá que dejarnos.

El rostro de mi nieta se llenó de alarma.

—¿Se está muriendo?

—No seas tonta —era exactamente el tipo de pregunta melodramática que haría su amiga Lavinia; Maude estaba imitándola, nada más. Siempre he sabido que esa chica ejerce una influencia negativa sobre ella.

—Pero...

—Te hemos echado de menos durante el almuerzo —la interrumpí—. Creía que estabas en casa de tu amiga.

Maude enrojeció.

—Estaba..., estaba allí —tartamudeó—, pero Lavinia tiene tos, así que he vuelto. He ayudado a la señora Baker a hacer pan.

Nunca ha sabido mentir bien. Podría haberla obligado a reconocerlo, pero estaba preocupada con el problema de Jenny, de manera que no he insistido. Y si soy sincera, tampoco quería saber más. He sentido una punzada al pensar que mi nieta prefiere hacer pan con la cocinera a almorzar conmigo.

MAUDE COLEMAN

Nunca se me ocurrió que la abuela bajara a la cocina. Era el único sitio donde me creía a salvo y donde podría quedarme hasta que se marchara; así no tendría que almorzar con ella. También mamá pensaba que había ido a casa de los Waterhouse. Ésa era mi intención, pero Lavinia se fue a visitar a unos primos.

De hecho casi conseguí que no me viese. Estaba colocando la avena, la harina y la levadura en la despensa como me había pedido la señora Baker cuando oí que la abuela entraba en la cocina y hablaba con ella. Me acurruqué en la despensa, pero no me atreví a cerrar la puerta por si advertía el movimiento.

Pasó por delante sin mirar y entró en el fregadero, donde empezó a hablar con Jenny en voz tan baja que sentí escalofríos por la espalda. Es la voz que utiliza cuando tiene algo terrible que decir: se ha dado cuenta de que has roto un jarrón, o de que no has ido a la iglesia o de que has sacado malas notas en el colegio. Jenny se echó a llorar, y me pareció entonces que podía cerrar la puerta de la despensa, pero no lo hice: quería oír la conversación. Me acerqué con cuidado y oí decir a la abuela: «... la paga hasta el final de la semana, pero tienes que hacer la maleta ahora mismo». Luego Jenny lloró, salió corriendo del fregadero y subió las escaleras. La abuela apareció detrás, y allí estaba yo, en el umbral de la puerta, el delantal manchado de harina.

Me llevé una sorpresa cuando la abuela dijo que Jenny estaba enferma, pero es verdad que ha engordado y que lo hace todo más despacio, como si tuviera ocluido el intestino. Quizá debiera tomar aceite de hígado de bacalao. Luego la abuela añadió que tenía que irse por esa razón. Pensé que debía de ser algo muy grave, pero la abuela no me explicó lo que le pasaba.

Afortunadamente decidió marcharse entonces, porque de lo contrario hubiera pasado una tarde bien aburrida a solas con ella, ya que me había informado de que mamá estaba en la cama porque le dolía la cabeza. La acompañé hasta la puerta y, mientras se marchaba, me pidió que después le contase a mamá que todo había quedado resuelto satisfactoriamente. Sé perfectamente que en esos casos más me vale no preguntarle a qué se refiere.

Cuando se hubo marchado, bajé de nuevo a la cocina y se lo pregunté a la señora Baker.

—¿Es verdad que Jenny nos deja?

Después de una pausa la señora Baker dijo:

—Supongo que sí.

—¿Está muy enferma, entonces?

—¿Enferma? ¿Es eso lo que le ha dicho su abuela?

En aquel momento llamaron a la puerta de la cocina que da al jardín.

—Quizá sea Lavinia —dije, esperanzada, mientras corría a abrirla.

—No le cuente nada de esto —me advirtió la señora Baker.

—¿Por qué no?

Suspiró y movió la cabeza.

—Es igual. Dígale lo que quiera. Se enterará enseguida de todos modos.

Era Simon. No dijo hola; nunca dice hola. Entró y miró alrededor.

—¿Dónde está Jenny? ¿Arriba?

Miré a la señora Baker, que recogía el cuenco y el cedazo utilizados para el pan. Frunció el ceño pero no dijo nada.

—Está enferma —dije—. Quizá tenga que marcharse.

—No está enferma —dijo Simon—. Se la han pasado por la piedra.

—Pasar por la piedra..., ¿es lo mismo que pegar? —pregunté intranquila. Temí que alguien le hubiera hecho daño a Jenny.

—¡Señorita Maude! —ladró la señora Baker, sobresaltándome. Nunca me grita; sólo al chico del carnicero, cuando no le parece bien lo que trae, o al panadero, al que una vez acusó de usar serrín en sus hogazas. Se volvió hacia Simon—. ¿Eres tú el que le enseña esas porquerías? Mírala, ¡ni siquiera sabe lo que dice! ¡Debería darte vergüenza!

Simon me lanzó una mirada peculiar.

—Lo siento —dijo. Acepté sus excusas, aunque en realidad no sabía por qué se disculpaba. De muchas cosas Simon no sabía casi nada: nunca había pisado una escuela, y había aprendido apenas a leer con las inscripciones de las lápidas. Pero estaba claro que sabía cosas del mundo de las que yo no tenía ni idea.

Se volvió hacia la señora Baker.

—¿Hay pan?

—Está en el horno, pedigüeño —le respondió con brusquedad la señora Baker—. Tendrás que esperar.

Simon se la quedó mirando. No parecía haberle molestado en absoluto que lo llamara pedigüeño. La señora Baker suspiró, luego dejó el cuenco y el cedazo y fue al aparador, donde encontró un corrusco.

—Anda y úntalo de mantequilla —dijo, entregándoselo—. Ya sabes dónde está.

Simon desapareció en la despensa.

—Hágale una taza de té, señorita —me ordenó, recogiendo sus utensilios y dirigiéndose al fregadero—. Sólo un terrón —añadió por encima del hombro.

Le puse dos.

Simon había extendido sobre el pan trozos muy grandes de mantequilla, como si fuera queso. Le vi comérselo en la mesa, los dientes tallando muescas rectangulares en la mantequilla.

—Simon —susurré—. ¿Qué significa pasar por la piedra? —me sentí muy perversa diciendo aquellas palabras, ahora que sabía que eran escandalosas.

Simon movió la cabeza.

—No soy quién para decírtelo. Pregúntaselo mejor a tu mamá.

Supe que no lo haría nunca.

SIMON FIELD

El pan que se cuece en el horno huele bien. Me gustaría esperar, pero sé que he tenido suerte consiguiendo algo de la señora Baker, que no es tan generosa con el pan como mi Jenny.

Quiero verla. Maude cree que está arriba, en su cuarto. De manera que cuando termino el pan hago como que me marcho, pero no cierro del todo la puerta trasera. Espero y miro por la ventana hasta que veo a Maude y a la señora Baker entrar juntas en el fregadero. Entonces vuelvo sin hacer el menor ruido y corro escaleras arriba sin que nadie me vea.

No he estado nunca en el resto de la casa. Es grande, con muchas escaleras, y tengo que pararme porque hay demasiadas cosas que ver. En las paredes pinturas y dibujos de todo tipo de cosas, edificios y gente, pero sobre todo pájaros y flores. Algunos de los pájaros los conozco del cementerio y también algunas de las flores. Son dibujos de verdad, con todas las partes de la planta además de la flor. En el despacho del señor Jackson he visto un libro con cuadros así.

Las alfombras de la escalera y los pasillos son casi todas verdes, con manchas de amarillo, azul y rojo formando un dibujo. En cada descansillo hay una maceta con una planta, de esas con hojas muy largas y delgadas que se agitan cuando pasas. A Jenny no le gustan nada porque tiene que limpiar todas las hojitas y le lleva mucho tiempo. «Nadie me preguntó qué plantas deberían tener», me dijo una vez. «¿Por qué no compra el ama una de esas aspidistras, con pocas hojas muy grandes que son fáciles de limpiar?»

Subo hasta llegar al último descansillo. Hay dos puertas, las dos cerradas. Tengo que elegir, de manera que abro una y entro. Es el cuarto de Maude. Lo miro un buen rato. Hay muchísimos juguetes y libros, más de los que he visto nunca en una habitación. Toda una estantería con muñecas, de diferentes tamaños, y otra de juegos, cajas llenas de cosas, rompecabezas y demás. Hay muchas estanterías con libros. Un caballito marrón y blanco con una silla de cuero negro que se mueve hacia atrás y hacia adelante sobre rodillos. Una casa de muñecas con muebles lujosos en todas las habitaciones, alfombras diminutas y sillas y mesas. Incluso cuadros en las paredes: niños y perros y gatos, y algo que parece un mapa del cielo, con todas las estrellas unidas mediante líneas para hacer imágenes como las que vi en el cielo aquella noche tan fría que pasé en la fosa.

Se está muy calentito; hay una chimenea con un fuego encendido y delante un guardafuegos con ropa colgada para airearla. Me gustaría quedarme, pero no puedo; tengo que encontrar a mi Jenny.

Salgo, me acerco a la otra puerta y llamo.

—Vete —dice.

—Soy yo, Jenny.

—Vete.

Me arrodillo y miro por el ojo de la cerradura. Jenny está tumbada en la cama, las manos debajo de la mejilla. Tiene los ojos encarnados, pero no llora. Se ha quitado el corsé, que está a su lado. Veo la curva de la tripa, muy grande, debajo de la falda.

Entro de todos modos. No me grita y me siento en una silla. No hay gran cosa en el cuarto, sólo la silla y la cama, un orinal y un cubo de carbón, una alfombra verde en el suelo y una hilera de ganchos de donde cuelga la ropa. Sobre el alféizar de la ventana, dos botellas de colores, azul y verde. La habitación tiene muy poca luz porque sólo hay una ventanita que da al norte y a la calle.

—Jenny, mi Jenny —digo—, ¿qué vas a hacer?

—No sé —contesta—. Volver con mi madre, supongo. Tengo que marcharme hoy.

—Vete a ver a la mía, es eso lo que hace, trae niños al mundo. Nellie de Leytonstone High Street, junto a The Rose and Crown. Todo el mundo la conoce. Aunque tendrías que haber ido antes y te hubiera resuelto el problema.

—¡No podía hacerlo! —parece escandalizada.

—¿Por qué no? No lo quieres, ¿no es cierto?

—Es pecado. ¡Un asesinato!

—Pero ya has pecado, ¿verdad? ¿Cuál es la diferencia?

No contesta, pero agita la cabeza y sube las piernas como para protegerse el vientre con ellas.

—De todos modos es demasiado tarde —dice—. El niño va a llegar enseguida y no hay más que hablar —se echa a llorar, grandes sollozos desgarrados. Miro por el cuarto y veo en la silla un chal marrón de punto. Se lo echo por encima.

—Dios del cielo, ¿qué va a ser de mí? —exclama—. Mi madre me matará. Le mando casi todo lo que gano, ¿cómo se las va a apañar sin el dinero?

—Tendrás que conseguir otro empleo, y que tu madre cuide del niño.

—Nadie me tomará cuando sepan lo que ha pasado. El ama no me dará referencias. Y nunca he tenido otro empleo. Necesito referencias.

Pienso un poco.

—La señora C. te las dará si la obligas —le digo por fin. Me sabe mal decirlo, porque me gusta la mamá de Maude. Todavía recuerdo cómo me sonrió el día que llevaba el vestido verde.

Jenny levanta la cabeza para mirarme, curiosa.

—¿Qué quieres decir?

—Sabes algo sobre la señora C. —digo—. Que se veía en el cementerio con el señor Jackson. Podrías mencionarlo.

Jenny se incorpora hasta sentarse.

—Eso es una maldad. Además, hablar no es pecado. Todo lo que hacían era hablar, ¿no es cierto?

Me encojo de hombros.

Se retira el pelo de la cara en los sitios donde se le ha pegado a las mejillas.

—¿Qué diría?

—Dile que se lo contarás a su marido si no te da referencias.

—Vaya, eso sí que es una maldad —piensa durante un momento. Luego se le pone una expresión curiosa, como la de un ladrón que descubre una ventana abierta en la casa de un rico—. Quizá consiga incluso quedarme. Tendrá que seguir conmigo si quiere que no se lo cuente a su marido.

Se me revuelve el estómago cuando dice eso. Jenny me gusta, pero es avariciosa.

—No estoy seguro —digo—. Mi padre dice siempre que no hay que pedir demasiado. Pide sólo lo que necesitas o quizá te quedes sin nada.

—Pues mira adónde ha llegado tu padre... Sepulturero toda la vida —dice Jenny.

—No me parece que sepulturero sea peor que doncella.

—De todos modos, ya te estás marchando. Si tengo que hablar con el ama será mejor que me ponga otra vez el corsé.

Por su expresión sé que nada de lo que diga va a detenerla. De manera que salgo y bajo las escaleras. Llego al descansillo y veo cuatro puertas cerradas. Escucho un minuto pero no oigo nada. No he estado nunca en una casa así. Mi madre y mis cuatro hermanas comparten dos habitaciones. Aquí podrían vivir cinco o seis familias. Miro las puertas. Son de roble, con picaportes de latón resplandecientes; Jenny los frota con el limpiametales. Elijo una y abro.

He oído hablar de sitios como éste pero nunca los he visto. Hay azulejos blancos por todas partes, en el suelo y hasta por encima de mi cabeza en las paredes. Una hilera de los más altos tienen flores, parecidas a tulipanes, rojos y verdes. Hay una gran bañera blanca, y un lavabo también blanco, con cañerías y grifos plateados, todos brillantes gracias al trabajo de Jenny. Hay grandes toallas blancas en un estante y toco una. Dejo una mancha oscura y lo siento porque todo lo demás está muy limpio.

En un cuartito que sale de éste hay un retrete, blanco también, con el asiento hecho de caoba, como algunos de los ataúdes de gente rica que veo en el cementerio. Pienso en el excusado y el cubo que mi padre y yo usamos, y es algo tan diferente que ni siquiera parecen destinados a lo mismo.

Salgo y elijo otra puerta, la habitación que da a la fachada de la casa. Las paredes están pintadas de amarillo y aunque también está orientada al norte como el cuarto de Jenny, tiene dos balcones grandes a los que se puede salir, y la luz que entra se vuelve dorada cuando llega a las paredes. Hay dos sofás unidos en forma de L y, extendidos por encima, chales decorados con mariposas y flores. También un piano, mesitas con libros y revistas, y un mueble con fotografías de la señora C. y de Maude, del papá de Maude y de otras personas.

Luego oigo a Jenny que está hablando en el descansillo. No tengo tiempo para salir de la habitación y por alguna razón sé que la señora C. y ella van a entrar aquí. Me acurruco deprisa detrás de uno de los sofás. Si estuviera jugando al escondite con mis hermanas sería el primer sitio donde mirasen. Pero ni Jenny ni la señora C. me están buscando.

JENNY WHITBY

Aunque delante de Simon hubiera puesto al mal tiempo buena cara, me daba mucho miedo hablar con el ama. No se ha portado mal conmigo a lo largo de los años, y sé que he pecado. Tampoco me gustaba recurrir al chantaje. Pero necesitaba mi puesto aquí; necesitaba mi paga. Sentía como si hubiera fregado un cuarto sin fijarme en lo que hacía, y cuando quería darme cuenta estaba pillada en una esquina con el suelo mojado a todo alrededor. Tenía que dar un salto muy grande para librarme.

Después de arreglarme la ropa, ponerme la cofia y rociarme la cara con agua, bajé las escaleras. Al llegar al descansillo salía ella de su habitación, y supe que tenía que hacerlo entonces. Abrí la boca, pero antes de que pudiera pronunciar una palabra, me dijo:

—Jenny, me gustaría hablar contigo, por favor.

Entramos en el cuarto de estar de las mañanas.

—Siéntate —me dijo. Me instalé en un sofá. Limpio aquí todos los días, pero nunca me había sentado. Es una habitación bonita.

El ama se acercó a una de las ventanas y miró a través de las venecianas. Llevaba un vestido de color hueso, con un camafeo en la garganta. El color no le sentaba bien; parecía cansada y pálida.

Tragué saliva porque tenía seca la garganta y todavía no era capaz de hablar. Tampoco había preparado lo que iba a decir.

Pero luego no resultó como yo lo había imaginado. En absoluto. Ni en un millón de años habría adivinado lo que me iba a decir.

Dejó de mirar por la ventana.

—Siento que tengas problemas, Jenny —fueron sus primeras palabras—. Y siento la manera en que te debe de haber tratado la señora Coleman. Puede ser muy dura.

—Es una bruja —exploté sin poder contenerme. Decir aquello hizo que me resultase más fácil continuar—. Y tengo algo que decirle a usted, señora.

—Haz el favor de escucharme a mí primero. Quizá podamos ayudarnos mutuamente.

—¿Yo ayudarla a usted? No lo creo, señora. No hay nada...

—Jenny, necesito tu ayuda.

—¿Usted me necesita? Después de tirarme a la calle como una escoba gastada, después de todo lo que he hecho por usted y la señorita Maude y el señor Coleman, sólo porque..., porque... —no pude evitarlo y me eché a llorar.

Me dejó que llorase durante un rato. Luego dijo algo en voz muy baja. No la oí y tuvo que repetirlo.

—Estoy en la misma situación que tú.

No entendí lo que quería decir, pero me pareció lo bastante importante como para dejar de llorar.

—No..., no tan avanzada —dijo—. Y debido a esa razón todavía se puede hacer algo. Pero no sé adónde ir. No sé a quién preguntar. Me sería imposible acudir a mis amigos. De manera que te estoy pidiendo que me ayudes diciéndome dónde debo ir para..., hacer esto. ¿Entiendes de qué te estoy hablando?

La miré y pensé en las veces que se había dejado la comida, en las jaquecas, en las siestas por la tarde, y en su ropa interior, que lleva meses sin darme para que la lave, y de pronto se hizo la luz. No me había dado cuenta porque tenía de sobra con mis problemas.

—Sí —dije, en voz baja ya—. Entiendo.

—No quiero ir a ningún sitio donde me conozcan. Ha de estar lejos, pero no tan lejos que no pueda llegar fácilmente. ¿Sabes dónde puedo ir?

De nuevo se hizo la luz y supe lo que quería de mí.

—Es pecado —dije.

Volvió a mirar por la ventana.

—Eso es asunto mío, no tuyo.

La hice esperar. Me estaba ofreciendo el chantaje en bandeja de plata, exactamente como cuando le traigo el correo a esta habitación por la mañana. Ni siquiera iba a tener que decir nada sobre ella y el señor Jackson. Mejor, porque en realidad no había sabido lo que se traían entre manos... hasta aquel momento.

Supe también por qué me lo preguntaba ahora. Pensaba que se iba a librar de mí de todos modos, de manera que nunca se lo contaría a nadie. Pero había un precio que pagar por mantenerme callada. Ahí estaba el chantaje.

—Le va a costar —dije.

—¿Cuánto quieres? —lo dijo como si esperase que fijara un precio. Pero se llevó una sorpresa.

—Mi sitio aquí.

Se me quedó mirando.

—¿Qué tal si te doy algo de dinero? Para ti y para el bebé, algo con que mantenerte hasta que encuentres otro trabajo.

—No.

—Te daré referencias, por supuesto. No será necesario mencionar al bebé. Podemos dar otro motivo para tu marcha..., que tu madre estaba enferma y has tenido que cuidar de ella.

—No meta a mi madre en esto.

—No estoy sugiriendo...

—Quiero seguir aquí.

—Pero... ¿qué le diría a la señora Coleman? Es ella quien te ha despedido. No puedo desautorizarla —daba la sensación de estar desesperada.

—Usted es la señora de la casa. Supongo que puede hacer lo que quiera. Ya lo ha hecho, de todos modos.

No dijo nada durante un rato. El niño se movió dentro de mí; sentí una patada.

—De acuerdo —dijo por fin—. Podrás volver después de dar a luz. Pero te tienes que marchar hoy y no podrás traer al niño cuando vuelvas ni hacer que nadie lo traiga aquí para verlo tú. Podrás visitarlo los domingos.

—Y los sábados por la tarde. Quiero librar también los sábados por la tarde —me sorprendí a mí misma; el éxito del chantaje me estaba haciendo audaz.

—De acuerdo, los sábados por la tarde, también. Pero no tienes que decirle a nadie nada de todo esto o me encargaré de que te quiten al niño. ¿Queda claro?

—Sí, señora —era extraño oír cómo trataba de mostrarse dura; no sabía hacerlo nada bien.

—De acuerdo. ¿Adónde tengo que ir, entonces?

—Leytonstone —dije—. Nellie de High Street, junto a The Rose and Crown.

Oí un ruido detrás del sofá donde estaba sentada y supe que había alguien allí. El ama no pareció darse cuenta; miraba otra vez por la ventana. Volví la cabeza y vi a Simon acurrucado. No me sorprendió que estuviera escuchando a escondidas; muy propio de un granujilla como él. Me miraba furioso por mencionar a su madre. Me encogí de hombros, ¿qué otra cosa podía hacer?

—Vete —me dijo entonces el ama sin mirarme—. Vete y haz la maleta. Te pediré un coche.

—Sí, señora —me puse en pie. Ahora que ya habíamos cerrado el trato quería decirle algo, pero no supe qué exactamente. De manera que no pasé de «Adiós, señora», y ella respondió «Adiós, Jenny». Llegué hasta la puerta y la abrí. Antes de salir me volví a mirarla. Aún seguía junto a la ventana, los ojos cerrados, las manos juntas y apretadas contra el estómago.

—Oh —dijo con un suspiro que sólo iba dirigido a ella misma.

Simon seguía escondido detrás del sofá.

Espero que la mamá de ese chico la trate bien.

Septiembre de 1906

ALBERT WATERHOUSE

No creo que se lo cuente a nadie, ni siquiera a Trudy, pero la otra noche acompañé a Kitty Coleman hasta su casa. Volvía de entrenarme en The Heath con Richard Coleman cuando recordé que Trudy quería que dejara en St. Anne un mensaje para el vicario; una nimiedad sobre flores para el altar o algo parecido. Trato de no ocuparme de detalles como ésos; mejor dejárselo a Trudy. Pero expliqué a Richard que lo alcanzaría en The Bull and Last, y me apresuré como un buen chico de los recados.

Después, iba ya camino del bar cuando se me ocurrió mirar por Swain's Lane y vi a Kitty Coleman, que caminaba despacio, la cabeza inclinada, tropezándose a cada paso con la falda. Me pareció un encuentro extraño, dado que estaba anocheciendo, que iba sola y que no parecía dirigirse a ningún sitio en particular.

—Buenas tardes, señora Coleman —dije, descubriéndome—. Excelente hora para un paseo, ¿no es cierto? Se diría que vivimos el último arrebato del verano —nada más decir aquello me ruboricé. No sé qué me pasa con Kitty Coleman: me hace decir cosas extrañas.

No pareció darse cuenta, de todos modos; se me quedó mirando como si yo fuese un fantasma. Su aspecto me pareció desconcertante. Richard comentó que había estado enferma y que se le notaba. Pero era más que eso. Su belleza había dejado de existir, siento tener que decirlo.

—¿Va a algún sitio?

Kitty Coleman vaciló.

—He estado..., quería subir la colina pero no he podido.

—La cuesta que lleva al cementerio es muy empinada. Y si se ha estado enferma, debe de parecer una montaña. ¿Quiere que la lleve con su marido? Precisamente iba a reunirme con él en el bar.

—No deseo ver a Richard —dijo Kitty Coleman muy deprisa.

No supe cómo interpretar aquello, pero no podía dejarla sola: ¡parecía tan enferma y desamparada!

—¿Quiere que la acompañe a casa, entonces?

Le ofrecí el brazo, sintiéndome un poco absurdo y preguntándome qué diría Trudy si nos viera. Sé que no tiene muy buena opinión de Kitty Coleman. Por suerte estaba tranquilamente en casa con las niñas. Maude también, y se quedaba a pasar la noche.

Al cabo de un momento aceptó mi brazo. El camino más recto hasta su casa pasaba por delante del bar, pero no fui por ahí. Habría resultado bastante raro que Richard Coleman, al mirar por la ventana, me hubiera visto del brazo de su mujer cuando teóricamente mi destino era la vicaría. Podría haberlo explicado, pero de todos modos no parecía lo más correcto. De manera que di un rodeo y ella no pareció advertirlo. Traté de darle conversación mientras caminábamos, pero no dijo gran cosa, excepto «Sí» y «Gracias» incluso cuando no había que darlas por nada.

Da lo mismo. La llevé hasta su casa, sintiéndome un poco absurdo, pero también orgulloso; quizá sus facciones no sean ahora tan llamativas, pero todavía tiene buen porte y llevaba un elegante traje gris, aunque estuviera un poco arrugado. Un par de peatones nos miraron fijamente y me sentí obligado a erguirme un poco.

—¿Está segura de encontrarse bien, señora Coleman? —le pregunté cuando llegamos a su puerta.

—Por supuesto. Muchas gracias.

—Cuídese, por favor. Acuéstese pronto después de tomar un vaso de leche caliente y arrópese bien.

Asintió con la cabeza y entró en su casa. Sólo cuando ya iba camino del bar me di cuenta de que no me había llamado por mi nombre ni una sola vez. Empecé a preguntarme si me habría reconocido.

Una vez en el bar, Richard me tomó el pelo por pasar tanto tiempo en casa del vicario. Me limité a asentir y pedí otra jarra de cerveza.

Octubre de 1906

LAVINIA WATERHOUSE

Me quedé de verdad horrorizada cuando vi a la madre de Maude.

Aunque no fue más que un instante. Habíamos entrado en su casa a la vuelta del colegio sólo para que Maude me prestase un libro sobre plantas, porque quería utilizar algunos párrafos para un trabajo escolar. Maude se resistía, y yo pensaba que era porque le parece mal que copie, ya que se supone que nuestras redacciones han de ser originales. (¡Es tan aburrido pensar para escribir, sobre todo acerca de «el ciclo vital de las hojas»!) Pero ahora creo que era porque no quería que viese a su madre. De hecho, cuando me pongo a recordar, hace meses que viene a casa todos los días prácticamente, más que antes, diría yo.

Subimos a toda prisa hasta su cuarto en busca del libro y volvimos a bajar a la misma velocidad. Pero en aquel momento la señora Coleman salió del cuarto de las mañanas. Nos miró con un aire tan perdido que ni siquiera tuve la seguridad de que nos hubiera visto hasta que Maude dijo «Hola, mamá», en voz muy baja, y ella respondió con una leve inclinación.

Me sorprendió tanto su aspecto que ni siquiera se lo comenté a Maude, lo que me entristeció bastante, porque creía que compartíamos todos nuestros pensamientos. Pero no me atreví a preguntarle por qué su madre estaba tan delgada, por qué le habían salido canas de repente y por qué su piel tenía color de agua de fregar. Peor que eso —dado que siempre es posible teñirse o arrancarse los cabellos grises (como hace mamá) y aplicar un tónico a la piel mate— es que la señora Coleman no resplandece como solía. Es cierto que su brillo resultaba un tanto perverso a veces —por eso a mamá no le cae bien— pero sin él pierde por completo su atractivo.

Es evidente que algo no va en casa de los Coleman. No sólo la madre de Maude no parece la misma: hace pocos meses su doncella Jenny se puso repentinamente enferma y tuvo que marcharse. Quizá tengan la misma enfermedad. Maude dice que Jenny volverá pronto. Tendré que comprobar si también tiene canas. Y menos mal que vuelve, porque las asistentas que han pasado por la casa eran horribles. A Maude no le ha gustado ninguna, y la casa no parece nada limpia, lo poco que he visto. Las plantas de los descansillos estaban todas polvorientas.

A Maude no le he dicho nada de todo eso, pobrecilla. Estaba muy abatida mientras nos dirigíamos a casa. Procuré ser especialmente amable con ella, sugiriendo incluso que asistiéramos a la inauguración oficial de la nueva biblioteca pública. Los trabajos en Chester Road han durado todo el verano y habrá una ceremonia el jueves por la tarde. No me apetece mucho ir —no habrá más que discursos aburridos— pero quizá sirva para alegrar a Maude, que es tan partidaria de las bibliotecas. Y eso significará además que saldremos antes del colegio y nos libraremos de la última clase, la de matemáticas. No soporto las matemáticas, todos esos números tan incomprensibles. De hecho no me gusta ninguna de las clases, a excepción de las tareas domésticas y las redacciones, aunque la señorita Johnson diga que mi imaginación necesita un freno: ¡un cumplido, me parece a mí!

Mamá tendrá que pedir permiso para que las dos salgamos pronto del colegio, porque la señora Coleman sería incapaz de ocuparse de una cosa así. E imagino que hará falta que mamá e Ivy May vengan con nosotras, aunque sólo está a unos minutos de camino. Maude y yo tenemos ya once años, pero no nos dejan ir a ningún sitio, excepto juntas al colegio. Mamá dice que nunca se sabe lo que puede ocurrir y se entera de todo tipo de cosas horribles en los periódicos: bebés congelados en The Heath, o gente que se ahoga en los estanques o tipos malencarados en busca de chicas que sean presa fácil.

Cuando llegamos a casa le pregunté a mamá si podíamos ir todas a la ceremonia de la biblioteca. Dijo que sí, Dios la bendiga. Siempre me dice que sí.

Luego Maude dijo una cosa muy curiosa.

—Por favor, señora Waterhouse, ¿le importaría pedirle a mi madre que nos acompañe? No ha estado bien estos últimos meses, y no le vendría mal tomar un poco el aire.

Bueno; a mamá le desconcertó que le pidiera aquello —¡Maude podía hacerlo ella misma!—, pero dijo que sí. No me pareció demasiado bien, porque no estoy segura de querer ir con alguien que ha descuidado tanto su aspecto. De todos modos, debo apoyar a mi amiga. Además, es posible que mamá no logre convencerla para que venga con nosotras: no es como si fueran amigas íntimas. Si por casualidad acepta, quizá me acerque una noche a escondidas y le deje en la puerta de su casa un frasco de tinte para el pelo.

GERTRUDE WATERHOUSE

No he tenido valor para negarme. Es espantoso pensar que una chiquilla no le pueda pedir siquiera a su madre que la acompañe a algún sitio. Quise preguntarle por qué creía que no podía hacerlo ella, pero su expresión era tan sumisa y tan triste que me limité a decir que haría lo que estuviera en mi mano y no insistí. No me pareció que pudiera ayudar mucho, de todas formas, incluso para algo tan insignificante como organizar una salida. Nunca he tenido la menor influencia sobre Kitty Coleman, y si Maude no la convence para que acuda a un pequeño acontecimiento local, no sé cómo podré yo.

De todos modos fui a ver a Kitty a la mañana siguiente, cuando nuestras hijas estaban en el colegio. En el momento mismo en que la vi me sentí terriblemente culpable de no haberla visitado antes. Tenía un aspecto terrible —delgada y con mala cara— y su precioso pelo había dejado de brillar. Es toda una sorpresa ver tan alicaído a alguien en otro tiempo lleno de vida. Si fuera una persona rencorosa, el espectáculo de tanta belleza destruida podría haber hecho que me sintiera mejor. Pero me compadecí de ella al instante. Incluso le apreté la mano, cosa que le sorprendió, aunque sin intentar retirarla. La tenía helada.

—¡Qué fría está, querida! —exclamé.

—¿Le parece? —preguntó con aire ausente.

Quité el chal amarillo del respaldo del sofá y la arropé con él.

—Siento mucho que haya estado enferma.

—¿Ha dicho alguien que estaba enferma?

—Oh... —me puse un poco nerviosa—. Maude..., dijo que tuvo usted neumonía hace algún tiempo —aquello al menos era verdad, o eso pensaba yo, aunque su reacción me hizo dudar.

—¿Fue eso lo que dijo Maude? —comentó. Me pregunté si llegaría a contestar a alguna pregunta en lugar de responder con otra. Pero luego se encogió de hombros—. Supongo que quizá dé lo mismo —murmuró y, aunque aquello no tenía sentido, no le pregunté nada más.

Kitty tocó la campanilla, pero cuando apareció la chica —no era la doncella habitual— la miró sin expresión, como si hubiera olvidado para qué la llamaba. La otra le devolvió la mirada con la misma falta de expresión.

—Tal vez un poco de té para su señora —sugerí.

—Sí —murmuró Kitty—. Eso estaría bien.

Cuando salió la chica le pregunté:

—¿Ha visto a un médico recientemente?

—¿Por qué?

—Bueno, para su convalecencia. Quizás haya algo que le convenga tomar..., un tónico. O ir a un balneario —trataba en vano de enumerar remedios para lo que fuese que había tenido. Sólo me acordaba de novelas en las que la heroína iba a balnearios alemanes, o al sur de Francia para disfrutar del buen clima.

—El médico dice que debo recobrar fuerzas comiendo mucho y tomando el aire —repitió Kitty maquinalmente. Daba la impresión de que apenas tomaba más de un bocado al día y dudo que saliera a la calle.

—Precisamente de eso venía a hablarle. Tengo intención de ir con mis hijas a la inauguración de la nueva biblioteca en Chester Road, y me preguntaba si usted y Maude querrían acompañarnos. Después podríamos ir a tomar el té a Waterloo Park —me sentía un poco ridícula, al hacer que todo aquello sonara como una expedición a la Antártida en lugar de un paseo insignificante.

—No sé —me contestó—. Está un poco lejos.

—La biblioteca queda muy cerca —dije enseguida—, y no tenemos que subir toda la colina para tomar el té; podemos quedarnos en algún sitio más cercano. O podrían ustedes venir a casa —Kitty no ha estado nunca. No me apetecía tenerla en mi salón, tan estrecho, pero me sentí obligada a ofrecérselo.

—No me...

Esperé a que terminara la frase, pero no lo hizo. Algo le había sucedido; era como un corderito que se ha perdido y camina sin rumbo por un campo. No me entusiasmaba ser su pastor, pero también sabía que Dios no quiere que los pastores juzguen a sus rebaños. Le tomé otra vez la mano.

—¿Qué es lo que no va, querida? ¿Qué es lo que tanto la apena?

Kitty me miró fijamente. Sus ojos resultaban tan oscuros que era como mirarse en un pozo.

—Me he pasado la vida esperando que sucediera algo —dijo—. Y he llegado a comprender que nunca sucederá nada. O que ya ha sucedido, pero parpadeé durante ese momento y ya pasó. No sé qué es peor: habérmelo perdido o saber que no hay nada que perderse.

No supe qué decir, porque no la entendí en absoluto. Sin embargo, me esforcé por contestar.

—Creo que tiene usted mucha suerte —dije, poniendo en mi voz toda la severidad de que me sentí capaz—. Un marido excelente y una buena hija y una casa y un jardín encantadores. Comida en la mesa y una cocinera para prepararla. Para muchas personas la suya es una vida envidiable —aunque no para mí, añadí para mis adentros.

—Sí, pero... —Kitty se detuvo de nuevo, examinando mi rostro en busca de algo. Al parecer no lo encontró, porque bajó los ojos.

Le solté la mano.

—Voy a mandarle un tónico que mi madre me preparaba cuando me sentía débil, a base de brandy, yema de huevo y un poquito de azúcar. Estoy segura de que será un estimulante eficaz. ¿Tiene algo de brillantina? Un poquito en el cepillo hará maravillas para su pelo. Y, querida mía, venga con nosotras el jueves a la ceremonia de la biblioteca —Kitty abrió la boca para hablar, pero, llena de arrojo, le quité la palabra—. Insisto en ello. Maude estará encantada, no desea otra cosa que ir con usted. No querrá desilusionarla. Es tan buena chica, la primera de su clase.

—¿Es eso cierto?

¡Sin duda Kitty tiene que saber que su hija es buena estudiante!

—Vendremos a recogerlas el jueves a las dos y media. Tomar el aire le sentará bien —antes de que pudiera protestar, me levanté y me puse los guantes, dispuesta a marcharme sin esperar a que llegara el té (la chica que tienen es muy lenta).

Por primera vez desde que conozco a Kitty Coleman me hallaba en condiciones de dictar el tono de nuestras relaciones. En lugar de saborear aquel privilegio, me sentí desgraciada.

Nadie ha dicho nunca que los deberes del cristiano sean fáciles.

MAUDE COLEMAN

No sé por qué Lavinia tenía tanto interés en ir a la inauguración de la biblioteca. Parecía creer que también a mí me encantaría ir, pero confunde celebración con funcionamiento. Si bien me alegro, como es lógico, de que tengamos una biblioteca pública en nuestro barrio, me interesa más el préstamo de libros que la ceremonia. A Lavinia le pasa exactamente lo contrario: siempre le gustan las fiestas más que a mí, pero no resiste estar cinco minutos sentada en una biblioteca. Ni siquiera le gustan mucho los libros, aunque le parece bien Dickens, por supuesto, y su madre y ella disfrutan leyendo en voz alta a Sir Walter Scott. También es capaz de recitar algunos poemas, como «La dama de Shalott» de Tennyson y «La belle dame sans merci» de Keats.

Pero para complacerla dije que iría y la señora Waterhouse persuadió de algún modo a mamá para que viniera también: su primera salida desde la enfermedad. Me habría gustado que se hubiera puesto algo un poco más alegre; tiene muchísimos vestidos y sombreros preciosos, pero eligió uno marrón y un sombrero negro de fieltro, adornado con tres escarapelas también negras. Parecía ir de luto entre mucha gente vestida de fiesta. Pero al menos ha venido y me ha gustado caminar a su lado.

Creo que no se hacía muy bien idea de dónde estaba la nueva biblioteca. Papá y yo habíamos ido a menudo en las noches de verano para ver los progresos del edificio, pero mamá no nos acompañó nunca. Y cuando entramos en Chester Road desde Swain's Lane se puso muy nerviosa al ver el muro sur del cementerio, que acaba en Chester Road. Incluso se agarró con fuerza a mi brazo y, sin saber muy bien por qué, le dije: «No pasa nada, mamá, no vamos a entrar». Se tranquilizó un poco, aunque siguió apoyándose en mí hasta que superamos la entrada sur y nos reunimos con la multitud que había acudido a la ceremonia.

La biblioteca es un agradable edificio de ladrillo, con adornos de piedra de color leonado, un porche delantero con cuatro columnas corintias y secciones laterales con altas ventanas en arco. Para la inauguración, la fachada estaba adornada con banderas blancas y habían colocado un pequeño estrado en los escalones de la entrada. Mucha gente se arremolinaba por la acera y ocupaba incluso la calzada. Era un día ventoso, lo que agitaba las banderas y hacía que salieran volando los sombreros de los caballeros y las plumas y las flores de las señoras.

No llevábamos mucho tiempo allí cuando empezaron los discursos. Un individuo subió al estrado y tomó la palabra:

—Buenas tardes, señoras y señores. Es un gran placer para mí, como presidente del Comité de Educación y Bibliotecas del distrito municipal de St. Pancras, darles la bienvenida en un acto tan prometedor como es la inauguración de la primera biblioteca gratuita en este distrito, lo que supone el primer paso en la aplicación, por parte de St. Pancras, de las leyes sobre bibliotecas públicas.

»Estamos en deuda con el concejal T.H.W. Idris, Miembro del Parlamento y antiguo alcalde, por haber conseguido, gracias a sus esfuerzos, que el señor Andrew Carnegie, de Pittsburgh, en los Estados Unidos, donara cuarenta mil libras para la aplicación de las leyes...

En aquel preciso momento sentí un codazo en el costado.

—¡Mira! —susurró Lavinia, señalando con el dedo. Un cortejo fúnebre se acercaba por Chester Road. El presidente del Comité que ocupaba el estrado guardó silencio al ver los vehículos, los varones entre el público se destocaron y las damas inclinaron la cabeza. También yo incliné la mía, aunque miré disimuladamente y conté cinco carruajes detrás del que transportaba el féretro.

Luego una fuerte ráfaga de viento hizo que todas las señoras se sujetaran el sombrero. Lavinia, Ivy May y yo llevábamos la boina verde del colegio, que de ordinario se nos ciñe muy bien a la cabeza, pero Lavinia se quitó la suya como si el viento se la hubiera aflojado, se sacudió el pelo y se encogió de hombros. Estoy segura de que sólo trataba de mostrar sus rizos.

Los hombres de la funeraria que caminaban a los lados del primer coche se sujetaron el sombrero de copa con la mano; uno salió volando de todos modos, y su propietario tuvo que correr tras él con su largo abrigo negro. Los penachos negros de los caballos se bamboleaban y uno de los animales relinchó y corcoveó como si el viento se le metiera en el hocico, de manera que el cochero tuvo que chasquear el látigo, lo que hizo gritar a algunas de las señoras y detuvo el cortejo. Mamá tembló y se agarró a mi brazo con fuerza.

El viento había aflojado tanto las banderas de la biblioteca que la ráfaga siguiente arrancó toda una tira que salió volando por los aires. Después de pasar sobre nuestras cabezas, inició algo así como una danza sobre el cortejo fúnebre, hasta que, de repente, cesó el viento y cayó toda la tira, yendo a aterrizar sobre el carruaje que transportaba el féretro. La multitud contuvo la respiración —Lavinia por supuesto gritó— y el caballo nervioso corcoveó de nuevo.

Todo era muy confuso. Pero por encima de los gritos, del viento y del relinchar del caballo, oí reír a una mujer. Miré a mi alrededor y la vi en el límite de la multitud, toda de blanco, con muchísimos adornos de encaje que revoloteaban de tal manera que parecía un pájaro. Su risa no era fuerte en realidad, pero lo penetraba todo, como la voz del ropavejero cuando pasa por nuestra calle gritando «¡Ropa vieja que vender!».

El señor Jackson salió por la puerta del cementerio y corrió para retirar del coche la tira de banderas.

—¡Siga adelante! —gritó—. ¡Deprisa, antes de que los caballos se desboquen!

Luego volvió corriendo hasta la puerta y la abrió, llamando al primer carruaje. Después de que todos hubieran entrado, cerró la puerta y recogió las banderas. Mientras empezaba a doblarlas miró hacia la gente delante de la biblioteca, vio a mamá, y dejó de doblar la tela. Mamá se irguió como si alguien la hubiera tocado en el hombro y se soltó de mi brazo.

Luego el presidente del Comité bajó del estrado y cruzó la calle para recuperar las banderas. El señor Jackson se vio obligado a volverse en su dirección, y mamá desfalleció de repente. Otra ráfaga de viento sopló entre los espectadores y tuve la impresión de que podía caerse. Un instante después la mujer que reía estaba a su lado, cogiendo tranquilamente a mamá por el brazo y ayudándola a no perder el equilibrio.

—Todo un espectáculo, ¿no es cierto? —dijo, acompañando las palabras con otra risa—. ¡Y los discursos apenas han empezado!

Era pequeña, más baja que mamá, pero los hombros, muy echados para atrás, le daban el aplomo de una mujer más alta. Tenía grandes ojos castaños que parecían estar colocados de tal manera que era imposible evitar su mirada. Cuando sonreía mostraba un diente por la comisura de la boca, lo que me recordó a un caballo que levanta el belfo.

Supe de inmediato que no me iba a caer bien.

—Soy Caroline Black —dijo, tendiendo la mano.

Mamá se la quedó mirando. Al cabo de un momento la aceptó.

—Kitty Coleman.

Me horroricé al reconocer el nombre, aunque estaba claro que mamá no lo había hecho. Caroline Black era una sufragista que, en la sección de cartas al director del periódico local, mantenía, sobre el tema del voto femenino, una batalla de larga duración con varios lectores escépticos.

Papá se ha mostrado muy cáustico en el tema de las sufragistas. Dice que la palabra suena como un tipo de técnica de vendaje perfeccionado en la guerra de Crimea. Las sufragistas han estado escribiendo mensajes con tiza para sus reuniones en aceras cercanas a nuestra casa, y papá las ha amenazado de vez en cuando —es posible que también a la misma Caroline Black— con cubos de agua.

El presidente había reanudado su discurso:

—... este distrito municipal ha abierto una puerta para que todos los vecinos de St. Pancras puedan disfrutar gratis y sin ninguna clase de cortapisas de los tesoros de la literatura reunidos y conservados en este edificio.

La multitud empezó a aplaudir. Caroline Black no lo hizo, sin embargo, ni tampoco mamá. Miré a mi alrededor en busca de Lavinia, pero no la vi. La señora Waterhouse y Ivy May todavía estaban muy cerca, y seguí la mirada de Ivy May hasta el otro lado de la calle. Vi a Lavinia junto a la entrada del cementerio. Me miró y me llamó, empujando la puerta para indicarme que no estaba cerrada. Vacilé; no quería dejar a mamá sola con Caroline Black. Por otra parte, los discursos eran aburridos, como sabía de antemano que iban a serlo, y el cementerio resultaría mucho más interesante. Di un paso en dirección a Lavinia.

—Todo eso está muy bien, señor Ashby —exclamó Caroline Black de repente. Me inmovilicé donde estaba—. Aplaudo la idea del libre acceso a la literatura y a la educación. Pero ¿podemos sinceramente celebrar semejante acontecimiento, cuando la mitad de la población no puede aplicar esos conocimientos que ahora tiene a su alcance a una parte de la vida que es de importancia decisiva para todos nosotros? Si las mujeres no tienen derecho al voto, ¿para qué molestarse en leer los tesoros de la literatura?

Mientras hablaba, las personas que estaban a su alrededor se alejaron unos pasos, de manera que quedó sola, rodeada por un círculo de espectadores, a excepción de mamá y de mí misma, que seguíamos incómodamente a su lado.

El señor Ashby intentó terciar, pero Caroline Black continuó con una voz bien modulada que llegaba muy lejos y que no admitía interrupciones.

—Estoy segura de que si el señor Dickinson, nuestro diputado, estuviera aquí, coincidiría conmigo en que el tema del voto para la mujer va de la mano de cuestiones como las bibliotecas públicas y la educación para todos. Precisamente en estos momentos tiene la esperanza de presentar en el Parlamento un proyecto de ley sobre el voto femenino. Apelo a todas ustedes —con un gesto al círculo que se había formado a su alrededor—, como ciudadanas educadas e interesadas: cada vez que entren en este edificio, consideren el hecho de que a ustedes (o, si son varones, a su esposa, hermanas o hijas) se les niega la posibilidad de ser ciudadanas responsables emitiendo el voto para elegir a las personas que van a representarlas. Aunque hay algo que sí pueden hacer. Acudan a las reuniones de la rama local de la Unión Política y Social de Mujeres, todos los martes por la tarde a las cuatro, en Birch Cottage, West Hill en Highgate. ¡Votos para las mujeres! —hizo una leve inclinación de cabeza, como para agradecer unos aplausos que nadie más que ella oía, y dio un paso atrás, dejándonos a mamá y a mí solas en el círculo.

Los rostros de quienes nos rodeaban nos miraron con curiosidad, preguntándose probablemente si también nosotras éramos sufragistas. La señora Waterhouse al menos me miró con horrorizada comprensión. Ivy May, a su lado, contemplaba a mi madre. Mamá, por su parte, tenía los ojos fijos en Caroline Black y, por primera vez desde hacía meses, sonreía.

Me volví hacia el otro lado de la calle, hacia la puerta del cementerio, pero Lavinia ya no estaba allí. Luego la divisé fugazmente dentro, un momento antes de que desapareciera entre dos sepulturas.

KITTY COLEMAN

Su risa sonó como un toque a rebato, y la sacudida que me recorrió la espalda me hizo abrir los ojos por completo. Me había parecido que teníamos otro día neblinoso, apagado, pero cuando miré alrededor buscando el origen de aquella risa, descubrí que era uno de esos días de otoño, tersos y ventosos que tanto me gustaban cuando, de niña, quería comer manzanas y dar patadas a las hojas muertas.

Luego vi a John Jackson al otro lado de la calle, junto a la puerta del cementerio, y me inmovilicé para que no me viera. Lo hizo de todos modos. Había tratado varias veces de subir la cuesta para verlo y explicarle lo sucedido. Pero sin conseguirlo. Sospechaba que lo había entendido; lo entiende casi todo.

Oí la risa de nuevo, esta vez a mi lado. Caroline me cogió del brazo y supe que nada volvería a ser igual.

SIMON FIELD

Estoy dentro de la sepultura, de pie sobre el ataúd, cuando llega. El cortejo acaba de marcharse, y muevo la tierra para llenar los huecos alrededor de la caja. Luego tengo que sacar, golpeándolas con un martillo, las tablas para apuntalar que quedan muy abajo y que mi padre y Joe sacarán después con una soga. Esta fosa tiene casi cuatro metros de profundidad.

Mi padre y Joe están cantando:

> *Mi paloma, luz de mi vida*
> *La chica que amo*
> *La reina de Laguna*
> *No sueña en vano.*

Cuando se callan, sigo yo:

> *Porque me lo dice*
> *Sé que me quiere.*

De Laguna el lirio
Es mi delirio.

Entonces miro hacia arriba y veo a Livy en el borde de la sepultura, riéndose de mí.

—Maldita sea, Livy —digo—. ¿Qué estás haciendo aquí?

Sacude el pelo y se encoge de hombros.

—Mirarte, descarado —responde—. Y no debes decir «maldita sea».

—Lo siento.

—Ahora voy a bajar ahí contigo.

—No hagas eso.

—Sí que lo hago —se vuelve hacia mi padre—. ¿Me ayuda a bajar?

—No, no, señorita, seguro que no quiere bajar. No es sitio para usted. Además se mancharía ese vestido tan bonito y los zapatos.

—No importa... Ya me los limpiarán después. ¿Cómo bajan ustedes? ¿Con una escalera?

—No, no; nada de escalera —dice mi padre—. Para una fosa tan honda clavamos tablas, se da cuenta, cada medio metro o menos para impedir que las paredes se derrumben. Subimos y bajamos por ahí. Pero no se le ocurra hacerlo —añade, aunque demasiado tarde, porque Livy ha empezado ya. Todo lo que veo son las dos piernas que sobresalen del vestido y las enaguas.

—No bajes, Livy —digo, pero no es verdad que no quiera que baje. Utiliza el armazón de madera como si llevara haciéndolo toda la vida. Enseguida está a mi lado encima de la caja.

—Ea —dice—. ¿No te alegras de verme?

—Claro.

Livy mira alrededor y se estremece.

—Hace frío aquí abajo. ¡Y está todo lleno de barro!

—¿Qué esperabas? Es una tumba, después de todo.

Livy frota la punta del zapato contra la arcilla que hay encima del ataúd.

—¿Quién está ahí?

Me encojo de hombros.

—¡Qué sé yo! ¿Quién está en el ataúd, padre? —pregunto.

—No; déjame adivinarlo —dice Livy—. Una niñita enferma de neumonía. O un señor que se ahogó en uno de los estanques de The Heath cuando trataba de salvar a su perro. O...

—Es un viejo —responde mi padre—. De muerte natural —a mi padre le gusta saber algo de las personas que enterramos, y de ordinario se entera escuchando a los familiares junto a la sepultura.

Livy parece decepcionada.

—Creo que me voy a tumbar —dice.

—Seguro que no quieres hacer eso —protesto—. Hay mucho barro, como has dicho tú misma.

No me escucha. Se sienta sobre la tapa del ataúd y luego se estira, embarrándose el pelo y todo lo demás.

—Ea —dice, cruzando las manos sobre el pecho como si estuviera muerta. Alza los ojos al cielo.

No me puedo creer que no le importe el barro. Quizá se ha vuelto tarumba.

—No hagas eso, Livy —digo—. Levántate.

Pero sigue tumbada, los ojos cerrados, y le miro la cara. Es extraño ver algo tan bonito tumbado en el barro. Tiene una boca que me hace pensar en las cerezas cubiertas de chocolate que Maude me dio en una ocasión. Me pregunto si sus labios sabrán igual.

—¿Dónde está Maude? —pregunto para dejar de pensar en eso.

Livy hace una mueca pero sigue con los ojos cerrados.

—Ahí, en la biblioteca con su madre.

—¿La señora C. ha salido a la calle?

No debería haber dicho nada, ni dar sensación de sorpresa. Livy abre los ojos, como un muerto que de repente vuelve a la vida.

—¿Qué sabes tú de la madre de Maude?

—Nada —respondo enseguida—. Sólo que estaba enferma. Eso es todo.

Lo he dicho demasiado deprisa. Livy lo nota. Curioso: no es como Ivy May, que lo ve todo. Pero cuando quiere, sí que se da cuenta de las cosas.

—La señora Coleman estuvo enferma, pero eso fue hace más de dos meses —dice—. Tiene un aspecto espantoso, pero hay algo más que no está bien. Sencillamente lo sé —Livy se incorpora—. Y tú también lo sabes.

Cambio intranquilo el peso de un pie a otro.

—No sé nada.

—Sí que sabes —Livy sonríe—. Eres un desastre como mentiroso, Simon. Vamos, ¿qué es lo que sabes sobre la madre de Maude?

—Nada que te vaya a contar.

Livy parece complacida y me arrepiento de haber dicho incluso lo que he dicho.

—Estaba segura de que había algo —dice—. Y sé que me lo vas a contar.

—¿Por qué tendría que contarte nada?

—Porque te voy a dejar que me beses si lo haces.

Contemplo su boca. Acaba de pasarse la lengua por los labios, que brillan como la lluvia sobre las hojas. Me ha pillado. Me muevo hacia ella, pero aparta la cara.

—Cuéntamelo primero.

Digo que no con la cabeza. No me gusta confesarlo pero no me fío de Livy. El beso antes de decir nada.

—Sólo te lo contaré después.

—No; el beso después.

Digo otra vez que no con la cabeza, y Livy se da cuenta de que hablo en serio; se tumba otra vez en el barro.

—De acuerdo, entonces. Pero tengo que fingir que soy la Bella Durmiente y tú el príncipe que me despierta —cierra los ojos y cruza de nuevo las manos sobre el pecho como si estuviera muerta. Miro hacia arriba. Mi padre no está en el borde de la sepultura; debe de haberse sentado con la botella para esperar. No sé cuánto me durará la buena suerte, de manera que me agacho deprisa y pongo mi boca sobre la de Livy, que no se mueve. Sus labios son suaves. Los toco con la lengua: no saben como cerezas cubiertas de chocolate, sino salados. Me retiro y Livy abre los ojos. Nos miramos pero no decimos nada. Livy sonríe un poco.

—Simon, haz algo, chaval. Tenemos que cavar otra después de ésta —llama mi padre desde arriba. Se asoma tanto que casi parece que se va a caer. Quizá nos haya visto besarnos, pero no lo dice—. ¿Necesita ayuda, señorita? —pregunta.

No quiero que baje mientras Livy está conmigo. Tres personas son demasiadas en una sepultura.

—Déjela tranquila —respondo—. Ya la sacaré yo.

—Saldré sola en cuanto Simon conteste a mi pregunta —dice Livy.

Parece que mi padre se dispone a bajar, así que tengo que decirlo deprisa.

—La señora C. visitó a mi madre —digo en un susurro.

—¿Cómo? ¿Una visita de caridad?

—¿Quién ha dicho que necesitemos limosnas?

Livy no contesta.

—De todos modos, era trabajo, no caridad.

—Tu madre es comadrona, ¿verdad?

—Sí, pero...

—¿Quieres decir que ha dado a luz otro hijo? —Livy abre mucho los ojos—. ¿Maude tiene en algún sitio un hermano o una hermana secretos? ¡Qué emocionante! Espero que sea un hermano.

—No se trataba de eso —digo deprisa—. No tiene un hermano ni nada que se le parezca. Era lo otro. Librarse del hermano o de la hermana antes de nacer. De lo contrario habría sido un bastardo, ¿entiendes?

—¡Oh! —Livy se incorpora y me mira fijamente, los ojos todavía muy abiertos. Quisiera no haberle dicho nada. Algunas personas están hechas para no saber nada de la vida, y Livy es una de ellas—. ¡Oh! —repite y se echa a llorar. Se tumba de nuevo en el barro.

—No te preocupes, Livy. Mi madre tuvo mucho cuidado. Pero le ha llevado tiempo recuperarse.

—¿Qué le voy a decir a Maude? —solloza.

—No le digas nada —respondo deprisa, porque no quiero que las cosas se compliquen más—. No necesita saberlo.

—Pero no es posible que viva con su madre en esas circunstancias.

—¿Por qué no?

—Puede venirse a vivir con nosotras. Se lo preguntaré a mamá. Estoy segura de que dirá que sí, sobre todo cuando sepa la razón —ya ha dejado de llorar.

—No le cuentes nada, Livy —digo.

Luego oigo un grito por encima de nuestras cabezas y miro. La madre de Livy nos contempla y Maude asoma por encima de su hombro. Al otro lado de la tumba está Ivy May, sola.

—Lavinia, ¿quieres decirme qué haces ahí tumbada? —grita su madre—. ¡Sal ahora mismo!

—Hola, mamá —dice Livy con mucha calma, como si no acabara de llorar. Se incorpora—. ¿Me estabas buscando?

La mamá de Livy se derrumba y empieza a llorar, no en silencio como ha hecho Livy, sino ruidosamente y con jadeos.

—No se preocupe, señora Waterhouse —dice Maude, dándole palmaditas en el hombro—. Lavinia está bien. Va a subir ahora mismo, ¿verdad que sí, Lavinia? —nos mira indignada a los dos.

Livy sonríe de una manera peculiar y me doy cuenta de que está pensando en la mamá de Maude.

—No se te ocurra decírselo, Livy —le susurro al oído.

Livy no responde; tampoco me mira. Se limita a trepar por las tablas muy deprisa y se ha ido antes de que yo pueda decir nada más.

Ivy May tira a la sepultura un terrón de arcilla que me cae a los pies.

Se nota mucho el silencio cuando se han marchado. Empiezo a echar barro en las grietas que todavía quedan alrededor de la caja.

Mi padre viene a sentarse en el borde de la sepultura, con las piernas balanceándose dentro de la fosa. Huelo la ginebra.

—¿Va usted a ayudarme, padre? —le pregunto—. Ya puede traer el cajón de Lamb.

Mi padre mueve la cabeza.

—No sirve de nada besar a chicas como ésa —dice.

De manera que nos ha visto.

—¿Por qué no? —pregunto.

Mi padre mueve otra vez la cabeza.

—No son para ti, muchacho. Lo sabes. Les gustas porque eres diferente, eso es todo. Quizá te dejen besarlas una vez. Pero no llegarás a ningún sitio con ellas.

—No trato de llegar a ningún sitio.

Mi padre ríe entre dientes.

—Claro que no, muchacho, claro que no.

—Cállese, padre. Haga el favor de callarse —vuelvo a mi montón de tierra. Es más fácil que hablar con él.

LAVINIA WATERHOUSE

Por fin he tomado una decisión.

He vivido llena de angustia desde que Simon me lo dijo. Mamá piensa que cogí frío en la sepultura, pero no es eso. Sufro de repugnancia moral. Ni siquiera el beso de Simon —algo que jamás le contaré a nadie— me compensó del horror de su revelación sobre Kitty Coleman.

Cuando vinieron a buscarme al cementerio, casi me fue imposible mirar a Maude. Sabía que estaba enfadada conmigo, pero me sentía enferma de verdad y era incapaz de hablar. Luego regresamos a la biblioteca y todavía me sentí peor cuando vi a su madre. Por fortuna no me prestó la menor atención; había caído en las garras de una mujer espantosa que, según me explicó Maude, es una sufragista local. (No entiendo el porqué de tanta conmoción con el voto. La política es muy aburrida; ¿para qué querrían votar las mujeres después de todo?) Las dos volvieron a casa del brazo, hablando con tanta confianza como si se conocieran desde hace años, y no me hicieron ningún caso, lo que me pareció estupendo. Es inaudito el descaro de la madre de Maude, dado lo que ha hecho.

No me he sentido a gusto con Maude desde aquel día y, a decir verdad, estuve durante algún tiempo demasiado enferma para verla o para ir al colegio. Sé que pensó que fingía, pero me sentía demasiado abrumada. Luego, gracias a Dios, terminó el trimestre y Maude se marchó a Lincolnshire a ver a su tía, de manera que la evité durante una temporada. Ahora ha vuelto, sin embargo, y lo que sé me pesa más que nunca. Me parece muy mal que siga ignorante de algo de tanta importancia, y no sólo ella, sino todo el mundo, y eso es lo que me ha hecho enfermar.

A mamá no se lo he dicho, porque no quiero escandalizarla. Cada vez es mayor el cariño que me inspiran mis padres, e incluso Ivy May. Son personas sencillas, a diferencia de mí, bastante más complicada, pero, por lo menos, sé que son sinceros. No vivimos en una Casa de los Secretos.

Debo hacer algo. No me puedo quedar quieta y ver cómo la contaminación en el corazón del hogar de los Coleman se extiende a mi querida Maude. De manera que, después de tres semanas de meditarlo mucho, me he sentado esta tarde en mi habitación y he escrito, disimulando la letra, la siguiente carta:

Querido señor Coleman:
Considero mi deber de cristiano informarle de la conducta indecorosa que se ha producido en su familia, en relación con su esposa. Le insto, señor mío, a que

le pregunte sobre la verdadera naturaleza de la enfermedad que la aquejaba hace pocos meses. Creo que su escándalo será grande.

Escribo esto como corresponde a alguien que se preocupa por el bienestar moral de su hija, la señorita Maude Coleman. Lo único que me interesa es su felicidad.

Con respetuoso interés,
Quedo a su disposición,
Sinceramente suyo,

                                        Anónimo

Esta noche me acercaré sin hacer ruido y deslizaré la carta por debajo de la puerta. Estoy segura de que después me sentiré mejor.

Noviembre de 1906

JENNY WHITBY

Lo primero fue descubrir que la casa estaba hecha una pocilga. Tuve que limpiarla de arriba abajo, y luego volverla a limpiar. Lo único bueno fue que no tuve tiempo de pensar en Jack. Eso y que la señora Baker se alegró de verdad de volver a verme. Supongo que está más que cansada de sustitutas. Las asistentas no sirven para nada.

Luego estaban mis pechos. Cada pocas horas se llenaban y empezaba a salírseme la leche por toda la delantera del uniforme. He tenido que ponerme almohadillas de algodón y cambiármelas a cada rato y aun así me hubieran descubierto. Gracias a Dios el ama no me ha visto nunca así, aunque tampoco se habría dado cuenta. Pero ha sucedido una vez cuando estaba limpiando la chimenea en el cuarto de Maude. Entró la niña y tuve que ponerme delante muy deprisa un montón de ropa blanca, aunque yo estaba cubierta de polvo de carbón, e inventar una excusa para marcharme. Me miró de una manera muy curiosa, pero no dijo nada. Está tan contenta de que haya vuelto que no es nada probable que se queje.

No sé qué es lo que sabe; la señora Baker piensa que no mucho, que todavía es un corderito inocente. Pero no estoy segura; a veces la sorprendo mirándonos fijamente a mí o a su madre y pienso: no es tonta.

Su madre; eso sí que es extraño. Vuelvo de puntillas, por así decirlo, con miedo a verla, porque recuerdo cómo nos despedimos. Pensaba que estaría incómoda conmigo pero al llegar me dio un apretón de manos y dijo: «¡Cómo me alegro de volver a verte, Jenny. ¡Entra, entra!». Me llevó al cuarto de estar de las mañanas, donde una mujercita que se agita mucho, una tal señorita Black, se puso en pie de un salto y también me estrechó la mano.

—Jenny es nuestro tesoro —le dijo el ama a la señorita Black. Bueno; me puse colorada, creyendo que se burlaba de mí. Pero parecía sincera de verdad, como si se hubiera olvidado por completo del chantaje.

—Voy a dejar las cosas en mi cuarto y a empezar a trabajar —respondí.

—La señorita Black y yo estamos tramando grandes cosas, ¿no es cierto, Caroline? —dijo el ama como si no me hubiera oído—. Estoy segura de que puedes sernos de gran ayuda.

—No sé qué decirle, señora. Quizá les pueda traer un poco de té.

—Dime, Jenny —me preguntó la señorita Black—, ¿qué piensas del sufragio de la mujer?

—Bueno, todas sufrimos, ¿no es cierto? —respondí sin comprometerme, poco segura de qué era lo que había que decir.

La señorita Black y el ama se echaron a reír, aunque yo no había dicho nada chistoso.

—No, me refiero al voto de la mujer —me explicó la señorita Black.

—Pero las mujeres no votan —respondí.

—A las mujeres *no se les permite* votar, pero deberían tener el derecho a hacerlo, igual que los varones. Luchamos para conseguirlo, ¿te das cuenta? ¿No te parece que tienes el mismo derecho que tu padre, tu hermano o tu marido a elegir quién ha de gobernar este país?

—No tengo ninguno de ésos —no había hablado de hijos.

—Jenny, luchamos para que todos seamos iguales, tú también —dijo el ama.

—Eso es muy amable por su parte, señora. Pero ¿qué van a querer, café o té?

—Café, creo, ¿no te parece, Caroline?

Las dos pasan juntas todo el tiempo, conspirando contra el gobierno o algo parecido. Tendría que estar contenta por el ama, que parece más feliz que antes. Pero no lo estoy. Hay algo acerca de ella que no acaba de cuadrar, como una peonza a la que se le aprieta demasiado la cuerda: está girando como debe, pero también es posible que se rompa.

No es que eso me importe demasiado ahora: tengo otros en quienes pensar. El primer sábado que volví a casa de mi madre lloré al ver a Jack. Sólo habían pasado cinco días y ya parecía hijo de otra. Todavía me quedaba un poco de leche, pero no la quiso; quería la de la chica de enfrente que lo está amamantando después de perder al suyo. Volví a llorar cuando lo vi colgado de sus pechos.

Cómo la voy a pagar todos estos meses es algo que no sé. Ahora me gustaría haber pensado en eso cuando conseguí del ama la promesa de volver a trabajar aquí. Hace cuatro meses me hubiera dado cualquier cosa, pero si ahora le pido mejor sueldo es probable que se limite a sermonearme sobre el sufrimiento de las mujeres. He aprendido una cosa; el chantaje tiene que asustar para que funcione. Creo que ahora no le importa nada a excepción del voto para las mujeres.

Otra cosa peculiar: el ama está muy ocupada comportándose como si no le hubiera sucedido nada durante el verano, pero hay alguien que no lo ha olvidado. Estaba sacando los zapatos al vestíbulo, bien embetunados y listos para el día siguiente, cuando, por debajo de la puerta principal, alguien deslizó una carta, dirigida al señor Coleman. La recogí y la miré. La letra era curiosa, como de una colegiala escribiendo sobre una silla que se tambalea. Abrí la puerta de la calle y miré. Era una noche de niebla y logré distinguir apenas a la señorita Lavinia corriendo calle arriba antes de desaparecer.

No coloqué la carta en la bandeja del amo, sino que me la guardé. A la mañana siguiente me senté en la cocina para tomar una taza de té y se la enseñé a la señora Baker. Es gracioso que seamos más amigas desde lo de Jack. No sabe nada del chantaje pero supongo que se lo imagina.

Nunca me ha preguntado cómo conseguí recuperar mi empleo.

—¿Para qué escribiría al amo si no es para crear problemas? —dije.

La señora Baker examinó la carta, luego la llevó junto a la tetera y en un minuto la abrió con el vapor. Eso es lo que me gusta de ella: puede ser muy cargante a veces, pero no se anda por las ramas.

Leí por encima de su hombro. Al terminar nos miramos.

—¿Cómo se ha enterado de todo eso? —me pregunté en voz alta, antes de darme cuenta de que la señora Baker podía no estar al corriente de los problemas del ama.

Pero sí que lo sabía. La señora Baker no es tonta. Debe de haber sacado sus propias conclusiones.

—Esa chica tan estúpida —dijo a continuación—. Tratando de causar un revuelo —retiró la tapa del fogón y echó la carta al fuego.

Como ya he dicho, no se anda por las ramas.

EDITH COLEMAN

Cuando me abrió la puerta pensé por un momento que soñaba. Pero sabía muy bien que estaba despierta; no soy una soñadora. La sonrisita, por supuesto, era para informarme de que se daba cuenta de mi sorpresa.

—¿Se puede saber qué estás haciendo aquí? —pregunté—. ¿Qué ha sido de la asistenta que contraté? —me había ocupado de llevar la casa mientras Kitty estaba enferma y había recurrido a asistentas hasta que encontrásemos una doncella conveniente.

—Trabajo aquí otra vez, señora —me replicó la muy impertinente.

—¿Según quién?

—Mejor pregúnteselo a la dueña de la casa, señora. ¿Me da su abrigo?

—No toque mi abrigo. Vaya y espere en la cocina. Subiré sola.

La chica se encogió de hombros y me pareció oírle decir: «Como prefiera».

Tuve ganas de responder algo pero no me molesté; no era con ella con quien debía hablar. Era evidente que Jenny estaba allí porque Kitty la había dejado volver: a mis espaldas y en contra de mis órdenes.

Entré en el cuarto de las mañanas sin ser anunciada. Kitty estaba sentada con la señorita Black, con quien ya había conversado brevemente en una ocasión anterior. No me causó buena impresión. Hablaba sin parar sobre el sufragio femenino, un tema que me resulta insoportable.

Las dos se pusieron en pie al verme y Kitty se acercó para besarme.

—Déjeme que me ocupe de su abrigo, madre —dijo—. ¿Por qué no se lo ha recogido Jenny?

—De eso es de lo que quiero hablar contigo —repliqué, sin quitarme el abrigo por el momento; empezaba a tener dudas de que fuese a quedarme. Era desafortunado que Kitty no estuviera sola, porque me resistía a hablar de Jenny delante de otras personas.

—Madre, ya conoce usted a Caroline Black —dijo Kitty—. Caroline, recuerdas a mi suegra, la señora Coleman.

—Por supuesto —dijo la señorita Black—. Es un placer verla de nuevo, señora Coleman.

—¿Querrá acompañarnos? —preguntó Kitty, indicando los sofás—. Jenny acaba de traer el té y la señora Baker ha hecho dulces con manteca de cerdo.

Me senté, muy incómoda por no haberme quitado el abrigo. Ni una ni otra parecieron darse cuenta.

—Caroline y yo hablábamos de la Unión Política y Social de Mujeres —dijo Kitty—. ¿Sabía que han abierto una oficina junto a Aldwych? Tienen muy a mano las redacciones de los periódicos y en Londres se puede presionar al Parlamento sobre la cuestión del sufragio femenino con mucha más eficacia que desde Manchester.

—No apruebo que las mujeres voten —la interrumpí—. No necesitan hacerlo: sus maridos son perfectamente capaces de hacerlo en nombre suyo.

—Hay muchísimas mujeres solteras, yo entre ellas, que merecemos tener representación —dijo la señorita Black—. Además, una mujer no siempre tiene las mismas opiniones que su marido.

—En cualquier matrimonio bien avenido, la mujer está por completo de acuerdo con su marido. De lo contrario no deberían haberse casado.

—¿De verdad? ¿Siempre votarías de la misma manera que tu marido, Kitty? —preguntó la señorita Black.

—Lo más probable es que votara a los conservadores —respondió Kitty.

—¿Ve usted? —le dije a la señorita Black—. Los Coleman siempre votan al partido conservador.

—Pero eso es sólo porque ahora parece más probable que un candidato conservador esté de verdad dispuesto a apoyar el sufragio femenino —añadió Kitty—. Si un candidato liberal o incluso un laborista lo apoyaran, votaría por ellos.

Me horrorizó aquella afirmación.

—No digas tonterías. Por supuesto que no lo harías.

—No me interesan los partidos políticos. Me preocupa una cuestión moral.

—Deberían preocuparte cuestiones morales mucho más relacionadas con tu hogar —dije.

—¿A qué se refiere? —advertí que Kitty hablaba sin mirarme.

—¿Por qué está aquí Jenny? La despedí en julio.

Kitty se encogió de hombros y sonrió a la señorita Black como pidiéndole disculpas por mi comportamiento.

—Y yo he vuelto a contratarla en octubre.

—Despedí a tu doncella hace cuatro meses porque su conducta era inmoral. Semejante comportamiento es irreversible, y esa mujer no es digna de trabajar en esta casa.

Finalmente mi nuera me miró a los ojos. Parecía casi aburrida.

—Le pedí a Jenny que volviera porque es una trabajadora excelente, está disponible y necesitamos una buena doncella. Las asistentas que usted contrató eran inaceptables.

Algo en su expresión me dijo que estaba mintiendo, pero sin descubrirme cuál podía ser la mentira.

—¿Te has olvidado ya de lo que fue e hizo? —pregunté.

Kitty suspiró.

—No; no lo he olvidado. Pero sucede que no lo considero muy importante. Tengo la cabeza en otras cosas y sencillamente necesitaba alguien que, con toda seguridad, hiciera un buen trabajo en la casa.

Me erguí todo lo que pude.

—Eso es ridículo —dije—. No puedes tener aquí a una mujer que ha... —me detuve y miré a la señorita Black, que me contemplaba con gran calma. No quería andarme con rodeos pero sería impropio hablar con toda franqueza delante de una extraña. No terminé la frase, sabiendo que Kitty me entendía perfectamente. Lo que dije en cambio fue—: ¿Qué clase de ejemplo supone eso para Maude o para mi hijo?

—No están enterados. Creen que Jenny ha estado enferma.

—El fundamento moral de este hogar se verá socavado por su presencia, tanto si saben lo sucedido como si no.

Kitty sonrió, lo que me pareció la más inadecuada de las respuestas.

—Madre —dijo—. Sabe usted que le estoy muy agradecida por ocuparse de esta casa mientras estaba enferma. Ha sido usted muy generosa con su tiempo y sus energías. Ahora, sin embargo, ya ha llegado el momento de que, una vez más, me haga cargo de mi propio hogar. He decidido que Jenny puede trabajar de nuevo para nosotros y, a decir verdad, no hay nada más que debatir sobre este asunto.

—¿Qué dice mi hijo sobre esa cuestión?

—Richard vive en la más feliz ignorancia de los asuntos domésticos. Eso, según creo, fue lo que usted me enseñó sobre la dirección de una casa: no molestar nunca al marido.

Hice caso omiso de su observación, pero no la he olvidado.

—Tendré unas palabras con él.

—¿Cree que se lo agradecerá?

—Creo que cualquier hombre desea saber si su hogar se ve moralmente amenazado.

—¿Querrá quedarse a tomar el té? —Kitty lo dijo de manera bastante amable, pero sus palabras implicaban la sospecha de que quizá prefiriese marcharme.

Y así era.

—No me quedaré a tomar el té —dije, levantándome—. No volveré a poner los pies en esta casa mientras esa mujer siga aquí. Adiós, Kitty —me di la vuelta y salí de la habitación. Kitty no me siguió y afortunadamente la impertinente de la doncella no estaba en el vestíbulo para despedirme, porque no sé lo que hubiera podido decirle.

Una de las desafortunadas consecuencias de tener lo que yo llamaría una manera de ser muy tajante es que, a veces, me encuentro en un dilema. No tengo ningún reparo en cortar por completo cualquier contacto con Kitty en caso necesario, pero no puedo decir lo mismo acerca de mi hijo y de mi nieta. Después de todo, no es culpa suya que Kitty sea moralmente laxa. Me resistía, sin embargo, a mezclar a Richard en lo que, como la misma Kitty me había recordado, eran asuntos de mujeres.

No obstante, me pareció que mi hijo debía saber algo de la falta de decoro de su mujer: si no sobre su decisión de volver a dar trabajo a Jenny, sí al menos sobre su amistad con una mujer poco recomendable. Le invité una noche a él solo, con el pretexto de tratar algo relacionado con las propiedades de su difunto padre. Pero en el momento mismo en que lo vi, supe que no iba a decirle una palabra ni sobre Jenny ni sobre Caroline Black. Lo encontré radiante, incluso después de una jornada de trabajo, y me recordó el aspecto que tenía al regreso de su luna de miel.

De manera que así es como están las cosas, pensé con toda franqueza. Se lo ha llevado otra vez a la cama para hacer lo que le apetezca fuera de ella.

No es una estúpida mi nuera. Ha hecho mucho camino desde el día en que Richard me la presentó, una muchachita menuda y desgarbada que llevaba vestidos a la moda de dos años antes. No me gustan los juegos pero, al mirar esa vez a mi hijo, supe que mi nuera me había derrotado en toda la línea.

RICHARD COLEMAN

Esta vez nos quedaremos en casa la noche de Fin de
Año.

Febrero de 1907

GERTRUDE WATERHOUSE

¡Vaya por Dios! Acabo de volver de casa de Kitty Coleman —hoy es el día que recibe— y tengo un dolor de cabeza espantoso.

En enero sucedió algo que siempre había temido. Kitty Coleman pasó a las tardes de los miércoles su día de las visitas para poder acudir los martes a algún tipo de reunión en Highgate. (¡Lo que significa al menos que no vendrá a mis martes!) Y me he sentido obligada a ir a su casa: no todas las semanas, confío, pero sí, al menos, una o dos veces al mes. Conseguí evitar las primeras ocasiones diciendo que estaba resfriada, o que mis hijas no se encontraban bien, pero no era posible utilizar esa excusa siempre.

De manera que he ido hoy, y he llevado a Lavinia y a Ivy May como apoyo. Cuando llegamos, la sala ya estaba llena de mujeres. Kitty Coleman nos dio la bienvenida y luego revoloteó por la habitación sin presentarnos a nadie. Debo decir que nunca he estado en una reunión más ruidosa en una casa particular. Todo el mundo hablaba al mismo tiempo, y no estoy segura de que nadie escuchara de verdad. Pero yo sí lo hice y, a medida que me enteraba, aumentaba mi asombro y disminuían mis ganas de intervenir. No me atreví a decir una palabra. La sala estaba llena de sufragistas.

Dos de ellas hablaban de una reunión a la que iban a asistir en Whitechapel. Otra iba pasando de mano en mano un dibujo para un cartel que representaba a una mujer en la ventanilla de un tren agitando una pancarta en la que se leía «Votos para las mujeres». Al verlo me volví hacia mis hijas.

—Lavinia —dije—, ve a ayudar a Maude —la hija de Kitty estaba sirviendo té al otro extremo de la sala y parecía tan abatida como yo—. Y no escuches nada de lo que dicen las personas a tu alrededor —añadí.

Lavinia miraba fijamente a Kitty Coleman.

—¿Me has oído, Lavinia? —le pregunté. Movió la cabeza y se encogió de hombros, como para librarse de mis palabras, pero luego hizo una mueca y se dirigió hacia su amiga.

—Ivy May —dije—, ¿te importaría bajar y preguntar a la cocinera si necesita ayuda? Hazme el favor.

Ivy May asintió y desapareció. Es una niña muy buena.

Una mujer a mi lado estaba diciendo que acababa de hablar en un mitin en Manchester y que le habían tirado tomates podridos.

—¡Al menos no eran huevos podridos! —exclamó otra, y todo el mundo se echó a reír.

Bueno, casi todo el mundo. Unas pocas señoras como yo no decían absolutamente nada, y parecían tan escandalizadas como yo. Debían de ser antiguas amigas de Kitty que acudían a su casa con la esperanza de una conversación agradable y de los excelentes bollitos de la señora Baker.

Una de ellas, menos tímida que yo, intervino finalmente:

—¿De qué habla usted en esos mítines de Manchester?

La mujer de los tomates la miró con incredulidad:

—¡Cómo! ¡Del derecho al voto de las mujeres, como es lógico!

Su pobre interlocutora enrojeció como si la hubieran golpeado con un tomate, y pasé mucha vergüenza por ella.

Caroline Black, tengo que reconocerlo, acudió en su ayuda.

—La Unión Social y Política de Mujeres está haciendo una campaña para presentar en el Parlamento una ley que conceda a las mujeres, igual que a los varones, el derecho al voto en las elecciones gubernamentales —explicó—. Buscamos el apoyo de mujeres y de hombres por todo el país y para ello hablamos en público, escribimos a los periódicos, ejercemos presión sobre los diputados y firmamos peticiones. ¿Ha visto usted el folleto de la USPM? Coja uno y léalo, es muy informativo. Cuando salga puede dejar un donativo en la mesa que está junto a la puerta. Y no olvide pasar el folleto a otra persona cuando haya terminado de leerlo; es sorprendente la larga vida que tiene un folletito cuando va pasando de mano en mano.

Estaba en su elemento, hablando con gran fluidez y amabilidad, pero al mismo tiempo con tanta convicción que varias de las mujeres que la escuchaban se llevaron el folleto y dejaron monedas junto a la puerta, yo entre ellas, me avergüenza reconocerlo. Caroline Black me contemplaba con una sonrisa tan cariñosa que tuve que coger uno. No llegué a esconderlo detrás del respaldo del sofá como me hubiera gustado. Lo hice más tarde, una vez en casa.

Kitty Coleman no salió a la palestra como Caroline Black, pero se la veía entusiasmada, con los ojos resplandecientes y las mejillas encendidas, igual que si asistiera a un baile y no hubiese dejado pasar una sola pieza. De todos modos, no parece estar del todo bien de salud.

Sé que no debería decir esto, pero preferiría que Kitty no hubiera conocido a Caroline Black. Su transformación ha sido espectacular y, sin duda, la ha sacado de la mala situación en que se encontraba, pero no para volver a su antigua manera de ser: se ha convertido en algo mucho más radical. No es que yo tuviera en gran aprecio su personalidad anterior, pero la prefiero a su estado actual. Incluso cuando no está recibiendo en su casa, con sufragistas por todas partes, sigue hablando sin parar de política y de mujeres esto y de mujeres lo otro hasta que me dan ganas de taparme los oídos. Se ha comprado una bicicleta y la utiliza incluso con viento y lluvia, con lo que tiene los bajos de la falda llenos de manchas de grasa, cuando no están cubiertos de tiza a causa de todos los letreros que pinta en las aceras sobre reuniones, mítines y demás. Siempre que la encuentro acuclillada en algún sitio con un trozo de tiza, me paso a la otra acera y finjo no verla.

Ahora nunca está en casa por las tardes: siempre en alguna reunión, por lo que descuida a la pobre Maude de la manera más vergonzosa. A veces me parece que Maude es mi tercera hija, tan a menudo la tenemos en casa. No es que me queje: Maude es muy considerada, y me ayuda con el té o a Ivy May con sus deberes. Y le da un excelente ejemplo a Lavinia, aunque siento decir que no parece aprovecharlo. Es bien extraño que una hija tenga una madre que no le hace ningún caso y sin embargo salga tan razonable, mientras otra, que recibe toda la atención del mundo, es, sin embargo, muy difícil y egoísta.

Ha sido un alivio dejar a Kitty y a sus visitantes. Lavinia también parecía deseosa de marcharse. Una vez en casa se ha mostrado muy amable conmigo, mandándome a la cama para que se me pasara la jaqueca e insistiendo en preparar ella la cena. Ni siquiera me ha importado que quemase la sopa.

JENNY WHITBY

Dios del cielo, espero que estas tardes dedicadas a las visitas no duren. Desde que el ama las cambió a los miércoles no tengo tiempo para nada. Al menos Maude me echa una mano, aunque no sé si seguirá haciéndolo mucho tiempo. Toda la tarde he tenido la impresión de que quería salir corriendo, incluso cuando Lavinia vino a hacerle compañía.

Ésa sí que me hace reír. Cada vez que aparece vigila al ama con cara de ofendida. Y cuando el señor está en casa, lo mira toda desconcertada y triste. No ha dicho nada, sin embargo, ni ha intentado mandar otra carta; he estado ojo avizor. No tengo intención de dejarle que destroce esta casa: necesito mi sueldo. Con todo y con eso no cubro los gastos de Jack. O más bien sí, pero he tenido que hacer algo a lo que nunca pensé que me rebajaría: llevarme del aparador cucharas de una vieja cubertería de plata que la mamá del ama le dejó en herencia. No las usan, y soy la única que les saca brillo. No está bien, ya lo sé, pero no me queda otro remedio.

Hoy por fin he escuchado a las sufragistas mientras ofrecía los bollitos. Y lo que he oído me ha revuelto el estómago. Hablan de ayudar a las mujeres, pero resulta que eligen con mucho cuidado a quién ayudan. No luchan para que me den a mí el voto: sólo a mujeres que sean propietarias o que hayan ido a la universidad. Pero la tal Caroline Black ha tenido la frescura de pedirme que dé parte de mi sueldo «por la causa». ¡Le he dicho que no daré un penique hasta que la causa tenga algo que ver conmigo!

Estaba tan enfadada que se lo tuve que contar después a la señora Baker mientras lavábamos los platos.

—¿Y qué te ha contestado? —me preguntó.

—Oh, que los hombres nunca aceptarían conceder el voto a todas al mismo tiempo, que tenían que empezar por algunas, y que una vez que lo consiguieran lucharían por todas. Pero ¿no es ésa la manera que tienen siempre de ponerse las primeras? ¿Por qué no pueden luchar primero por nosotras?, digo yo. Que dejen decidir a las mujeres trabajadoras.

La señora Baker rió entre dientes.

—No sabrías por quién votar aunque te mordiera en el culo, y no me digas que no.

—¡Sí que sabría! —exclamé—. No soy tan estúpida. Laborismo, por supuesto. Porque soy una mujer que trabaja. Pero esas señoras de ahí arriba no votarán a los laboristas, ni siquiera a los liberales. Son todas del partido conservador, como sus maridos, y los conservadores nunca darán el voto a las mujeres, digan lo que digan.

La señora Baker no respondió. Quizá le sorprendía que yo hablara de política. Si he de ser sincera, a mí también. He estado con demasiadas sufragistas; y empiezan a hacerme decir un montón de estupideces.

Julio de 1907

MAUDE COLEMAN

Papá y yo estábamos en The Heath cuando lo sentí. Era la noche del viernes, la que pasamos juntos todas las semanas, y habíamos instalado el telescopio en Parliament Hill. Primero miramos algunas estrellas y estábamos esperando a que apareciese Marte. No me importaba la espera. A ratos hablábamos, pero sobre todo nos limitábamos a estar allí y a observar.

Mientras sorbía una taza de té del termo que siempre llevamos, empecé a sentir un dolor sordo en el estómago, como si hubiera comido demasiado. Pero la verdad es que, durante la cena, apenas había tocado la tostada con queso derretido de la señora Baker; nunca tengo hambre cuando hace calor. Cambié de postura en mi taburete plegable y traté de concentrarme en lo que papá estaba diciendo.

—En una reunión reciente de la Sociedad alguien dijo que la oposición de Marte será probablemente muy buena este mes —explicó—. No sé si este telescopio es lo bastante potente. Deberíamos haber pedido prestado el de la Sociedad, aunque quizá lo tenga ya otra persona. Todo será muchísimo más fácil cuando esté construido el observatorio.

—Si es que lo construyen —le recordé. La Sociedad Científica de Hampstead ha estado tratando de encontrar un emplazamiento en The Heath donde construir un observatorio, pero han surgido objeciones para todos los sitios, con un debate muy acalorado en la sección de cartas del periódico local.

Me picaba el sitio entre las piernas: estaba mojado, como si me hubiera caído té en el regazo. De repente me di cuenta de lo que sucedía.

—Oh —dije antes de darme cuenta.

Papá alzó las cejas.

—No es nada. Es... —me callé, con un gesto de dolor.

—¿Te encuentras bien, Maude?

El dolor se hizo de repente tan fuerte que apenas podía respirar. Cesó un momento y luego volvió a empezar, como una pesada mano sobre el estómago, que lo apretara primero para después soltarlo.

—Papá —jadeé—, no me encuentro bien, mucho me temo. Lo siento, pero tengo que volver a casa.

Papá frunció el ceño.

—¿De qué se trata? ¿Qué te pasa?

Estaba tan avergonzada que apenas supe qué decir.

—Es algo para lo que necesito ver a mamá —lamenté al instante no haber dicho tan sólo que me dolía el estómago. No se me da bien mentir.

—¿Por qué...? —papá se detuvo. Creo que había entendido. Al menos no hizo más preguntas—. Te acompañaré a casa —dijo, y echó mano a la tuerca de mariposa que sujeta el telescopio a su pie.

—Iré sola. No estamos lejos y tú no tendrás ganas de volver a instalarlo todo.

—Por supuesto que te acompaño. No voy a permitir que mi hija deambule sola de noche por The Heath.

Quería decirle que desde que mamá estaba tan ocupada con las sufragistas, había empezado a ir sola a todas partes: al cementerio, a The Village, que incluso había atravesado The Heath para llegar a Hampstead. A veces Lavinia venía conmigo, pero con frecuencia se ponía demasiado nerviosa para ir muy lejos. Pero no era el momento de contarle todo aquello a papá, que, además, no estaba al tanto de las actividades de mamá, que hablaba del sufragio de las mujeres con todo el mundo menos con él y, en su mayor parte, trabajaba de día para la USPM, mientras que de noche sólo lo hacía cuando sabía que papá estaba ocupado. Hasta donde a él se le alcanzaba, mamá seguía pasando los días en casa, leyendo y trabajando en el jardín, como antes de su enfermedad.

Recogimos las cosas en silencio. Me alegré de que la oscuridad le impidiera verme la cara, porque la tenía roja como un tomate. Le fui siguiendo colina abajo, obligada a ir más despacio cuando el dolor era demasiado fuerte. Papá parecía no darse cuenta y continuaba descendiendo como si todo fuese normal. Cuando me era posible, apresuraba el paso y lo alcanzaba.

Llegamos al límite de The Heath, donde The Bull and Last derramaba a la calle hombres con su jarra de cerveza en la mano.

—Desde aquí puedo volver sola, papá —dije—. Nuestra casa no está lejos y hay mucha gente por la calle. No me pasará nada.

—Tonterías —respondió papá sin dejar de caminar.

Cuando llegamos a casa abrió la puerta con su llave. Una lámpara encendida brillaba en la mesa del vestíbulo. Papá se aclaró la garganta.

—Tu madre ha salido a visitar a una amiga que se ha puesto enferma, pero Jenny te podrá atender.

—Sí —mantenía la espalda hacia la pared, por si acaso había una mancha en la parte trasera de mi vestido. Me habría muerto de vergüenza si papá la hubiera visto.

—En ese caso... —papá se volvió para marcharse, deteniéndose un momento en la puerta——. ¿Estarás bien?

—Sí.

Cuando la puerta se cerró, gemí. Tenía los muslos pegajosos e irritados y quería tumbarme. Antes, sin embargo, necesitaba ayuda. Encendí una vela y subí la escalera, vacilando delante del cuarto de estar de mamá. Quizá estuviera allí, después de todo, sentada en el sofá leyendo un libro. Podría levantar la vista y decir: «¡Hola! ¿Qué cuerpos celestiales habéis visto?», de la manera en que solía hacerlo.

Abrí la puerta. Por supuesto no estaba allí. A veces sentía como si la habitación ya no fuese suya, sino de una causa. Los antiguos indicios de su presencia —el chal amarillo de seda en el sofá, el piano con unas flores secas en el jarrón, los grabados de plantas— aún seguían allí. Pero lo que noté sobre todo fue la pancarta a medio terminar extendida por el sofá y en la que se leía HECHOS, NO PALABRAS; el montón de folletos de la USPM sobre el piano; el álbum de recortes sobre la mesa, los artículos de periódicos, las cartas, las fotografías amontonadas a su lado con las tijeras y un frasco de pegamento; la caja de las tizas, las octavillas, las hojas con listas garrapateadas. Papá nunca entraba allí. Si lo hiciera se sorprendería mucho.

Cerré la puerta, subí las escaleras hasta la habitación de Jenny y llamé.

—¿Jenny? —dije. Nadie me contestó al principio, pero cuando volví a llamar oí un gruñido, y Jenny abrió la puerta, bizqueando, una línea roja en el sitio donde la mejilla hacía presión sobre la almohada. Llevaba un largo camisón blanco e iba descalza.

—¿Qué es lo que no va, señorita Maude? —murmuró, frotándose los ojos.

Contemplé las uñas de los dedos de los pies de Jenny, gruesas y amarillas.

—Necesito ayuda, por favor —susurré.

—¿No puede esperar hasta mañana? Estaba dormida, ¿sabe? Y me levanto mucho antes que ustedes.

—Lo siento. Es..., me ha empezado el periodo y no sé qué hacer.

—¿Cómo?

Repetí lo que había dicho y me puse otra vez colorada.

—Oh, Señor, la regla —murmuró Jenny. Me miró de arriba abajo—. Caray, señorita Maude, doce es muy pronto para empezar... ¡todavía no tiene ni sombra de pecho!

—No soy tan joven. Cumpliré trece dentro..., dentro de ocho meses —me di cuenta de que estaba diciendo una tontería y me eché a llorar.

Jenny abrió la puerta del todo.

—Vamos, vamos, no hace ninguna falta que llore —me rodeó con el brazo—. Será mejor que entre... No resolveremos el problema si se queda ahí berreando.

El cuarto de Jenny había sido el de mi tata cuando era pequeña. Aunque sólo hubiera entrado una o dos veces desde que Jenny lo ocupaba, todavía me resultaba familiar. Olía a piel tibia y a mantas de lana y a aceite alcanforado, como las cataplasmas que la tata calentaba para ponerme en el pecho cuando me resfriaba. El vestido, el delantal y la cofia de Jenny colgaban de ganchos. El cepillo para el pelo descansaba sobre la repisita encima de la chimenea, y también una fotografía de Jenny con un bebé en el regazo. Estaban colocados delante de un telón con palmeras pintadas y Jenny llevaba el vestido de los días de fiesta. Los dos parecían serios y sorprendidos, como si no esperasen el fogonazo del magnesio.

—¿Quién es? —pregunté. No había visto nunca la fotografía.

Jenny se estaba poniendo una bata y apenas levantó la vista.

—Mi sobrino.

—No te he oído hablar de él. ¿Cómo se llama?

—Jack —Jenny se cruzó de brazos—. Vamos a ver, ¿su mamá le ha dicho algo o le ha preparado alguna cosa?

Negué con la cabeza.

—Por supuesto que no. Me lo podría haber imaginado. Está tan ocupada salvando mujeres que ni siquiera se acuerda de su familia.

—Sé lo que me está pasando. Lo he leído en los libros.

—Pero no sabe qué hacer, ¿no es cierto? Eso es lo importante, lo que hay que hacer. ¿A quién le importa lo que sea? «Hechos, no palabras», ¿no es eso lo que dice su mamá todo el tiempo?

Fruncí el ceño.

Jenny torció la boca.

—Lo siento, señorita Maude —dijo—. De acuerdo, le prestaré algunos de los míos hasta que consigamos lo que necesita —se arrodilló junto a un baulito donde guardaba sus cosas y sacó varios trozos largos de tela gruesa y un curioso cinturón que yo no había visto nunca. Me enseñó cómo doblar la tela tres veces y sujetarla al cinturón. Me explicó que se necesitaba un cubo y agua con sal para poner los trozos de tela en remojo, y que se dejaba debajo de la cama, junto al orinal. Luego bajó a por un cubo y una botella de agua caliente para el dolor, mientras yo me lavaba en mi cuarto y me probaba la toalla higiénica y el cinturón. Me pareció que la enagua y los pololos abultaban el triple y se me enganchaban entre las piernas, de manera que caminaba como un pato. Tuve la seguridad de que todo el mundo se iba a dar cuenta.

Pese a lo horrible de que una cosa así me hubiera sucedido con papá, me alegré al menos de la ausencia de Lavinia. Nunca me perdonaría que yo hubiera empezado antes. Siempre ha sido la guapa, la más femenina; incluso cuando era más pequeña ya me hacía pensar en las mujeres de los cuadros prerrafaelistas, con su pelo rizado y su figura más bien rolliza. Jenny tenía razón: soy plana, y como dijo una vez la abuela, la ropa me cuelga como la colada de la cuerda de tender. Lavinia y yo siempre hemos dado por sentado que le llegaría el periodo antes que a mí, y que sería la primera en ponerse corsé, casarse y tener hijos. A veces todo eso me ha molestado, pero otras muchas me he sentido aliviada en secreto. Nunca se lo he dicho, pero no estoy muy segura de que me quiera casar y tener hijos.

Ahora será necesario que le oculte el cinturón y los paños higiénicos, así como los dolores. No me gusta tener secretos con mi mejor amiga. Pero también es cierto que Lavinia tiene uno que no me cuenta. Desde que mamá se hizo tan amiga de Caroline Black, se ha mostrado reticente acerca de ella, pero no explica por qué. Cuando le pregunto, simplemente dice que las sufragistas son malas personas, pero estoy segura de que hay algo más. Tiene que ver con Simon y con haber bajado a aquella fosa. Pero no lo cuenta, ni Simon tampoco. Fui al cementerio por mi cuenta y se lo pregunté, pero se limitó a encogerse de hombros y siguió cavando.

Cuando Jenny regresó con el cubo me abrazó.

—Ya es usted una mujer, ¿sabe? Antes de que quiera darse cuenta, llevará corsé. Ya tiene algo que contarle mañana a su mamá.

Asentí con la cabeza. Pero sé que mañana no le diré nada a mamá. No estaba aquí cuando más la necesitaba. Mañana da igual.

Febrero de 1908

KITTY COLEMAN

Para sorpresa mía, fue más duro enfrentarme con Maude que con Richard.

La reacción de mi marido era previsible: una indignación que contuvo delante de la policía pero a la que dio rienda suelta en el coche que nos llevaba a casa. Se puso a gritar sobre el buen nombre de la familia, sobre la vergüenza para su madre, sobre la inutilidad de la causa. Todo eso lo esperaba, porque estaba al tanto de las reacciones de otros maridos. De hecho es una suerte que Richard haya tardado tanto en enterarse. Pensaba que mis actividades con la USPM eran un pasatiempo inofensivo, con el que ocupar el tiempo entre reuniones para tomar el té. Sólo ahora ha entendido de verdad que también soy sufragista.

Uno de los reproches que me ha hecho en el coche me ha sorprendido.

—¿Qué me dices de tu hija? —gritó—. Ahora que está tan decididamente en camino de hacerse mujer necesita mejores ejemplos de los que le estás dando.

Fruncí el ceño; la frase que había usado era tan rara que debía de ocultar algo.

—¿Qué quieres decir?

Richard se me quedó mirando, incrédulo e incómodo al mismo tiempo.

—¿No te lo ha contado?

—¿Contado qué?

—Que ha empezado su..., su... —con la mano hizo un gesto vago en dirección a mi falda.

—¿Ha empezado? —exclamé—. ¿Cuándo?

—Hace meses.

—¿Cómo lo sabes tú y yo no?

—Estaba con ella cuando sucedió, ¡ésa es la razón! Y fue un momento muy humillante para los dos. Al final tuvo que acudir a Jenny... Tú no estabas en casa. Tendría que haber imaginado entonces hasta qué punto estabas metida en esta ridícula tontería.

Richard podría haber seguido, pero debió de darse cuenta de que no hacía falta. Yo recordaba mi primera menstruación: cómo corrí en busca de mi madre, llorando, y cómo me consoló.

Guardamos silencio durante el resto del trayecto. Al llegar a casa tomé una vela de la mesa del vestíbulo y subí directamente al cuarto de Maude. Me senté en su cama y la miré a la escasa luz de que disponía, preguntándome qué otros secretos me ocultaba, y cómo iba a decirle lo que tenía que decirle.

Abrió los ojos y se incorporó antes de hablar.

—¿Qué sucede, mamá? —me preguntó con una claridad tal que tuve dudas de que antes estuviera de verdad dormida.

Lo mejor era ser sincera y no andarse con rodeos.

—¿Sabes dónde me hallaba hoy mientras tú estabas en el colegio?

—¿En la sede de la USPM?

—Había ido a Caxton Hall para el Parlamento de Mujeres. Pero luego fui a Parliament Square con otras compañeras para tratar de entrar en la Cámara de los Comunes.

—Y ¿lo conseguisteis?

—No. Me detuvieron. Acabo de volver de la comisaría de Cannon Row con tu padre. Que está furioso, por supuesto.

—Pero ¿por qué te han detenido? ¿Qué habías hecho?

—No había hecho nada. No hacíamos más que empujar entre la multitud cuando la policía nos ha puesto las manos encima y nos ha tirado al suelo. Cuando nos hemos levantado nos han vuelto a tirar una y otra vez. Los cardenales que tengo en los hombros y en las costillas son en verdad espectaculares. Todas los tenemos.

No añadí que muchos de esos cardenales procedían del traslado en el coche celular; ni hablé de cómo el conductor doblaba las esquinas con tanta violencia que salía disparada, ni de cómo los cubículos del furgón eran tan pequeños que tenía la sensación de estar encerrada de pie en un ataúd, ni de cómo olía a orines, algo que estoy segura era obra de los mismos policías para castigarnos más.

—¿Han detenido también a Caroline Black?

—No. Se quedó un poco retrasada hablando con un conocido y ya nos había detenido la policía cuando nos alcanzó. Le ha disgustado terriblemente quedarse fuera. Ha venido incluso por su cuenta a Cannon Row y nos ha hecho compañía.

Maude guardó silencio. Quería preguntarle sobre lo que Richard me había dicho en el coche camino de casa, pero descubrí que no podía. Era más fácil hablar de mis experiencias.

—He de presentarme ante el juez mañana a primera hora —continué—. Cabe que me manden directamente a Holloway. Por eso quería despedirme ahora.

—Pero ¿cuánto tiempo estarás... en la cárcel?

—No lo sé. Es posible que hasta tres meses.

—¿Tres meses? ¿Y qué vamos a hacer?

—¿Tú? Estarás estupendamente. Pero hay algo que quiero que hagas por mí.

Maude me miró llena de interés.

Incluso antes de sacar la tarjeta de recaudación y de empezar a hablarle de la semana de sacrificios —una campaña que la USPM estaba poniendo en marcha para conseguir dinero— sabía ya que estaba haciendo lo que no tenía que hacer. Como madre suya debía consolarla y tranquilizarla. Sin embargo, incluso ante su expresión de desencanto, seguí explicándole que debía pedir a todos nuestros vecinos, así como a las visitas, que dejaran donativos sobre la tarjeta, y que debía mandarlos a la oficina de la USPM al final de la semana.

No sé por qué fui tan cruel.

DOROTHY BAKER

Por regla general no me inmiscuyo en las idas y venidas de esta familia. Llego a las siete y media por la mañana y me marcho a las siete de la tarde; a las seis, si la cena es fría. Me quito de en medio, carezco de opiniones. O me las guardo. Tengo mi propia casita, mis hijos ya mayores con sus dramas: no necesito más. No como Jenny, que con la mitad de una oportunidad mete la nariz en todo lo que pasa. Es un milagro que todavía no se la hayan arrancado de cuajo.

Pero me da pena la señorita Maude. La otra noche volvía a casa en medio de una niebla muy densa cuando vi que caminaba justo delante de mí. No me la había encontrado nunca en Tufnell Park. Ni tiene ningún motivo para venir hasta aquí: su vida transcurre en otras direcciones, hacia el norte y el oeste —Highgate y Hampstead—, y no hacia el este, Tufnell Park y Holloway. Es lo normal en una familia de su clase.

Las calles aquí no son demasiado malas, pero de todos modos no me gustó verla sola, sobre todo con aquella niebla como puré de guisantes. Una persona podría desaparecer para siempre con un tiempo así. Decidí que tenía que seguirla para asegurarme de que no le pasaba nada. Estaba bien claro adónde se dirigía. No puedo decir que se lo reproche: yo habría hecho lo mismo en su situación, aunque viviendo cerca, como me sucede a mí, no me atrae mucho ver la cárcel. También es cierto que no tengo allí a nadie de mi familia. Mis hijos viven sus dramas dentro de los límites de la ley.

Como tiene la cabeza bien puesta, encontró el camino sin dificultad, pese a la niebla y a las calles desconocidas. Cuando llegó, se detuvo y miró. El aspecto del lugar, saliendo de la niebla, debe de haberla echado para atrás. El castillo, la llaman por aquí. Es cierto que se parece a uno, con una gran entrada en arco y torres de piedra con almenas. De lo más extraño para una cárcel. Mis hijos solían jugar a caballeros y doncellas delante de ella, cuando se atrevían. También hay hileras de ventanitas en una pared de ladrillo, muy lejos de la calle, donde deben de estar los presos.

Luego las dos nos llevamos una sorpresa; que me aspen si la tal Black no estaba patrullando arriba y abajo delante de la entrada. Es muy poquita cosa, pero llevaba un abrigo gris muy largo que le ondeaba alrededor de los tobillos y hacía que pareciera más alta. Cantaba lo que sigue:

El hábil plan de Christabel* celebra en una canción:
veinticuatro sufragistas, en un furgón amontonadas,
al abrirse las puertas corren a los Comunes.
¿No es un plato exquisito para Campbell–Bannerman**?
Asquit cuenta el dinero en Hacienda;
entre mujeres liberales, Lloyd George destila
palabras de miel,
cuando de pronto una brillante idea
cruza la mente de esos hombrecitos:
«Demos el voto a las mujeres», dicen,
«y a ser amigos volveremos todos».

Luego se volvió hacia las ventanitas y gritó:

—¡Ánimo, querida! Ya estás a mitad de camino. ¡Sólo te quedan tres semanas! ¡Y es mucho lo que tenemos que hacer cuando salgas! —con la niebla, sin embargo, su voz quedaba sofocada; no sé cómo pensaba que alguien de dentro pudiese oírla.

La señorita Maude había visto más que suficiente; se dio la vuelta y echó a correr. La seguí, pero mis días de correr terminaron hace mucho y la perdí de vista. Estaba anocheciendo y empecé a preocuparme. Las tiendas habían cerrado y pronto no quedaría en la calle ninguna persona respetable que pudiera orientarla.

---

* Christabel Pankhurst, conocida sufragista (1880–1958). *(N. del T.)*
** Sir Henry Campbell-Bannerman (1836–1908). Primer ministro británico de 1905 a 1908. *(N. del T.)*

Luego, al doblar una esquina, la vi correr hacia mí, saliendo de la niebla, con cara de estar muy asustada.

—Señorita Maude, ¿qué demonios se le ha perdido por aquí? —le pregunté, haciéndome de nuevas.

—¡Señora Baker! —fue tal su alivio al verme que se agarró a mi brazo.

—Debería estar en casa —la reñí—, no caminando sin rumbo por las calles.

—Salí..., a dar un paseo y me he perdido.

La miré. No tenía sentido seguir fingiendo.

—¿Quería saber dónde está?

—Sí —agachó la cabeza.

Tuve un escalofrío.

—Un sitio muy deprimente. Nunca me ha gustado que esté tan cerca de mi casa. ¡Eh, tú! —llamé a una figura que pasaba.

—¿Qué tal, señora Baker?

—Señorita Maude, éste es Jimmy, el hijo de mi vecina. ¿Querrás acompañarla hasta The Boston Arms, Jimmy? Desde allí sabrá ya volver a su casa.

—Gracias, señora Baker —susurró la señorita Maude.

Me encogí de hombros.

—No es asunto mío —dije—. Ni una palabra de esto a nadie. Tenga cuidado con la niebla.

Cumplo lo que prometo.

Marzo de 1908

SIMON FIELD

Llueve a cántaros, de manera que Jenny me deja entrar. La señora Baker no dice nada cuando me ve; sólo gruñe. Pero me prepara un huevo pasado por agua.

—Dios del cielo —dice Jenny, mirando por la ventana mientras como, sentado a la mesa—. Vaya un día para ir de visita a la cárcel.

—¿Quién va a la cárcel? —pregunto.

La señora Baker hace ruido en el fogón con una olla de agua y mira mal a Jenny, que no le hace caso. Jenny dice lo que se le antoja.

—El señor y la señorita Maude. No han podido hacerlo hasta ahora; las sufragistas no tienen derecho a visitas durante las cuatro primeras semanas. Al principio iba a ir sólo el amo, pero les oí discutir y la señorita Maude se salió con la suya, bendita sea. Echa de menos a su mamá. Aunque sólo Dios sabe por qué; antes tampoco estaba nunca en casa.

—Ya está bien, Jenny —dice la señora B.

—Da igual, sólo es Simon.

—¿Qué es lo que da igual? —Maude ha bajado las escaleras y está en la puerta, agarrándose el estómago con las dos manos. La encuentro paliducha.

Jenny y la señora B. se vuelven deprisa a mirarla.

—Nada, señorita —dice Jenny—. ¿No se ha quedado con hambre?

—No tengo mucho apetito, gracias.

—Qué mala suerte, que el día de la visita le llegue la regla y además esté lloviendo.

Maude me ve y luego fulmina con la mirada a Jenny.

—¡Por el amor de Dios, Jenny, deja en paz a la chica! —la señora B. no grita a menudo—. Sube y quita la mesa.

Jenny sale corriendo. Tengo el suficiente sentido común para no mencionar la regla.

—Hola —es todo lo que digo.

—Hola.

Difícil imaginar a la mamá de Maude en la cárcel. ¿Quién iba a pensar que terminaría allí? Cuando lo supe por Jenny, le dije un día al señor Jackson como sin darle importancia que la señora C. estaba en Holloway. Dio un salto como si alguien le hubiera pellizcado.

—Dios del cielo. ¿Por qué?

Yo no sabía exactamente por qué, a decir verdad.

—Cosas de mujeres, jefe.

Me miró de tal manera que tuve que decir algo más.

—Ya sabe, esas mujeres que van por ahí en bicicleta, escriben con tiza en las aceras, gritan en los mítines y hacen otras cosas por el estilo.

—¿Quieres decir sufragistas?

—Supongo que sí, jefe.

—Dios del cielo —repitió—. La cárcel es un sitio terrible para una mujer. Espero que no la maltraten.

—Probablemente no más que a cualquier otra persona en su situación. Mi primo salió al cabo de seis meses sin nada peor que picaduras de pulgas.

—Eso no es mucho consuelo, Simon.

—Lo siento, jefe.

Ahora quiero decirle algo a Maude, pero no se me ocurre nada que merezca la pena. Luego se oye llamar a la puerta de atrás, y entra Livy calada hasta los huesos, y ya no hay muchas posibilidades de que me deje meter baza. Maude no parece muy contenta de verla. Livy se acerca corriendo y la abraza con fuerza. Me ve a mí por encima del hombro de Maude pero no dice nada. Me trata de una manera bien curiosa desde que la besé. Ya hace más de un año y no ha vuelto a ser la misma desde entonces. Mi padre tenía razón, supongo.

Es la primera vez que nos reunimos los tres desde hace muchísimo. Queda lejos la época en que las dos eran más jóvenes y visitaban el cementerio todo el tiempo.

—¡Ay, cariño, qué pálida te encuentro! —dice Livy enseguida—. Debes de estar muy preocupada con tu visita.

Sucede con Livy que cuando dice cosas como ésa hay que interpretarlas. No le parece nada terrible que la señora C. esté en Holloway; para ella es una cosa muy divertida, aunque nunca lo reconocería. Se la ve tan animada, que ya sé lo que viene a continuación.

Hace que Maude se siente a la mesa.

—Verás —dice—, te quiero proponer algo —se comporta como si no hubiera nadie más en la cocina, como si yo no estuviera también sentado a la mesa, ni la señora B. pelara patatas ni Jenny llevara al fregadero una bandeja con las cosas del desayuno. Pero sabe que estamos aquí y que escuchamos—. Ya sé que vas a decir que no, pero quiero que prometas que no me interrumpirás hasta que haya terminado lo que tengo que decir. ¿Lo prometes?

—De acuerdo —dice Maude.

—Quiero ir contigo a visitar a tu madre.

—No puedes...

—No he acabado aún.

Maude frunce el ceño pero se calla.

—Sabes que va a ser terrible y que te vas a disgustar mucho. ¿No quieres que tu amiga esté allí contigo, dándote la mano y ayudándote a ser lo más valiente que puedas delante de tu madre?

Todos esperamos a oír lo que va a decir Maude: Jenny en la puerta del fregadero, la señora B. mirando con desagrado a la piel de una patata como si no estuviera escuchando.

—Pero ¿y tu madre? —dice Maude—. ¿Y papá? Estoy segura de que no te dejará.

Livy sonríe.

—Mamá no tiene por qué saberlo, y no te preocupes por tu padre. Dirá que sí; ya me encargo yo.

Efectivamente. Livy consigue que todos los hombres hagan lo que quiere. La he visto en el cementerio: cuando levanta los ojos al cielo y hace revolotear la falda, los hombres hacen lo que dice. Incluso el señor Jackson le busca una regadera si es eso lo que quiere; aunque quizá sea porque todavía se siente culpable de que se rompiera su ángel. A no ser que te fijes mucho, no se ve la unión en el cuello, pero con la nariz lo hicieron fatal. Probablemente deberían haberla dejado como estaba. En una ocasión llevé a Livy a ver los ángeles y le mostré todas las melladuras y arañazos. Lo hice para que se sintiera mejor pero, al parecer, sólo conseguí disgustarla.

—Maude, ¿estás lista?

Todo el mundo se vuelve a mirar al papá de Maude que baja por las escaleras. Dado como se comportan Jenny y la señora B. —Jenny abre mucho los ojos y a la señora B. se le escapa el cuchillo, se corta el dedo gordo y se lo tiene que chupar— está claro que no baja nunca a la cocina. Debe de estar nervioso por ir a Holloway, o quizá no le guste tener toda la casa vacía y baja buscando gente.

Incluso Maude da un salto al verlo.

—Sí, papá, sólo necesito... coger una cosa en mi habitación. Vuelvo ahora mismo —mira a Livy, luego pasa de costado junto a su papá y corre escaleras arriba. El señor C. sigue al pie de la escalera, con aspecto de que también le sorprende a él estar donde está.

Livy se prepara para utilizar su encanto.

—Señor Coleman...

Pero el señor C. me ha descubierto.

—Señora Baker, ¿quién es ese chico que come nuestro pan?

La señora Baker ni siquiera vacila.

—El chico del jardinero, señor —elige bien, porque el jardín es territorio de la señora C. Lo más seguro es que su marido no lo pise nunca, como no sea para fumarse un pito. Seguro que no sabe quién es el chico del jardinero.

El señor C. vuelve los ojos hacia la lluvia.

—Bueno, parece que elige bien sus días, ¿no es cierto?

—Sí, señor. ¿Has oído, Simon? Nada que hacer en el jardín. Ya te puedes ir con viento fresco.

Me bebo a toda prisa el té que me queda, me pongo la gorra y salgo a la lluvia. No le puedo decir nada a Maude, ni oír las melosas palabras de Livy. Qué más da; al menos me voy con la tripa llena.

LAVINIA WATERHOUSE

En realidad no fue nada difícil. Me limité a apelar a su buen corazón. Y es verdad que lo tiene. Está claro que con su esposa en la cárcel es un hombre destrozado; cualquiera se puede dar cuenta si se molesta en mirar. Pero no sé si hay alguien que lo haga, excepto yo. Creo, además, que el señor Coleman y yo tenemos una relación especial a causa de la carta. Aunque ignora que la escribí yo, tiene que saber que hay alguien que cuida de él.

Durante mucho tiempo no logré entender por qué no había echado a su mujer de casa después de leerla, pero ahora que soy mayor y empiezo a entender mejor a los hombres, me doy cuenta de que, con extraordinario valor, ha prescindido de sus sentimientos personales para proteger del escándalo el apellido de su familia.

Aceptó cuando le pedí que me permitiera acompañarlos a Holloway. Repetí más o menos lo que le había dicho a Maude —que sería un consuelo para ella en circunstancias tan difíciles— pero también di a entender que demostraba ser un padre ejemplar y un caballero al tener en cuenta las necesidades de su hija.

No puedo dejar de pensar que aceptó en parte porque prefiere mi compañía a la de Maude. Desde luego yo era la persona más animada durante el trayecto en el coche. Pero ¡cómo no iba a serlo, si nos disponíamos a ver el interior de una cárcel! No se me ocurre nada más deliciosamente emocionante.

La única cosa que aguó mi optimismo (aparte de la lluvia, ja, ja) fue que cuando el coche pasó por delante de nuestra casa vi que Ivy May había abierto los visillos y estaba mirando hacia la calle. Tuve la sensación de que me veía, y recé para que no se fuera de la lengua: mamá cree que Maude y yo estábamos en la biblioteca.

No había visto nunca la cárcel de Holloway. Mientras subíamos hacia las puertas de madera de la entrada principal, le apreté el brazo a Maude.

—¡Parece un castillo! —le susurré.

Para mi sorpresa Maude retiró el brazo.

—¡Esto no es un cuento de hadas! —me musitó entre dientes.

Bueno. Me sentí un poco molesta, pero me repuse enseguida cuando vi a la mujer que abrió la puerta lateral, más pequeña, para que pasásemos. Baja y gorda, llevaba un uniforme gris, con un gran manojo de llaves que le colgaba de la cintura. Lo mejor de todo: un lunar gigantesco en el labio superior. Era exactamente como un personaje de Dickens, aunque eso no se lo dije a Maude. Tuve que taparme la boca con la mano para que la mujer no me viera reír. Pero sí que me vio, la enana diabólica.

Entramos en una sala de recepción, y Maude y yo nos sentamos en un banco muy estrecho mientras la enana abría un registro y apuntaba los datos del señor Coleman. Me asombró que supiera leer y escribir.

Luego nos miró a nosotras.

—No puede entrar más que una —dijo—. Sólo se permiten tres visitantes al mismo tiempo, y ya hay una persona allí. Una de ustedes tendrá que esperar —clavó en mí un ojo amarillo.

—¿Otra visita? —el señor Coleman pareció desconcertado—. ¿Quién?

La enana puso un dedo en el registro.

—La señorita C. Black.

—¡Maldita sea! ¿Qué demonios hace aquí?

—Concertó una visita, igual que ustedes.

—No es familia de mi mujer. Dígale que se tiene que ir.

La enana sonrió maliciosamente.

—Tiene derecho a verla, igual que cualquier otra persona. Es su esposa quien decide a quién ve y a quién no.

El pobre señor Coleman estaba furioso pero no podía hacer nada.

—Vosotras dos esperadme aquí —nos dijo.

—¡Pero yo he venido a ver a mamá! —exclamó Maude.

—Es mejor que te quedes con Lavinia. No podemos dejarla sola.

Se volvió hacia la mujer.

—¿Me pueden esperar aquí las chicas?

La enana se limitó a dejar escapar un gruñido.

Sonreí, agradecida por su caballerosidad.

—Pero Lavinia estará bien sola —insistió Maude—. ¿Verdad que sí?

Abrí la boca para protestar, pero aquella mujer tan desagradable intervino sin que nadie se lo pidiera.

—No las quiero a las dos ocupándome todo el banco —señaló a Maude—. Vaya usted con su padre, y usted —señalándome a mí— espere donde está —fue a la puerta y dijo algo en dirección al corredor.

Yo estaba tan indignada que no podía hablar. ¡Dejarme sola en la cárcel con una enana espantosa! ¡Y por la estúpida razón del espacio libre en un banco de madera! Sin duda lo decía sólo para molestarme. Me volví hacia el señor Coleman en busca de ayuda. Por desgracia, el padre de Maude puso de manifiesto en aquel momento que no es tan caballeroso como yo pensaba: se limitó a aceptar con un gesto las palabras de la enana.

Entró otra mujer, alta esta vez, también con uniforme gris y haciendo ruido con las llaves de la manera más irritante.

—H15, segunda división —le dijo la enana—. Ya hay otra visita.

La celadora asintió e hizo un gesto al señor Coleman y a Maude para que la siguieran, y los dos la obedecieron, sin volverse siquiera a mirarme.

Bien. Cuando se hubieron marchado, la enana me sonrió desde detrás de su mesa. Me sorprendió descubrir que tenía todos los dientes y en buen estado; había supuesto que serían negros y que le faltaría la mitad. No le hice ningún caso y me quedé muy quieta, como un ratoncito. Porque estaba bastante asustada.

Lo que sucede con un ratoncito, sin embargo, es que no puede dejar de mirar a su alrededor en busca de alguna miguita que mordisquear. No había mucho que ver en la habitación —sólo la mesa y unos pocos bancos, todos vacíos—, por lo que acabé estudiando a la enana. Sentada detrás de la mesa, escribía algo en el registro. Era de verdad repulsiva, peor incluso que cualquier cosa que Dickens hubiera podido imaginar. El lunar le brillaba con fuerza sobre el labio. Me pregunté si le saldrían pelos de allí. La idea hizo que se me escapara una risita. No creo que pudiera ver que la estaba estudiando —la miraba de reojo, mientras fingía examinarme las uñas—, pero gruñó:

—¿De qué te ríes, chica?

—Un chiste personal —dije con mucho valor—. No tiene nada que ver con usted. Y, a decir verdad, será mejor que me llame señorita Waterhouse.

Tuvo la desvergüenza de echarse a reír, de manera que me sentí obligada a explicar que casi con toda seguridad éramos familia del pintor J.W. Waterhouse, aunque papá no lo cree así, y que yo le había escrito para confirmar nuestro parentesco. (No le dije que el señor Waterhouse nunca respondió a mi carta.) Por supuesto, atribuía demasiados conocimientos a una simple carcelera con un lunar en el labio, aunque supiera escribir. Estaba claro que nunca había oído hablar de JWW, ni lo reconoció tampoco cuando le describí *La dama de Shalott* que está expuesta en la Tate

Gallery. ¡No sabía nada de ella! Sólo le faltó preguntar quién era Tennyson.

Afortunadamente, tan infructuosa conversación se vio interrumpida por la aparición de otra celadora. La enana le dijo que se alegraba de que hubiera llegado porque yo podía «agotar al lucero del alba hablando, y además no decía más que tonterías».

Estuve muy tentada de sacarle la lengua; cuanto más tiempo llevaba allí, menos miedo tenía. Pero entonces sonó un timbre, y la enana salió a abrir la puerta. La otra celadora se quedó, mirándome como si fuera un objeto exhibido en un museo. La fulminé con la mirada, pero no pareció afectarla en absoluto. Imagino que no ven con frecuencia chicas como yo sentadas en sus bancos; no tiene nada de sorprendente que me mirase tanto.

La enana regresó seguida de un caballero con traje oscuro y sombrero hongo. Se quedó junto a la mesa mientras mi enemiga miraba en su registro y decía:

—Ya ha recibido todas las visitas permitidas en el día de hoy. Una señora muy popular. ¿Solicitó usted verla con antelación?

—No —dijo el otro.

—Hay que hacerlo para obtener el permiso —explicó la enana muy regocijada. Le encantaban las desgracias ajenas—. Y luego ella decide si quiera verlo a usted.

—Entiendo —el frustrado visitante se volvió para marcharse.

Bueno. Para entonces nada era ya capaz de sorprenderme. Así que cuando miró en mi dirección y dio un respingo como un caballo asustadizo, simplemente le obsequié con mi sonrisa más dulce y dije:

—¿Qué tal, señor Jackson?

Por suerte se marchó antes de que Maude y su padre volvieran: de lo contrario se hubiera producido una escena bastante incómoda. Por una vez la enana se calló en lugar de empeorar el sufrimiento de todos y yo tampoco dije nada. Era muy extraño, desde luego, que el señor Jackson quisiera visitar a la madre de Maude.

Fue un día tan duro que cuando llegué a casa tuve que echarme una buena siesta y tomarme un cuenco de budín de pan para consolarme, como si estuviera enferma. Y mientras tanto los pensamientos me corrían por la cabeza tratando de encajar unos con otros. Tenían que ver con la madre de Maude y con el señor Jackson. Hice todo lo que pude, sin embargo, para que no encajaran, y creo que lo conseguí.

MAUDE COLEMAN

Papá y yo seguimos a la celadora por un corredor hasta llegar a un amplio patio interior. Desde el suelo se veía todo el edificio hasta el tejado. Las paredes estaban cubiertas de sucesivos pisos con muchas puertas. Por fuera de cada hilera de puertas había pasarelas de hierro negro, por las que caminaban otras celadoras vestidas de gris.

La nuestra nos hizo subir dos tramos de escaleras y luego recorrer una de las pasarelas. Desde la barandilla de hierro por mi lado hasta la del otro lado del patio había una red extendida sobre el espacio vacío. Cosas muy extrañas habían quedado atrapadas en ella: una cuchara de madera, una cofia blanca, un zapato de cuero agrietado.

Del centro de la puerta de cada celda colgaba una cortinilla de cuero. Al pasar por delante de una tuve la irresistible necesidad de levantarla. Aminoré el paso, de manera que papá y la celadora me sacaran ventaja, luego la alcé rápidamente y acerqué un ojo a la mirilla.

La celda era muy pequeña; quizá metro y medio por dos, no mucho más grande que nuestro fregadero. Se veía muy poco: una tabla apoyada contra una pared, una toalla colgada de un clavo, y, en un extremo, una mujer sentada en un taburete. Tenía el pelo, castaño oscuro, recogido sobre la cabeza, la piel aceitunada, la mandíbula fuerte y la boca apretada a la manera de un soldado cuando desfila. Se mantenía muy erguida, como la abuela me insiste siempre que debo hacerlo yo. Llevaba un vestido verde oscuro con flechas blancas cosidas —la insignia del cautivo—, un delantal a cuadros y una cofia blanca como la caída en la red que cubría el patio. Sobre su regazo descansaban una madeja de lana y unas agujas de hacer punto.

Deseé que me mirase. Cuando por fin nuestros ojos se encontraron, supe al instante quién era. No había visto nunca antes a la señora Pankhurst, la extraordinaria Emmeline Pankhurst, líder de las sufragistas. Mamá siempre tenía la esperanza de que acudiera a casa uno de los miércoles en los que recibía, pero nunca lo había hecho. En una ocasión oí a Caroline Black describir sus ojos como «de color azul marino y tan penetrantes que se haría cualquier cosa por ellos, hasta coger una laya para quitar el monte Snowdon si la señora Pankhurst decía que no le permitía ver el paisaje».

A continuación me sonrió.

—¡Maude!

Me aparté de un salto de la mirilla. Papá me miraba horrorizado. La celadora seguía avanzando a buen paso, pero se detuvo al oír el grito de papá.

Corrí hacia él.

—¿Se puede saber qué demonios estabas haciendo? —susurró, agarrándome del brazo.

—Lo siento —susurré también.

La celadora gruñó.

—Dense prisa y no se separen de mí o no la verán en absoluto.

Más allá, en la pasarela, había dos mujeres delante de la puerta de una celda: una celadora y Caroline Black que, bajo el abrigo gris, llevaba un resplandeciente vestido blanco con varias tiras de adornos de encaje sobre el pecho y un sombrero adornado con unas prímulas que empezaban a marchitarse. Su aspecto era de alguien que estuviera paseando por Hyde Park. Mi sencillo abrigo azul y viejo sombrero de paja parecían muy sosos en comparación.

Mientras nos acercábamos, Caroline Black decía en dirección a la celda:

—Los colores han de ser: violeta para la dignidad, blanco para la pureza y verde para la esperanza. ¿No es una idea espléndida? Los hubiera utilizado hoy si no fuera porque quería llevar prímulas en tu honor. ¡Piensa en lo llamativo que resultará en reuniones públicas ver a todo el mundo vestido con los mismos colores! —nos miró, sonrió y anunció—: ¡Más visitas!

—¿Quién ha venido? —oí desde el interior de la celda.

—¡Mamá! —grité. Me precipité hacia adelante, pero luego me detuve: aunque la puerta estaba abierta, seguía habiendo barras transversales en el umbral. Me dieron ganas de llorar.

La celda de mamá era idéntica a la de la señora Pankhurst, incluso la madeja de lana gris sobre el taburete y un
calcetín gris con franjas rojas, casi terminado, entre las agujas de hacer punto. Mamá estaba de pie contra la pared
del fondo.

—Hola, Maude —dijo—. ¿Has venido a ver encerrada
a tu anciana madre?

Como la señora Pankhurst, también estaba vestida de
sarga de color verde oscuro con flechas blancas. El vestido era demasiado grande para ella: le tapaba los pies y le
ocultaba la cintura. Pese al vestido, me di cuenta por su
mala cara de que había perdido peso. Tenía ojeras y la piel
con manchas y amarillenta. Le brillaban los ojos, como si
tuviera fiebre.

—Hola, Richard —le dijo a papá, que se había quedado detrás de mí y de Caroline Black.

Los tres nos encontrábamos incómodos ante la entrada,
cambiando de posición y asomándonos unos por detrás de
otros, como si tratáramos de ver a un animal en el zoo. Las
dos celadoras permanecían a ambos lados, como centinelas.

—Por el amor de Dios, Kitty, ¿es que no comes? —dijo
papá.

Me estremecí, y Caroline Black movió un poco la cabeza,
las prímulas agitándose sobre su sombrero. Habría preferido que papá dijera otra cosa, en lugar de soltar lo primero que se le vino a la cabeza, pero también me daba pena,
tan tenso e incómodo se le veía.

Mamá no pareció molestarse, sin embargo; sonrió, por
el contrario, como si papá hubiera contado un chiste.

—Si vieras lo que nos dan, tampoco tú comerías. El otro día me rompí un diente con un trozo de grava en el pan. Eso me ha quitado el apetito.

—Te escribí, mamá —dije muy deprisa—, pero devolvieron la carta.

—No se nos permite recibir correo durante las cuatro primeras semanas —respondió mamá—. Caroline te lo podría haber dicho. ¿Y cuánto recaudaste durante la semana de abnegación? Una buena cantidad, espero.

—No..., no recuerdo —susurré.

—¿No recuerdas? Claro que sí. Sólo hace cuatro semanas y tienes buena memoria para los números. ¿O estás avergonzada porque no fue mucho? No me importa; no esperaba que consiguieras lo mismo que yo. ¿Cuánto fue? ¿Diez libras?

Bajé la cabeza. Apenas había recaudado una décima parte de aquella suma. Hice intención de pedir donaciones a los vecinos y a las visitas, pero a la hora de la verdad me faltó el valor. En lugar de eso había renunciado a mi dinero para gastos durante un mes, y la señora Baker y la señora Waterhouse contribuyeron con algunos chelines. Llegué a aborrecer la tarjeta de recaudación.

—¿Sabías —dijo Caroline Black dirigiéndose a mamá— que algunas mujeres comieron sólo pan moreno y gachas durante toda la semana, como homenaje a las que estáis aquí? ¡Y entregaron a la USPM el dinero que ahorraron gracias a esa «dieta carcelaria»!

Mamá y ella rieron, y a Caroline Black se le vio el diente que le asomaba por una comisura.

—¿Qué tal se encuentra la señora Pankhurst? —preguntó—. ¿La has visto?

—Estamos un poco preocupadas —respondió mamá—. No salió a hacer ejercicio ayer, ni ha ido hoy por la mañana a la capilla. Confío en que no esté enferma.

—Yo la he visto —anuncié, feliz de poder decir algo útil.

—¿La has visto? ¿Cuándo? —quiso saber mamá.

—Ahora mismo. Unas cuantas celdas más allá.

Mamá y Caroline Black me contemplaron encantadas. Nuestra celadora, por el contrario, frunció el ceño.

—¿Qué aspecto tenía? —preguntó mamá con avidez—. ¿Qué estaba haciendo?

—Punto.

—¿Ha dicho algo?

—No, pero me ha sonreído.

—¡Cállate ya! —gritó nuestra celadora—. No tienes que hablar de cosas así. Debería sacarte de aquí ahora mismo.

—Son buenas noticias —afirmó mamá, haciendo caso omiso de la celadora—. ¿Hacía punto, no es eso? Igual que yo —miró a la lana en el taburete y se echó a reír—. Me fuerzan a hacer lo que hago peor. Para cuando salga de aquí seré una experta, al menos en tejer calcetines.

—¿Son para ti? —me costaba mucho trabajo imaginarme a mamá poniéndose calcetines grises con rayas rojas.

—¡No, no! Son para presos varones. Algo con que ocuparnos. De lo contrario nos aburrimos terriblemente. Al principio pensé que podía volverme loca. Pero no ha sido así. Ah, y tengo mi Biblia para leer —señaló a un estante con dos libros además de un plato de estaño y una taza, un salero de madera, un trozo amarillo de jabón y un cepillito con su peine—. ¡Y mirad lo que nos han dado! —alzó el otro libro. Guiñé un poco los ojos para ver el título: *Un hogar saludable y cómo conservarlo*—. Me lo he leído de cabo a rabo. ¿Y sabéis lo que nos dice? ¡Que durmamos por la noche con la ventana abierta! —mamá alzó la vista hacia la ventanita con barrotes muy por encima de su cabeza y se echó otra vez a reír. Caroline Black se unió a ella.

—Kitty —dijo papá en voz baja.

Para alivio mío, mamá dejó de reír.

—¿Has aprendido la lección? —preguntó papá.

Mamá frunció el ceño.

—¿Qué quieres decir con «lección»?

—Quiero decir que bueno está lo bueno y que cuando salgas podemos volver a la normalidad.

—Eso depende más bien de lo que entiendas por «normalidad».

Papá no respondió.

—¿Sugieres que abandone la lucha cuando salga de aquí?

—¿No irás a continuar?

—Por el contrario, Richard, creo que la cárcel ha sido decisiva para mí. Aunque parezca extraño, el aburrimiento me ha dado la dureza del hierro. «Lo que no me derrota me fortalece.» Palabras de Nietzsche, ¿sabes?

—Lees demasiado —dijo papá.

Mamá sonrió.

—No pensabas eso cuando me conociste. De todos modos, cuando salga estaré demasiado ocupada para leer.

—Lo debatiremos cuando vuelvas a casa —dijo papá, lanzando una ojeada a Caroline Black—. Es comprensible que aquí no pienses con serenidad.

—No hay nada que debatir. Es una decisión que he tomado. No tiene nada que ver contigo.

—Lo tiene todo: ¡soy tu marido!

—Perdóname, Richard, pero nada de lo que he hecho en mi pobre e insignificante vida ha tenido importancia excepto mi incorporación a la USPM.

—¿Cómo puedes decir eso delante de Maude?

Mamá me miró. Parecía sinceramente sorprendida.

—¿Qué sucede con Maude?

—¿Estás diciendo que tener un hijo carece de importancia?

—Por supuesto que tiene importancia. Maude es la razón de que esté en la cárcel. Lo hago para que ella tenga derecho al voto.

—No, lo haces para pavonearte por la ciudad, sintiéndote importante, pronunciando discursos absurdos y descuidando tu hogar y a tu familia.

—Es cierto que me siento importante —replicó mamá—. Quizá por primera vez en mi vida tengo algo que hacer, Richard. ¡Estoy trabajando! Tal vez no sea tan optimista como Caroline y las Pankhurst y dude de que se nos reconozca el voto en vida mía. Pero nuestro trabajo tendrá algún día ese resultado. Maude lo verá, aunque quizá yo no.

—¡Vamos, deja de pontificar! —gritó papá—. Afirmas que haces eso por tu hija. ¿Le has preguntado alguna vez lo que piensa de que la dejes completamente sola de la manera que lo has hecho? ¿Se lo has preguntado?

Cinco pares de ojos se volvieron hacia mí. Los de papá indignados; los de mamá curiosos. Los de las dos celadoras me examinaron sin interés. Sólo los castaños ojos perrunos de Caroline Black manifestaron simpatía. Me puse colorada. Me dolía la tripa.

Di un paso atrás y luego otro; y sin pensarlo di media vuelta y eché a correr.

—¡Eh! ¡Párate! —oí gritar a una celadora.

Seguí corriendo por la pasarela e hice a la inversa el camino: escaleras abajo, a través del patio y por un corredor, acompañada todo el camino por gritos de mujeres de grises uniformes que nunca consiguieron alcanzarme. Llegué a una puerta, la abrí, corrí hasta el banco y me dejé caer en los brazos de Lavinia.

—Pobrecita mía —dijo Lavinia, dándome palmaditas en la espalda mientras yo sollozaba—. Vamos, vamos. Después de todo no ha sido tan mala idea que también viniera yo, supongo.

RICHARD COLEMAN

Cuando volvimos de Holloway subí directamente al cuarto de estar de Kitty, donde tiene sus libros. Allí pude ver lo mucho que se ha hundido en ese pozo negro que es la causa de las sufragistas.

Me había propuesto encontrar y quemar la obra de Nietzsche, pero lo que hice en cambio fue quemar todos los folletos, los periódicos y los estandartes que cayeron en mis manos.

Mayo de 1908

ALBERT WATERHOUSE

Pobre Richard. Nunca pensé que llegara a sentir vergüenza ajena tratándose de él, pero es eso lo que me pasa.
Siempre dije que su mujer le iba a dar muchos problemas.

Los dos estábamos en la lista para el partido de críquet
de hoy, e íbamos juntos hacia The Heath cuando la hemos
visto. He de decir que me alegro de que Trudy no haya
querido nunca una bicicleta. Kitty Coleman iba alegremente montada, levantándosele la falda mientras pedalea-
ba. Alcancé a verle bastante bien un tobillo —muy bien
torneado, desde luego— antes de lograr apartar la vista.

Richard hizo como que no la veía, de manera que también fingí yo, pero entonces Kitty tocó el timbre y los dos
tuvimos que darle un sombrerazo. Saludó con la mano y
siguió su camino con un fugaz despliegue del otro tobillo.

Me pareció que tenía muy buen aspecto después de
haber pasado seis semanas en Holloway, pero no se lo dije
a Richard. Me pareció que lo mejor era no decir nada.

Pero Richard sí habló, lo que no dejó de sorprenderme, porque no somos nada partidarios de las confidencias.

—Dime, Albert, ¿cómo manejas a tu mujer?

Tropecé con un adoquín.

—¿Cómo manejo a mi mujer?

Con afectuosa firmeza, pensé, mientras recuperaba el equilibrio. No lo dije en voz alta; hay cosas que un hombre no dice en voz alta.

—Kitty me hace chantaje —continuó Richard.

—¿Cómo es eso?

—Dice que si intento prohibirle que trabaje para las sufragistas empezará a pronunciar discursos en los mítines. ¿Te imaginas el apellido Coleman en todas esas hojas infernales que reparten? ¿O pegado sobre carteles o escrito con tiza en las aceras? Holloway casi acabó con mi madre de la vergüenza; esto otro la remataría. ¿Qué harías en mi situación?

Traté de imaginar a Trudy amenazándome de aquel modo, pero me resultó imposible. A decir verdad, le preocupa más que a mí el apellido Waterhouse. Y comería sapos y culebras antes que hablar en público. Las amenazas que me hace tienen que ver con el color de las cortinas del salón o con la ciudad de la costa a la que vamos a ir de vacaciones.

Richard me miraba como si esperase una respuesta.

—Quizá sólo sea una fase por la que tu mujer está atravesando —sugerí—. Quizá el movimiento de las sufragistas acabe por desaparecer. Planean una manifestación en Hyde Park en junio, ¿no es así? Hasta Trudy está enterada, y no es sufragista. Quizá eso las deje satisfechas, y después tu mujer se apacigüe.

—Quizá —repitió Richard, pero mucho me temo que no sonaba convencido.

KITTY COLEMAN

Maude lleva semanas evitándome; creo que desde que salí de Holloway. Al principio no me daba cuenta, porque había muchísimo que hacer, como organizar la manifestación de junio y todo lo que eso supone. Va a ser la mayor reunión pública jamás celebrada en el mundo. Estamos desbordadas con tanto trabajo: reservas de trenes por todo el país, conseguir permisos para los recorridos de los participantes y para la utilización de Hyde Park, conversaciones con la policía, encontrar oradores y bandas de música, confección de pancartas. Es como planear una batalla. No, no sólo una batalla: toda una guerra.

Hablando de eso, Caroline ha tenido una idea maravillosa sobre cómo vestirnos las dos para el desfile. Va a resultar muy espectacular, y yo me propongo celebrar mi salida de Holloway y haber superado la desesperación con una indumentaria liberadora. Será un gran día.

En medio de toda esa actividad, sin embargo, me di cuenta de que Maude se salía de las habitaciones cuando entraba yo y que comía con mucha más frecuencia en casa de los Waterhouse que en la nuestra.

Richard se ha limitado a encogerse de hombros cuando se lo he mencionado.

—¿Qué esperabas? —ha dicho. Es difícil hablar con él ahora; también me ha estado evitando desde que salí de Holloway. ¡Menos mal que ya nada me hace mella!

A decir verdad no me sorprendió ver la consecuencia de su paso por mi sala de las mañanas. Los maridos de otras sufragistas han hecho cosas peores. Para poner fin a semejante comportamiento he tenido que recurrir al chantaje, cosa de la que no me enorgullezco, pero que era necesaria. Además ha funcionado: quizá le parezca horriblemente mal lo que estoy haciendo, pero todavía le da más miedo su madre.

El sábado por la mañana me encontré a Maude en el salón con aire alicaído y tuve una idea.

—Ven conmigo al centro —le sugerí—. Tenemos un automóvil para llevarnos. ¿Ves? —señalé por la ventana al coche de los Jenkins, aparcado delante de casa. La señora Jenkins, una acaudalada integrante de la USPM de Highgate, lo ha cedido amablemente para las tareas de la Unión en Londres. Su marido no lo sabe —sólo lo utilizamos cuando está trabajando o ha salido de viaje— y hemos tenido que sobornar a Fred, el chófer, para que no diga nada. Pero es un gasto que merece la pena.

Maude se quedó con la boca abierta al ver el automóvil, que resplandecía al sol. Me di cuenta de que quería venir conmigo, pero pensaba que no debía hacerlo.

—Acompáñame —le insistí—. Hace un día precioso; podemos pasear con la capota recogida.

—¿Dónde vas?

—A Clements Inn. Pero por poco tiempo —añadí enseguida, sabiendo que no le gusta la USPM—. Luego a Bond Street. Después nos podemos parar en la heladería de Fortnum and Mason; hace muchísimo tiempo que no vamos.

No sé por qué me esforzaba tanto. Nunca he sido una madre que haya estado pendiente de su hija, pero ahora siento que lucho por algo que es en beneficio de Maude, y quiero incluirla en lo que hago, aunque eso exija sobornarla con un helado.

—De acuerdo —dijo por fin.

Hice que Jenny y ella me ayudaran a sacar los montones de pancartas que había estado cosiendo; o, más bien, que había empezado a coser hasta que descubrí que no tenía tiempo, de manera que pago un suplemento a Jenny y a la señora Baker para que lo hagan ellas. Todavía estoy muy por debajo del total que había prometido. Tendré que reclutar a Maude, aunque cose peor que yo.

Era apasionante pasear en automóvil por Londres. Ya lo he hecho muchas veces, pero me sigue gustando muchísimo. Fred lleva gafas protectoras cuando conduce, pero yo me niego a ponérmelas: me parece que no se ve nada. Nos habíamos atado el sombrero con un pañuelo —el mío, violeta, verde y blanco, dice «Votos para las mujeres» (le ofrecí otro igual a Maude, que rechazó)—, pero todo ondeaba mucho a causa del viento, y el polvo de la calle se nos metía en la ropa y en los cabellos. Era terriblemente emocionante. La velocidad resulta muy estimulante: dejábamos atrás a los carros de la leche, a los ómnibus tirados por caballos, a hombres en bicicleta, y competíamos con coches de alquiler motorizados y otros automóviles privados. Bares, lavaderos, salones de té quedaban atrás, confundidos unos con otros.

Incluso Maude se lo pasaba bien, aunque no llegó a decir gran cosa: de todos modos, apenas se puede hablar por encima del ruido del motor. Por vez primera desde hacía meses pareció relajarse, cómodamente sentada entre las pancartas y yo. Mientras atravesábamos una avenida de plátanos, cuyas hojas formaban un dosel, Maude inclinó la cabeza hacia atrás y miró hacia el cielo.

Luego me ayudó a descargar las pancartas en Clements Inn —Fred nunca mueve un dedo por nosotras, dado que no le parecen bien las sufragistas—, pero prefirió esperar después en el automóvil. Traté de darme prisa, pero había tantas compañeras a las que saludar, además de preguntas que contestar y cuestiones que plantear, que cuando regresé al coche los dos estaban enfurruñados.

—¡Lo siento! —exclamé lo más alegremente que pude—. Sigamos adelante. Collingwood's en Bond Street, si es tan amable, Fred —aquella parada no era en realidad para un asunto de la USPM, pero tenía que ver, desde luego, con el sufragio femenino.

Maude pareció sorprenderse.

—¿Te ha comprado papá algo nuevo? —Collingwood's era donde Richard me encargaba las joyas.

Me eché a reír.

—En cierta manera. Pronto lo sabrás.

Pero cuando vio el collar sobre el fondo de terciopelo negro que el joyero me ofreció lleno de orgullo, su respuesta no fue la que yo había esperado. No dijo nada.

El collar estaba hecho con esmeraldas, amatistas y perlas, agrupadas para formar flores de color violeta y blanco con hojas verdes. Las piedras preciosas procedían en su totalidad de collares que ya eran míos: perlas que había recibido con motivo de mi confirmación, amatistas heredadas de mi madre y esmeraldas de un collar que me regaló la señora Coleman al casarme.

—Ha hecho usted un trabajo espléndido —le dije al joyero—. ¡Es una maravilla!

Maude seguía mirando el collar.

—¿No te gusta? —le pregunté—. Son los colores, ¿no te das cuenta? Los colores de la USPM. Muchas mujeres se están haciendo joyas con ellos.

—Creía... —Maude se interrumpió.

—¿De qué se trata?

—Bueno..., ¿no iba a heredar yo los collares con los que se ha hecho?

—Vaya por Dios, ¿es ése el problema? Pues ahora heredarás éste a cambio.

—Papá se pondrá furioso —dijo Maude en voz muy baja—. Y la abuela. Esas esmeraldas eran suyas.

—Me regaló el collar para que hiciera con él lo que quisiera. Ahora es mío y soy yo quien decide.

Maude no respondió, pero su silencio era peor que su enfurruñamiento de antes.

—¿Vamos a Fortnum and Mason's para tomarnos el helado? —sugerí.

—No; gracias, mamá. Creo que me gustaría volver a casa, por favor —respondió Maude con un hilo de voz.

Había pensado que le encantaría el collar. Parece que nunca seré capaz de complacerla.

RICHARD COLEMAN

Me fijé en ellas de inmediato. Kitty estaba en el vestíbulo, acicalándose delante del espejo antes de que saliéramos para ir a la fiesta de mi madre. Jenny le sostenía el chal, mientras Maude contemplaba la escena desde la escalera. El vestido de Kitty era muy escotado y al mirarlo reconocí las esmeraldas. Había visto a mi madre ponérselas muchas veces cuando mi padre y ella iban a fiestas y ceremonias y también cuando los recibió la Reina. Ahora parecían espantosas, utilizadas de nuevo en un collar distinto con otras piedras.

No dije nada: el chantaje de Kitty me ha sellado la boca muy eficazmente. Me indigné conmigo mismo por sentirme tan impotente ante mi mujer. Sin duda no debe de ser ésa la situación de un marido: sentirse tan desamparado y sin autoridad. Kitty sabía muy bien lo que estaba haciendo.

Más tarde, ante la expresión de mi madre al ver el collar de Kitty, habría podido apretar el encantador cuello blanco de mi esposa hasta estrangularla.

EDITH COLEMAN

Creo que disfruta atormentándome.

Ya lo pasé suficientemente mal este último año las pocas veces que, para cubrir las apariencias, fui a su casa para visitar a mi hijo. Todavía peor cuando la mandaron a Holloway y el apellido Coleman apareció en la prensa. Me dolió mucho, pero dejó de ser noticia más deprisa de lo que esperaba. Mis amigas —mis buenas amigas— no lo mencionaron, ahorrándome nuevas vergüenzas. Sólo me alegré de que James no estuviera vivo para tener que ver lo bajo que había caído su apellido.

Pero lo peor han sido las esmeraldas. La madre de James me las dio la víspera de nuestra boda, con el compromiso de que yo las atesoraría y las conservaría para entregárselas a la esposa de mi hijo. En aquellos días un acuerdo de esas características era tácito. Nunca se me hubiera ocurrido hacer otra cosa que lucir con orgullo las esmeraldas y entregarlas de buen grado cuando llegara el momento.

Nunca se nos habría ocurrido a ninguna de las esposas de los Coleman profanarlas como ha hecho Kitty.

Se las puso para mi fiesta anual en mayo, con un vestido verde oscuro de seda excesivamente escotado. Supe de inmediato qué esmeraldas eran, aunque el collar me resultara desconocido. Las hubiera reconocido en cualquier sitio. Y también Kitty vio que las reconocía. El pobre Richard, a su lado, no tenía ni la menor idea. Las esmeraldas son cosas de mujeres, no de hombres. No se lo diré nunca.

No hice una escena; no podía, delante de todo el mundo, y no lo hubiera hecho de todos modos porque era eso lo que ella quería. Esperé en cambio a que se marchara el último invitado. Luego me senté a oscuras y lloré.

Junio de 1908

LAVINIA WATERHOUSE

Al principio me negué a ayudar a Maude. No quería tener nada que ver con pancartas de sufragistas. Pero Maude es una costurera pésima, y cuando un día le vi los dedos en el colegio, agujereados y desgarrados por la aguja (¡alguien tendría que enseñarle cómo usar bien un dedal!), me apiadé y empecé a ir a su casa por las tardes para ayudarla.

¡Menos mal que lo hice! La pobre cose muy despacio, y esa madre suya tan espantosa le había dejado un montón imposible de pancartas. Al principio me resultaba incómodo trabajar en el cuarto de estar de la señora Coleman: me preocupaba que entrara en cualquier momento, y no me siento cómoda con ella desde que supe la verdad. De hecho, sin embargo, no para casi nunca en casa, y cuando está se dedica a hablar por ese teléfono que ha hecho instalar y ni siquiera advierte nuestra presencia. El teléfono me pone nerviosa: siempre doy un salto cuando suena, y no me gustaría nada tener que contestar. A Maude le toca hacerlo todo el tiempo cuando su madre ha salido, y apuntar mensajes interminables sobre mítines y peticiones y otras tonterías parecidas.

Afortunadamente coso muy bien: termino tres pancartas en el tiempo que Maude necesita para una, y siempre se ven sus puntadas. Por otra parte es bastante divertido estar allí las dos juntas; hablamos y cantamos y a veces Maude deja de coser cuando los dedos le sangran demasiado y lee en voz alta mientras yo trabajo. Jenny nos trae té con frecuencia e incluso café una o dos veces cuando insisto mucho.

Todo lo que tenemos que hacer es coser, gracias a Dios. Recibimos la tela, las letras cortadas ya, y las frases escritas en un trozo de papel prendido a la tela. De ordinario las letras son blancas y la tela verde o negra. No creo que pudiera inventar un eslogan aunque me pagaran. Algunos son tan complicados que para mí no tienen ni pies ni cabeza. ¿Qué puede querer decir IMPUESTOS SIN REPRESENTACIÓN ES TIRANÍA? O, todavía peor, ¿EL «SÍ» DE LAS MUJERES PODRÁ MÁS QUE EL «NO» DE ASQUITH? ¿Qué tiene que ver con todo eso el Primer Ministro?

Pero lo mejor han sido los errores. Sucedió por primera vez cuando estaba cosiendo letras para una de las innumerables pancartas que dicen HECHOS, NO PALABRAS. (¡Estoy más que harta de esa frase!) Cuando estaba doblando la que acababa de terminar, se me ocurrió mirarla y descubrí que había puesto PALABRAS, NO HECHOS. Ya me disponía a descoser las letras cuando miré a Maude y vi que no se había

dado cuenta: contemplaba su pancarta con el ceño fruncido y se chupaba otro dedo pinchado. De manera que terminé de doblar la mía, la puse en el montón y no pude evitar
una sonrisa. Al parecer habrá miles y miles de pancartas: las
están cosiendo muchas mujeres por todo el país. Cada pocos días la madre de Maude viene corriendo, coge el montón de las que están listas y se marcha a toda velocidad sin
molestarse siquiera en darnos las gracias. Dudo mucho que
nadie sea capaz de atribuirme el error.

Después de aquello empecé a cometer más «equivocaciones»: puse unas cuantas veces más PALABRAS, NO HECHOS,
y luego cosí HACHAS, NO RAPELOS y me guardé la B que so-
braba en el bolsillo del delantal. Era muy divertido inventar errores: MUJERES TRABAJADORAS PIDEN EL VOTO pasó a
ser MUJERES VOTANTES PIDEN TRABAJO; LA ESPERANZA ES PO-
DEROSA se convirtió en LA PODERANZA ES ESPEROSA.

Había hecho cosa de media docena cuando Maude me
pilló in fraganti. Me estaba ayudando a doblar una cuando
dijo de repente «Espera un momento» y extendió la pancarta. Decía QUIEN QUIERA HUIR HA DE GOLEARSE LA FRENTE.

—¡Lavinia! Aquí tenía que decir «QUIEN QUIERA LIBE-
RARSE HA DE GOLPEAR PRIMERO».* ¡Ya sabes, de Byron!

—¡Vaya! —dije y no pude contener una risita.

—¿Es que no lees lo que coses? ¿Y dónde están las letras
que faltan?

---

* «Who would be free themselves, must strike the blow.» Lord Byron,
La peregrinación de Childe Harold, Canto II, Estrofa 76. *(N. del T.)*

Sonreí tímidamente y me las saqué del bolsillo.

—Creí que sobraban o que se trataba de un error —dije.

—Sabes muy bien lo que tenía que decir —murmuró Maude—. ¿Qué vamos a hacer? Es demasiado tarde para cambiar nada y no podemos esconderla; mamá las contará y querrá saber por qué falta una.

Me di un golpe en la frente.

—¡Vaya, será mejor que huya! —era una tontería, pero conseguí que Maude se riera. Muy pronto nos reíamos tanto las dos que empezamos a llorar. Era estupendo ver reír a mi amiga. ¡Está tan seria últimamente! Al final, nos limitamos a doblar la pancarta y a añadirla al montón.

No se me había ocurrido que llegara a apetecerme ir al desfile de Hyde Park; la idea de codearme con millares de sufragistas me daba escalofríos. Pero después de tantos días de coser y después de oír tantas cosas sobre todo ello, empecé a preguntarme si no resultaría más bien divertido. Acudirán mujeres de todo el país, muchas ni siquiera serán sufragistas, habrá bandas de música y oradores y espectáculos por todas partes. Y luego Maude me explicó que todo el mundo irá de blanco, verde y violeta, y enseguida se me ocurrió el conjunto perfecto para nosotras. Nos pondríamos vestidos blancos y adornaríamos los sombreros de paja con flores del jardín de los Coleman. La madre de Maude podrá ser una pecadora, pero cultiva flores maravillosas.

—Espuelas de caballero, acianos, jazmines y lirios, todas sujetas con hojas verdes —decidí—. Quedará preciosísimo.

—Pero dijiste que no querías ir —protestó Maude—. ¿Y qué pensará tu madre?

—Mamá vendrá con nosotras —dije—. Y no hará falta que participemos en el desfile; podemos ser espectadoras.

Maude opina que mamá no querrá ir, pero a mí siempre me dice que sí.

GERTRUDE WATERHOUSE

Me sentí muy tonta haciéndolo, pero no veía otra manera de impedírselo. Cuando Livy e Yvy May volvieron a casa del colegio tenía el tobillo vendado y apoyado en un escabel.

—He tropezado al cruzar el umbral —dije al poner Livy el grito en el cielo—. Sólo es un esguince, gracias a Dios, ningún hueso roto.

—¡Eres tan torpe, mamá! —dijo.

—Sí, lo sé.

—¿Cuánto tiempo tienes que estar sin apoyarlo?

—Una semana como mínimo.

—¡Pero eso significa que no podrás llevarnos al desfile del domingo!

—Sí, me doy cuenta. Lo siento, cariño; sé lo mucho que te apetecía —a mí me inspiraba terror.

—¡Pero tenemos que ir! —exclamó Livy—. No nos lo podemos perder, ¿verdad que no, Ivy May?

Mi hija pequeña estaba inspeccionando la venda. Debería haberla apretado más.

—Quizá nos pueda llevar papá —sugirió Livy.

—No —dije muy deprisa. No quería mezclar a Albert en aquel asunto—. Por la mañana iréis a la iglesia con vuestro padre, que tiene que jugar al críquet por la tarde. Será mejor que os quedéis en casa.

—Pero podemos ir con Maude y su madre.

—No —dije de nuevo, todavía más deprisa.

—No nos pasará nada.

—No.

Livy me miró con tanta dureza que casi no pude soportarlo.

—De verdad, cariño —dije lo más amablemente que pude—, no entiendo por qué te empeñas en ir. No es nada que te interese, ni debe serlo. Quienquiera que sea la persona con quien te cases, estará sin duda capacitado para decidir por ti a quién votar.

—Te equivocas —anunció Livy—. Estoy a favor del voto de las mujeres.

Ivy May rió con disimulo.

—Livy no quiere que la dejen fuera —explicó.

—Calla, Ivy May. Estoy segura de que también a ti te apetece ir a Hyde Park —dijo Livy.

—¿De verdad apoyas el voto de las mujeres? —pregunté, sorprendida ante la actitud de mi hija.

—¡Claro que sí! Los colores me parecen espléndidos: los pañuelos y las joyas en violeta, verde y blanco. Y las mujeres yendo y viniendo en veloces automóviles, tan animadas y vehementes... —Livy dejó de hablar cuando vio mi expresión.

—No me gustan ni las sufragistas ni el desfile —dije con severidad, confiando en que eso pondría fin a la discusión.

No fue así, por supuesto. Livy lloró por espacio de dos días y se negó a hablarme, hasta que por fin, la noche anterior, cedí. Nada le impide salirse con la suya, ni siquiera las estúpidas estratagemas de su madre. Yo no quería que Livy descubriera que había tratado de engañarla, de manera que al final ni siquiera fui con ellas y tuve que confiárselas a Kitty Coleman.

Ivy May me sorprendió caminando con el tobillo «torcido». Pero, Dios la bendiga, no dijo una palabra.

MAUDE COLEMAN

Nos apeamos del ómnibus en Euston Station y empezamos a abrirnos camino entre la multitud que abarrotaba la acera. Las mujeres salían en oleadas de la estación, después del viaje en trenes especiales desde el norte. Lavinia y yo llevábamos a Ivy May de la mano, bien sujeta, mientras nos iban empujando de aquí para allá entre un mar de acentos de Birmingham, Manchester y Lancashire.

Mamá se movía muy deprisa entre la multitud; las aglomeraciones no parecían importarla, lo que me sorprendió, dado lo mucho que le molesta estar encerrada. Cuando llegamos a la calle delante de St. Pancras Station, empezó a pasar revista a los rostros de las mujeres vestidas de blanco que se habían reunido en la calzada con sus pancartas.

—¡Ah! ¡Ahí están! —exclamó, y se abrió camino entre la multitud que llenaba la acera para llegar hasta ellas.

Una vez allí respiré con mayor libertad porque había más sitio. Era extraño encontrarse en el centro de una calle tan ancha y no tener que esquivar ni carruajes, ni carros ni coches de alquiler: tan sólo una interminable línea de mujeres vestidas de blanco que se extendía por delante y por detrás, mientras, desde las aceras, hombres y mujeres nos contemplaban.

Mamá nos llevó hasta un grupo, muchas de cuyas componentes conocía de las reuniones de los miércoles en casa.

—Ahí están —dijo mamá, tomando del brazo a una mujer alta, la cara llena de pecas, con una banda que decía CAPITANA DE PANCARTAS—. ¡Y allí está Caroline! —exclamó mamá, saludando con la mano—. ¡Caroline!

Caroline Black se acercó muy deprisa, colorada, los cabellos saliéndosele por debajo del sombrero. Sobre el hombro llevaba un fardo de buen tamaño atado a un palo. Mamá la besó.

—¿Lo tienes todo?

—Sí; creo que sí —jadeó Caroline Black—, aunque a Dios gracias ayer le di al chico la armadura para que la trajera él. De lo contrario no hubiera llegado hasta aquí.

Yo no sabía de qué estaban hablando, pero antes de que pudiera preguntar, mamá se volvió hacia mí.

—Ahora, Maude, te voy a dejar con Eunice, que se ocupará de vosotras.

—Pero también tú vas a desfilar, ¿no es eso? —pregunté, tratando de que mi voz no se contagiara del pánico que sentía—. Vas a desfilar con nosotras.

—Participaré en el desfile, desde luego, pero tengo algo que hacer en otro sitio. Estaréis bien aquí: conoces a la mayoría de estas señoras.

—¿Dónde vas? ¿Qué vas a hacer?

—Es una sorpresa.

—Pero pensábamos que nos quedaríamos contigo. Le dijimos a la señora Waterhouse que cuidarías de nosotras.

Mamá movió la cabeza, impaciente.

—Lo que tengo que hacer es mucho más importante que cuidar de vosotras. Y, francamente, es muy probable que Eunice os controle mucho mejor que yo. Es la capitana de pancartas para esta sección del desfile y una persona muy competente. Estáis en buenas manos. Me reuniré con vosotras al final, después de la Gran Aclamación a las cinco. Venid al estrado 5, donde hablará la señora Pankhurst. Allí nos veremos. Ahora tengo que irme. ¡Pasadlo bien, chicas! Recuérdalo, Maude, estrado 5, después de la Gran Aclamación —cogió del brazo a Caroline Black y desapareció a toda velocidad entre la multitud. Traté de seguirlas con la vista, pero me fue imposible; era como seguir la trayectoria de una ramita por una corriente muy rápida.

Lavinia había palidecido.

—¿Qué vamos a hacer sin ella? —se lamentó, lo que era una actitud bastante hipócrita, dado lo poquísimo que le gusta mamá.

—Bueno, chicas, ya veréis qué día tan estupendo vamos a pasar —exclamó Eunice, mientras ayudaba a dos mujeres a nuestro lado a sujetar mejor una pancarta que decía LA ESPERANZA ES PODEROSA—. He de comprobar las otras pancartas de mi sección. Quedaros junto a ésta hasta que vuelva —y se alejó antes de que pudiéramos decir nada.

—Demonios coronados —dije en voz baja. Habíamos sido abandonadas.

Lavinia me miró, tan horrorizada por mis palabras como por nuestra situación, imagino.

—Quizá mamá tenía razón —dijo—. Quizá debería haberme quedado en casa. Me parece que me estoy mareando.

—Ni se te ocurra —dije con tono cortante—. Nos las apañaremos —iba a ser una tarde desastrosa, y todavía peor si Lavinia se desmayaba. Miré a mi alrededor en busca de algo que sirviera para distraerla—. Mira esa banda, del municipio de Hackney —leí en su estandarte—. ¿No te gustan sus uniformes? —sabía que a Lavinia le gustaban los varones uniformados. Ya decía a veces que tenía intención de casarse con un militar. Los músicos sonreían a las mujeres a su alrededor. Un bombardino me guiñó un ojo antes de que pudiera apartar la vista.

Lavinia estaba contemplando la pancarta junto a la que nos habían dicho que nos quedáramos.

—La poderanza es esperosa —anunció de repente, con una risa nerviosa.

—¿Qué has dicho?

—Nada, nada.

Al cabo de un rato empezamos a tranquilizarnos. Las mujeres a nuestro alrededor hablaban y reían, encantadas de participar en el desfile. El efecto general era un gran concierto de sonidos femeninos, en ocasiones agudo y fuerte, pero nunca alarmante, como hubiera sucedido si se tratara de varones. Era difícil no dejarse contagiar por tanto optimismo. Y no parecía que fueran todas sufragistas. Muchas eran como nosotras, pasaban allí la tarde por curiosidad, sin agitar necesariamente una pancarta ni dar gritos. Había muchas mujeres con sus hijas, algunas muy jóvenes. Incluso tres niñitas, las tres vestidas de blanco con lazos verde y violeta en el pelo, sentadas, cerca de nosotras, en un carrito tirado por un poni.

Lavinia me apretó el brazo y dijo:

—Es terriblemente emocionante, ¿verdad que sí? ¡Todo el mundo está aquí!

Menos mamá, pensé. Me pregunté qué tramarían Caroline Black y ella.

Luego la banda de música, cuyo director lucía un bigote de llamativas guías, empezó a tocar una marcha de *Aida* y todo el mundo se irguió, como si alguien hubiera tensado un alambre de un extremo a otro del desfile. Un murmullo expectante se alzó de la multitud. Eunice reapareció de repente y exclamó: «¡Es el momento! ¡Arriba las pancartas!». Las mujeres a su alrededor las alzaron y encajaron los palos en los soportes que llevaban en la cintura; luego otras que vieron las pancartas alzaron las suyas, hasta que muy lejos por delante y por detrás todo lo que se veía eran pancartas por encima de un mar de cabezas. Por primera vez deseé llevar también una pancarta.

El murmulló murió al cabo de algunos minutos de inmovilidad.

—¿Es que no vamos a empezar nunca? —exclamó Lavinia, moviendo los pies llena de impaciencia—. ¡No lo soportaré si no empezamos pronto!

Luego, de repente, nos pusimos en marcha. Las pancartas que nos precedían echaron a correr y ante nosotras se abrió un hueco.

—¡Adelante! —exclamó Eunice—. ¡Vamos, chicas, ahora es el momento!

Cuando empezamos a caminar, los espectadores en las aceras nos vitorearon y sentí un cosquilleo en la columna vertebral. Había otras seis comitivas además de la nuestra, procedentes de distintos sitios de los alrededores de Londres, y todas iban a confluir en Hyde Park. Era muy emocionante sentirse parte de un conjunto mucho más grande, miles y miles de mujeres, todas haciendo lo mismo en el mismo momento.

El desfile necesitó algún tiempo para conseguir un paso uniforme. Una y otra vez nos deteníamos y empezábamos de nuevo, hasta dejar atrás St. Pancras primero y después Euston Station. A ambos lados había hombres viéndonos pasar, algunos frunciendo el ceño, unos pocos burlándose, pero la mayoría sonriendo como lo hace mi tío cuando le parece que he dicho una tontería. Las mujeres en los laterales estaban mejor dispuestas y sonreían y saludaban. Unas cuantas, incluso, se incorporaron a la manifestación.

Al principio Lavinia estaba muy entusiasmada; tarareaba lo que tocaba la banda, reía cuando una pancarta por delante de nosotras recibía el impacto de una ráfaga de viento y empezaba a ondear. Pero una vez que empezamos a caminar de manera más uniforme, dejamos atrás Euston Station y nos dirigíamos ya hacia Great Portland Station, suspiró y empezó a arrastrar los pies.

—¿Es esto todo lo que vamos a hacer? ¿Andar? —se lamentó.

—Habrá discursos en Hyde Park. No está muy lejos. Además pasaremos por Oxford Street y podrás ver las tiendas —lo dije muy segura, aunque en realidad no sabía qué camino íbamos a seguir. Mis conocimientos sobre la geografía de Londres dejaban bastante que desear; no había estado en el centro con frecuencia, y en esos casos lo único que hacía era seguir a mamá o a papá. Conocía mejor los principales ríos de África que las calles de Londres.

—Ahí está Simon —señaló Ivy May.

Era un alivio ver un rostro familiar entre tantos desconocidos.

—¡Simon! —gritamos Lavinia y yo al mismo tiempo.

Al vernos se le alegró la cara y se separó de la multitud para ponerse a nuestro lado.

—¿Qué haces aquí, descarado? —le preguntó Lavinia, apretándole el brazo.

Simon enrojeció.

—He venido a buscaros.

—¿Vas a desfilar con nosotras? —le pregunté.

Simon miró a su alrededor.

—No hay hombres, ¿no es cierto?

—Las bandas son todas de hombres. Quédate.

—Bueno, quizá durante un rato. Pero tengo que ir a recoger el caballo en Hyde Park.

—¿Qué caballo?

Simon pareció sorprenderse.

—El caballo para las señoras. Para tu madre. ¿No te lo ha contado?

—Mamá no tiene caballo. No le gustan nada.

—El dueño del caballo es un amigo del señor Jackson. Sólo lo han pedido prestado para un día.

—¿El señor Jackson? ¿Qué tiene que ver con todo esto?

Simon puso cara de que hubiera preferido no haber sacado el tema.

—Tu madre preguntó al señor Jackson si conocía a alguien que pudiera prestarle un caballo. Tenía que ser blanco. Y el jefe tiene un amigo con un caballo blanco, cerca de Baker Street. De manera que se lo ha prestado y me ha pedido que lo recoja y se lo devuelva a su dueño. Incluso me ha pagado.

La banda empezó a tocar la canción del rey pirata de *Los piratas de Penzance*. Trataba de asimilar lo que decía Simon, pero me resultaba difícil pensar en medio de tanta gente y de tanto ruido.

—Mamá no va nunca al cementerio. ¿Cómo ha podido ver al señor Jackson?

Simon se encogió de hombros.

—Fue a verla a Holloway. Y les he oído hablar en el cementerio no hace mucho..., sobre el sufragismo y esas cosas.

—No irá montada a caballo, ¿verdad? ¿Dónde está exactamente?

Simon volvió a encogerse de hombros.

—Puedes verlo por ti misma. Están en la cabecera del desfile.

—¿Muy lejos?

—Te lo voy a enseñar —Simon se zambulló de inmediato en la multitud que llenaba la acera, probablemente contento de abandonar la manifestación.

Me dispuse a seguirlo pero Lavinia me cogió del brazo.

—¿Y yo? —gritó.

—Quédate aquí. Volveré.

—¡Pero no me puedes dejar sola!

—No estás sola: estás con Ivy May. Quédate junto a la pancarta —añadí, señalando a LA ESPERANZA ES PODEROSA—. Volveré. Y Eunice regresará enseguida. Dile que he ido a mirar las pancartas. No le cuentes que he ido a ver a mamá.

—¡Vamos contigo! —exclamó Lavinia, pero me zafé de su brazo y me metí entre la multitud antes de que pudiera seguirme. Hiciera lo que hiciese mamá, no quería que Lavinia lo viese.

SIMON FIELD

Todo lo que puedo decir es que la señora C. no iba vestida así cuando le entregué el caballo. Supongo que llevaba la otra ropa debajo del vestido.

Estoy sorprendido, pero trato de que no se me note. No puedo apartar los ojos de sus piernas. Sólo he visto así a otra mujer en una pantomima; iba disfrazada de Dick Whittington, pero incluso en ese caso llevaba mallas y la casaca le llegaba hasta las rodillas. La señora C. no va vestida de Dick, sino de Robin de los Bosques, con una casaca verde muy corta provista de cinturón, botitas verdes y una gorra verde y violeta con una pluma blanca. Las piernas al aire, desde los tobillos hasta..., bueno, muy arriba.

Lleva de la brida el caballo blanco que monta la señorita Black. Cualquiera consideraría normal que la señorita Black fuese vestida de Doncella Marian o de Fray Tuck o de algo parecido, pero se ha puesto una armadura completa y un yelmo plateado con una pluma blanca que sube y baja al compás de su montura, exactamente como las plumas de avestruz en los caballos de un cortejo fúnebre. Sujeta las riendas con una mano y con la otra un estandarte en el que hay palabras que no consigo leer.

Maude se limita a mirar fijamente. ¿Quién se lo podría reprochar? Todo el mundo contempla las piernas de Kitty Coleman. Tengo que decirlo: son unas piernas estupendas. Se me suben los colores mirándolas y se me pone dura, en medio de toda la gente. Tengo que ponerme las manos delante para que no se note.

—¿A quién se supone que representa la señorita Black? —pregunto para distraerme.

—A Juana de Arco —dice Maude como si escupiera las palabras.

Nunca he oído hablar de esa Juana, pero no se lo digo a Maude. Sé que no quiere hablar.

Nos hemos colocado en la acera un poco por delante, de manera que vemos cómo se acercan. Cuando pasan junto a Maude, parece que le quiere decir algo a su mamá, pero al final no lo hace. La señora C. no la mira; tiene una sonrisa muy curiosa en los labios y parece contemplar algo muy a lo lejos, en el horizonte: se diría que sólo le importa llegar cuanto antes.

Luego han pasado ya. Maude no dice nada, yo tampoco. Sólo vemos cómo se aleja el desfile. Después Maude da un bufido.

—¿Qué? —pregunto.

—El estandarte de Caroline Black tiene una equivocación —dice, pero no me cuenta cuál es.

KITTY COLEMAN

Durante gran parte del desfile tengo la sensación de caminar en un sueño.

Estaba tan emocionada que apenas oía nada. El murmullo de los espectadores, los tintineos y crujidos de la brida, el resonar de la armadura de Caroline: todo estaba allí, pero distante. Los cascos del caballo sonaban como si estuvieran envueltos en mantas, o como si alguien hubiera derramado serrín por la calzada, como se hace a veces en los funerales.

Tampoco veía nada, en realidad. Traté de concentrarme en las caras a lo largo del camino, pero todas me resultaban borrosas. Pensé una y otra vez que reconocía a algunas personas: Richard, John Jackson, Maude, incluso mi difunta madre, pero sólo se trataba de parecidos. Era más fácil mirar al frente, hacia nuestra meta, fuera la que fuese.

Con nitidez sentí, sin embargo, el sol y el aire en las piernas. Después de toda una vida de vestidos gruesos, con sucesivas capas de tela envolviéndome las piernas como vendas, era una sensación increíble.

Luego oí un estallido que no estaba amortiguado. Me volví hacia la multitud: de repente veía con nitidez, y encontré a alguien en la acera que se parecía a mi difunto hermano. Contemplaba a Caroline con tal expresión de perplejidad que decidí cruzar al otro lado para ver qué era lo que miraba.

Hubo otro estallido. Un momento antes de que el caballo se encabritara vi el estandarte de Caroline, que decía PALABRAS, NO HECHOS.

Maldición, pensé, ¿quién ha cometido un error tan tonto? Luego el casco del caballo me golpeó en el pecho.

LAVINIA WATERHOUSE

Al principio no quería hablar cuando Maude volvió con Simon; no lo hice durante todo el camino hasta Portland Place y Upper Regent Street, ni tampoco cuando nos detuvimos un rato en Oxford Street. No podía perdonarle que me hubiera abandonado como lo hizo.

Tampoco habló ella; se limitó a caminar con cara de pocos amigos, y no pareció darse cuenta de que le estaba haciendo el vacío. La cosa más molesta es que alguien no se dé cuenta de que lo estás castigando; me moría de curiosidad por saber todo lo relacionado con su madre y el caballo, pero como había decidido no hablar con ella no podía preguntarle. Quería que Ivy May me dijera algo, para que mi decisión de no hablar con Maude se notara más. Le enderecé el sombrero, porque lo llevaba demasiado echado hacia atrás, pero se limitó a asentir con la cabeza para darme las gracias. No tenía costumbre de decir cosas porque los demás quisieran que las dijera.

Luego el desfile se detuvo de nuevo. Simon salió corriendo para recuperar el caballo y nosotras nos dirigimos hacia la entrada de Hyde Park a la altura de Marble Arch. Cada vez estábamos más amontonados, porque muchas personas que iban por la acera bajaron a la calzada para entrar también. Éramos granos dentro de un reloj de arena, esperando nuestro turno para pasar por un agujero diminuto. Ante tanta aglomeración cogí a Maude y a Ivy May de la mano.

Luego ya habíamos pasado, y de repente dispusimos de mucho más espacio, soleado y verde y lleno de aire fresco. Lo tragué a bocanadas como si fuese agua.

Un verdadero mar de gente se había reunido a lo lejos en torno a distintos carros por los que asomaban grupos de sufragistas. Con sus vestidos blancos y todas amontonadas por encima de la multitud, me recordaron a nubes aborregadas en el horizonte.

—Sigan adelante, sigan adelante —nos instó una mujer detrás de nosotras que llevaba una banda en la que se leía JEFA DEL SERVICIO DE ORDEN—. Hay miles más por detrás de ustedes, esperando para entrar. Avancen hacia los estrados, hagan el favor, sin abandonar la formación.

Estaba previsto que el desfile continuara hasta los estrados, pero una vez dentro del parque todo el mundo empezó a correr de aquí para allá, y el orden se perdió por completo. Hombres que habían sido espectadores a lo largo del recorrido se mezclaban con las señoras que habían desfilado y, mientras nos dirigíamos hacia los estrados, volvimos a estar amontonados, con los hombres empujándonos. A mamá le hubiera horrorizado vernos, sin carabina, rodeadas por todos aquellos varones. Vi por un momento a la tonta de Eunice, gritándole a alguien que le trajera su pancarta. Era una verdadera nulidad a la hora de cuidar de nosotras.

Había pancartas por todas partes. Estuve buscando alguna de las que había cosido yo, pero como eran tantas mis equivocaciones se perdían entre ellas. No me había imaginado que tanta gente se pudiera reunir en el mismo sitio al mismo tiempo. Daba miedo pero también resultaba emocionante, como cuando un tigre en el zoo te mira directamente con sus ojos amarillos.

—¿Ves el estrado 5? —preguntó Maude.

Yo no veía números por ningún sitio, pero Ivy May señaló uno de ellos, y nos dirigimos hacia allí. Maude tiraba de mí entre murallas de gente y yo tenía que apretar con más fuerza la mano de Ivy May, que empezaba a estar sudada.

—Vamos a no ir más allá —le pedí a Maude—. Hay demasiada gente.

—Sólo un poco más..., estoy buscando a mamá —Maude seguía tirando de mí.

De pronto nos encontramos aprisionadas. Los pequeños espacios a los que, empujando, habíamos conseguido llegar, se convirtieron en una pared impenetrable de piernas y espaldas.

Luego sentí una mano en el trasero, los dedos rozándome con suavidad. Fue tal mi sorpresa que no hice nada durante un momento. La mano me alzó el vestido y empezó a hurgarme en los pololos, allí mismo, en medio de toda aquella gente. Era increíble que no se diera cuenta nadie.

Cuando traté de apartarme, la mano me siguió. Volví la cabeza; el individuo detrás de mí era más o menos de la edad de papá, alto, cabellos grises, con bigote y gafas. Tenía los ojos fijos en el estrado. No podía creer que la mano fuese suya, ¡parecía tan respetable! Alcé el tacón y lo dejé caer con fuerza en el pie que tenía detrás. El señor de cabellos grises puso gesto de dolor y la mano desapareció. Al cabo de un momento se abrió camino a empujones y se esfumó. Otra persona ocupó su lugar.

Me estremecí y le susurré a Maude: «Vayámonos de aquí», pero mi voz quedó ahogada por un toque de clarín. La multitud se puso en movimiento, a Maude la lanzaron contra la espalda de la mujer que tenía delante y soltó mi mano. Luego a mí me empujaron violentamente hacia la izquierda. Miré a mi alrededor pero no vi a Maude.

—Si tienen la amabilidad de prestarme atención, me gustaría iniciar este acto, en ocasión tan memorable, aquí en Hyde Park —oí resonar una voz. Alguien se había subido a un cajón más alto que el resto de las mujeres situadas en el estrado. Con su vestido malva parecía espliego derramado sobre un cuenco de helado de vainilla. Después se quedó muy erguida e inmóvil.

—Es la señora Pankhurst —murmuraron las mujeres en torno a mí.

—Estoy encantada de tener delante de mí una gran multitud de partidarios, tanto mujeres como hombres, del elemental derecho de las primeras a ocupar su sitio junto a los varones y emitir su voto. El primer ministro Asquith ha dicho que necesita tener la seguridad de que la petición para que se conceda el voto a las mujeres cuenta con el respaldo de la población. Bien, señor Asquith, le aseguro que si estuviera ahora donde yo me encuentro y viera este océano de humanidad como lo veo yo, ¡no necesitaría más pruebas!

La multitud rugió. Puse las manos en los hombros de la mujer a mi lado y salté para tratar de ver por encima de la multitud.

—¡Maude! —llamé, pero el ruido era tal que nunca podría oírme. La mujer puso cara de pocos amigos y se sacudió mis manos.

La señora Pankhurst estaba esperando a que la gente se callara.

—Contamos con muchos oradores esta tarde —empezó al disminuir el ruido—, por lo que, sin más preámbulo...

—¡Maude! ¡Maude! —grité.

La señora Pankhurst hizo una pausa, y torció la cabeza levemente.

—Me gustaría presentar...

—¡Maude!

—¡Lavinia! —oí, y vi una mano que se agitaba por encima de la multitud muy lejos a mi derecha. Moví la mía y seguí moviéndola mientras empezaba a abrirme camino hacia ella.

La señora Pankhurst se había callado otra vez.

Algunas de las mujeres del estrado empezaron a sisear. Seguí empujando, hasta lograr que se abrieran espacios, sin hacer caso alguno de lo que estuviera pasando en el estrado. Luego, delante de mí, vi la guirnalda de espuelas de caballero y jazmines que había tejido por la mañana para el sombrero de paja de Maude y, gracias a un último empujón, me reuní con ella.

Nos agarramos la una a la otra. A Maude el corazón le latía con fuerza y yo estaba temblando.

—Vamos a alejarnos de toda esta gente —susurró Maude. Asentí con la cabeza y, sin soltarla, la dejé que empujara para alejarnos del estrado y del gentío que escuchaba a la señora Pankhurst.

Por fin encontramos de nuevo espacios libres. Cuando alcanzamos los árboles en el límite de la multitud, me detuve.

—Voy a devolver —dije.

Maude me llevó junto a un árbol donde me pude arrodillar a escondidas de todo el mundo. Después encontramos un sitio donde sentarnos a la sombra, a cierta distancia de la base del árbol. No dijimos nada durante varios minutos, y nos limitamos a contemplar a la gente que paseaba o corría, apartándose de un corro de espectadores en torno a un estrado para acercarse a otro. Veíamos cuatro estrados desde donde estábamos sentadas. A lo lejos, las mujeres que hablaban sobre ellos eran figuras diminutas cuyos brazos se movían como aspas de molinos de viento.

Yo tenía mucha sed.

Maude terminaría por hablar, lo sabía bien, y me haría la pregunta inevitable. La pregunta que me aterraba.

—Lavinia —dijo por fin—, ¿dónde está Ivy May?

Por primera vez en todo el día empecé a llorar.

—No lo sé.

MAUDE COLEMAN

Mamá estaba sentada sólo dos árboles más allá. Pero no lo descubrimos hasta después de que hubieran terminado los actos.

No tenía sentido buscar a nadie mientras se pronunciaban los discursos y la gente siguiera tan junta. Lavinia estaba desesperada, pero yo sabía que Ivy May era una chica sensata; era cierto que hablaba poco, pero lo oía todo, y sabría que nos íbamos a reunir con mamá en el estrado 5 después de la Gran Aclamación, fuera lo que fuese.

Aquello era lo que me decía una y otra vez y que le repetía a Lavinia siempre que estaba dispuesta a escuchar. A la larga apoyó la cabeza en mi regazo y se quedó dormida, algo muy típico suyo en un momento tan dramático. Lo que le gusta es el melodrama; el verdadero drama la aburre. Yo me removía nerviosa, esperando a que terminaran los discursos y a que Lavinia se despertara.

Finalmente sonó un clarín. Cuando el toque se repitió, Lavinia se incorporó, la cara roja y arrugada.

—¿Qué hora es? —preguntó, bostezando.

—No estoy segura. Cerca de las cinco, imagino.

A lo lejos, los distintos grupos movían los brazos y vitoreaban. El clarín sonó una vez más. Se alzó un cántico, semejante a una orquesta alcanzando un crescendo en una sinfonía. Era como si todo el mundo estuviera diciendo «Fotos para los mejores». Sólo la tercera vez me di cuenta de que repetían «¡Votos para las mujeres!». La última vez sonó tan fuerte como un trueno, y los vítores y las risas que siguieron, como lluvia que dejaran caer las nubes.

Luego, de repente, la multitud se dividió y una oleada de gente vino hacia nosotras. Recorrí con la vista los rostros que pasaban buscando alguno conocido. Descubrí a Eunice que corría con un estandarte que alguien había perdido y un palo. No nos vio ni nosotras intentamos detenerla.

—Deberíamos ir al estrado 5 —dije—. Allí tiene que haber alguien.

Nos cogimos del brazo y avanzamos entre la multitud, pero era muy difícil porque todo el mundo se alejaba del estrado en lugar de dirigirse hacia él. Por todas partes había personas exhaustas: niños sedientos, mujeres con los nervios a flor de piel, hombres que se preguntaban, preocupados, cómo llegarían a su casa entre semejantes multitudes. Ahora que la gente ya no formaba parte de un desfile organizado, las calles de los alrededores de Hyde Park se habrían convertido en un caos, abarrotadas de gente y de coches de alquiler, además de ómnibus llenos hasta los topes. Les llevaría horas volver a casa.

Finalmente nos acercamos a lo que yo recordaba como Estrado 5, aunque el estandarte con el número 5 había desaparecido. La señora Pankhurst y las otras mujeres se habían bajado del carro y un hombre le estaba enganchando un caballo.

—¡Se están llevando el estrado! —exclamé—. ¿Cómo vamos a encontrar a mamá sin él?

—Ahí está Caroline Black —dijo Lavinia tirándome de la manga—. ¿Se puede saber de qué va disfrazada?

Caroline Black caminaba con dificultad, todavía vestida de Juana de Arco. La pluma blanca del yelmo se balanceaba hacia delante y hacia atrás cada vez que se movía. Parecía muy desalentada y me dio un vuelco el corazón al ver que estaba sola.

—¡Por fin te encuentro! —exclamó, sin sonreírme con dulzura como hacía de ordinario—. ¿Dónde has estado? ¡Llevo siglos buscándote!

—¿Dónde está mamá? —quise saber.

Caroline Black me miró como si estuviera a punto de echarse a llorar.

—Tu madre..., ha tenido un pequeño contratiempo.

—¿Qué ha pasado?

—Todo iba tan bien, eso es lo que da más pena —Caroline Black movió la cabeza—. Lo hemos pasado maravillosamente, con tantísimo apoyo de nuestras compañeras y de los espectadores. Y el caballo era estupendo, tan manso y un verdadero sueño para montarlo. Si sólo...

—¿Qué ha pasado? ¿Dónde está? —era todo lo que podía hacer para no convertir las palabras en gritos.

—Alguien entre la multitud lanzó petardos a la altura de Oxford Street. El caballo se asustó y en aquel momento Kitty se le cruzó, dispuesta a examinar mi estandarte, no sé por qué. El caballo se encabritó..., apenas conseguí mantenerme en la silla. Cuando bajó las patas la golpeó en el pecho.

—¿Dónde está ahora?

—La muy tonta insistió en terminar el desfile, llevando al caballo por la brida y todo lo demás, como si nada hubiera sucedido. Dijo que estaba bien, tan sólo un poco sin aliento. Y yo, estúpida de mí, se lo consentí. Luego tampoco quiso marcharse durante los discursos; dijo que tenía que estar aquí para reunirse contigo cuando terminaran.

—¿Dónde está, por el amor de Dios? —grité. Mi tono de voz hizo que Lavinia diera un salto y que las personas a nuestro alrededor se volvieran. Pero Caroline Black aguantó sin rechistar.

—Está sentada en aquellos árboles —señaló en la dirección de donde veníamos.

Lavinia me cogió del brazo cuando empecé a caminar hacia los árboles.

—¿Qué pasa con Ivy May? —exclamó—. ¡Tenemos que encontrarla!

—Vamos a ver a mamá y después la buscaremos —sabía que Lavinia estaba enfadada conmigo, pero no le hice caso y seguí adelante.

Mamá estaba apoyada en el tronco del árbol, una pierna doblada bajo el cuerpo, la otra, al aire, extendida al frente.

—Dios mío —murmuró Lavinia. Me había olvidado de que no la había visto vestida de Robin de los Bosques.

Mamá sonrió al acercarnos, pero su expresión era tensa, como si se esforzara para ocultar algo, y respiraba con dificultad.

—Hola, Maude —dijo—. ¿Te ha gustado el desfile?

—¿Qué tal te encuentras, mamá?

Mamá se palmeó el pecho.

—Duele.

—Tenemos que llevarte a casa, querida mía —dijo Caroline Black—. ¿Puedes andar?

—No debe andar —la interrumpí, recordando lo que habíamos aprendido en el colegio sobre primeros auxilios—. Podría empeorar.

—Vas a ser médico, ¿no es eso? —dijo mamá—. Me parece bien. Creía que te tiraba la astronomía, pero ya se sabe que a veces me equivoco. Con tal de que llegues a ser algo, no me importa lo que sea. Excepto quizás esposa. Pero no se lo digas a tu padre —hizo un gesto de dolor al respirar—. Consigue ir a la universidad.

—Calla, mamá. No hables.

Miré a mi alrededor. Caroline Black y Lavinia me miraban como si me correspondiera a mí tomar las decisiones.

Luego vi una figura familiar que caminaba hacia nosotros.

—¡Gracias a Dios que está aquí, señor Jackson! —exclamó Lavinia, cogiéndolo del brazo—. ¿Podrá encontrar a Ivy May?

—No —la interrumpí—. Tiene que llevar a mi madre a un coche. Necesita que la vea un médico cuanto antes.

El señor Jackson miró a mamá.

—¿Qué ha sucedido, Kitty?

—La ha coceado un caballo y no respira bien —dije.

—Hola, John —murmuró mamá—. Son las cosas que pasan, ya ves; me disfrazo de Robin de los Bosques y el caballo de guardarropía me da una coz.

—¡Ivy May se ha perdido, señor Jackson! —gritó Lavinia—. ¡Mi hermanita se ha perdido en este gentío espantoso!

El señor Jackson miró a mamá y luego a Lavinia. Me di cuenta de que no decidiría sin ayuda; tendría que proporcionársela yo.

—Señor Jackson, vaya a buscar un coche —le ordené—. Es mucho más probable que lo consiga usted que nosotras, y además puede llevar a mamá en brazos. Caroline, espere aquí mientras Lavinia y yo buscamos a Ivy May.

—¡No! —gritó Lavinia, pero el señor Jackson ya había echado a correr.

Mamá asintió con la cabeza.

—Muy bien, Maude. Estás capacitada para hacerte cargo —se quedó recostada contra el árbol, con Caroline Black arrodillada torpemente a su lado con su armadura.

Cogí a Lavinia de la mano.

—La encontraremos —le dije—. Te lo prometo.

LAVINIA WATERHOUSE

No la encontramos. Buscamos por todas partes, pero no la encontramos.

Recorrimos una y otra vez la zona del parque donde se había reunido la multitud: la hierba estaba completamente aplastada, como si le hubiera pasado un enorme rebaño por encima. Había mucha menos gente, y tendría que haber sido fácil ver a una niñita sola. Pero no había ninguna. Encontramos, en cambio, grupos de jóvenes sin rumbo fijo que consiguieron ponerme muy nerviosa, sobre todo cuando empezaron a llamarnos. Maude y yo nos cogimos firmemente del brazo mientras caminábamos.

Fue muy frustrante; no pudimos encontrar un solo policía, ni tampoco ninguna de las sufragistas que habían estado corriendo de un lado para otro durante el desfile, con bandas en las que se leía CAPITANA DE PANCARTAS o JEFA DEL SERVICIO DE ORDEN. No encontramos a ninguna de las responsables del desfile para que nos ayudara.

Luego un grupo de hombres muy mal encarados gritó: «¡Eh, chicas! ¿Os apetece un trago?», al tiempo que venían hacia nosotras. Bueno. Maude y yo corrimos hasta salir del parque como si nos persiguiera el diablo. Aquellos tipos mal encarados no nos siguieron, pero me negué a volver; era demasiado peligroso. Nos quedamos en la entrada junto a Marble Arch y miramos por toda la extensión de hierba, protegiéndonos los ojos con la mano del sol del atardecer.

No buscaba sólo a Ivy May; también a Simon. No lo habíamos vuelto a ver desde que dejó el desfile para ir a recoger el caballo (¡Que la madre de Maude llevaba de la brida con aquel traje! No encuentro palabras. No me extraña que el caballo la coceara.) Simon había dicho que quizá volviera después al parque. Mientras miraba, no podía dejar de creer que estarían juntos; que Simon aparecería llevando de la mano a Ivy May, los dos comiendo un helado y que, además, tendrían otros dos más para Maude y para mí. Ivy May me miraría con descaro, sonriente y con los ojos brillantes, y yo le daría un pellizco por haberme asustado tanto.

—No está aquí —dijo Maude—. La habríamos visto a estas alturas. Quizás haya vuelto a casa. Tal vez haya recorrido a la inversa el camino que seguimos, hasta llegar a Euston y coger un ómnibus. No es tonta.

Alcé el monedero que me colgaba de la muñeca.

—No tiene dinero para el ómnibus —susurré—. Hice que me lo diera para guardarlo yo, no fuera a perderlo.

—Quizás haya encontrado el camino de vuelta —repitió Maude—. Quizá tengamos que recorrer el trayecto del desfile y buscarla.

—Estoy demasiado cansada. Me parece que no puedo dar un paso más. Vamos a quedarnos aquí un ratito.

Luego lo vimos venir hacia nosotras. Me pareció muy pequeño en toda aquella enorme extensión verde, con las manos en los costados, dando patadas a las cosas que la gente había dejado atrás: trozos de papel, flores, un guante de señora. No dio la sensación de sorprenderse al vernos, ni tampoco cuando Maude dijo:

—Ivy May se ha perdido.

—Ha desaparecido —dije—. Mi hermana ha desaparecido —y me eché a llorar.

—Se ha perdido —repitió Maude.

Simon nos miró a las dos. Nunca le había visto con una expresión tan seria.

—Pensamos que quizá esté haciendo a la inversa el recorrido del desfile —dijo Maude—. Ven con nosotras a buscarla.

—¿Qué llevaba puesto? —preguntó Simon—. Antes no me fijé.

Maude suspiró.

—Un vestido blanco. Un vestido blanco como todo el mundo. Y un sombrero de paja adornado con flores, como los nuestros.

Simon se colocó a nuestro lado e iniciamos el camino de vuelta por Oxford Street. Ya no podíamos andar por el centro de la calzada, porque estaba llena de coches de alquiler tirados por caballos, ómnibus y automóviles. Nos quedamos en la acera, abarrotada de gente que regresaba de la manifestación. Simon cruzó la calle para buscar por la otra acera, mirando en los portales y en los callejones además de las caras a su alrededor.

Apenas podía creerme que fuésemos a hacer otra vez a pie todo el camino; tenía tanta sed y me dolían tanto los pies que estaba segura de que era imposible. Pero luego, mientras recorríamos Upper Regent Street, vi en unas caballerizas una bomba para dar de beber a los caballos, y fui allí y metí toda la cara en el chorro de agua. Me daba lo mismo que el agua fuese mala o que se me mojara el pelo: estaba tan sedienta que necesitaba beber.

La campana del reloj de St. Pancras daba las ocho cuando por fin llegamos a nuestro punto de partida.

—Mamá estará muerta de preocupación —dije. A pesar de mi tremendo cansancio, temía llegar a casa y enfrentarme con mis padres.

—Aún hay mucha luz —dijo Maude—. Hoy es el día más largo del año, ¿no lo sabías? Bueno, el segundo más largo, quizá, después de ayer.

—Por lo que más quieras, Maude, cállate —no soportaba oírla hablar como una maestra en clase. Y además tenía un horrendo dolor de cabeza.

—Será mejor que volvamos a casa —dijo Maude, sin hacerme caso—. Allí se lo podremos contar a tus padres y ellos ponerse al habla con la policía. Y yo enterarme de cómo está mamá.

—Tu madre —empecé. De repente estaba tan enfadada que tenía ganas de decir algo terrible. Maude había mandado al señor Jackson con su madre en lugar de dejar que nos ayudara. Estaba segura de que habría encontrado a Ivy May—. Tu maldita madre es la que nos ha metido en este lío.

—¡No la culpes a ella! —gritó Maude—. ¡Fuiste tú quien se moría de ganas de venir al desfile!

—Tu madre —repetí—. No sabes ni la mitad.

—Livy, no —le advirtió Simon—. Ni se te ocurra.

Maude nos miró a los dos.

—No quiero oírlo, sea lo que sea —me dijo—. No me digas nunca nada sobre eso.

—¡Volved a casa, las dos! —dijo Simon. Nunca le había oído levantar la voz—. Ahí tenéis un ómnibus —incluso nos empujó hacia él.

—No podemos dejar a Ivy May —afirmé, parándome en seco—. No nos podemos subir a un ómnibus y dejarla a merced de esta ciudad espantosa.

—Yo me encargo de buscarla —dijo Simon.

Le hubiera besado por decir aquello, pero corría ya, de vuelta hacia el parque por Euston Road.

JENNY WHITBY

Nunca pensé ver nada parecido.

No me imaginaba quién podía ser cuando llamaron a la puerta un domingo por la noche. Acababa de regresar de casa de mi madre, y no me había puesto aún ni el delantal ni la cofia. De ordinario tampoco estaba allí a esa hora: llegaba más tarde, después de que Jack se durmiera, pero aquel día estaba tan cansado por correr de aquí para allá después del té que cayó en la cama y ya no se movió.

Quizá fueran el ama y la señorita Maude: tal vez les habían robado la llave entre tanta gente. O alguna vecina que necesitaba un sello o se había quedado sin aceite para las lámparas. Pero cuando abrí la puerta era el hombre del cementerio con el ama en brazos. No sólo eso: ¡el ama no llevaba falda! Las piernas tan al aire como el día que vino al mundo. Acababa de abrir los ojos, como si despertase de una siesta.

Antes de que pudiera decir una palabra pero con los ojos como platos, el señor Jackson se había metido en casa, con esa dama sufragista, la señorita Black, revoloteando tras él.

—Hay que acostarla —dijo el señor Jackson—. ¿Dónde está su marido?

—En The Bull and Last —dije—. Siempre va allí después del críquet —los precedí escaleras arriba hasta la habitación del ama. La señorita Black llevaba algo así como un traje de metal que hacía mucho ruido mientras subía las escaleras. Tenía un aspecto tan extraño que empecé a preguntarme si no estaría soñando.

El señor Jackson depositó al ama sobre su cama y dijo:

—Quédese con ella..., voy a por su marido.

—Y yo iré a buscar un médico —añadió la señorita Black.

—Hay uno en Highgate Road, un poco más arriba del bar —dije—. Si...

Pero ya se habían marchado antes de que pudiera ofrecerme a ir, para que la señorita Black hiciera compañía a su amiga. Fue como si no le apeteciera.

Así que nos quedamos solas el ama y yo. Ella tumbada, mirándome. No se me ocurría qué hacer. Encendí una vela y me disponía a echar las cortinas cuando me dijo en voz muy baja:

—No las corras. Y abre la ventana.

Estaba muy ridícula con aquel traje verde y las piernas al aire. Al señor Coleman le daría un ataque si la veía. Después de abrir la ventana me senté en la cama y empecé a quitarle las botitas verdes.

—Jenny, quiero hacerte una pregunta —dijo en voz muy baja.

—Sí, señora.

—¿Sabe alguien lo que me sucedió?

—¿Lo que le ha sucedido, señora? —repetí—. Ha tenido un pequeño accidente, eso es todo.

Los ojos le echaron chispas y movió la cabeza.

—Jenny, no tengo tiempo para tonterías. Por una vez vamos a ser claras la una con la otra: ¿se ha enterado alguien de lo que me sucedió hace dos años?

Sabía de lo que hablaba la primera vez, aunque hubiera fingido lo contrario. Dejé las botas en el suelo.

—Sólo lo sé yo. Y la señora Baker, que se lo figuró. Ah, y Simon.

—¿El chico del cementerio? ¿Cómo es posible?

—Fue su madre quien la atendió a usted.

—Eso es todo..., ¿no lo sabe nadie más?

No la miré a los ojos, sino que tiré del gorro verde que llevaba en la cabeza.

—No —no dije nada sobre la carta de la señorita Livy. No tenía sentido inquietarla en el estado en que se hallaba. Simon, la señora Baker y yo sabemos guardar el secreto, pero no hay forma de predecir lo que la señorita Livy pueda decir cualquier día, o haya dicho ya, todo es posible. Pero el ama no tiene por qué saberlo.

—No quiero que los hombres lo descubran.

—No —extendí la mano y empecé a desabrocharle la espalda de la casaca.

—Prométeme que no lo sabrán.

—No lo sabrán.

—Prométeme otra cosa más.

—Sí, señora.

—Prométeme que no dejarás que Maude caiga en las garras de mi suegra.

Le saqué la casaca y me quedé con la boca abierta. Todo el pecho no era más que un gran moretón.

—¡Dios mío! ¿Qué le ha sucedido, señora?

—Prométemelo.

Entonces entendí por qué hablaba como lo hacía.

—Se pondrá usted bien en un día o dos, señora. El médico estará aquí enseguida y lo solucionará todo. La señorita Black ha ido a buscarlo. Y el señor..., el caballero ha ido a por su marido —el ama trató de decir algo, pero no la dejé: seguí hablando y hablando, lo primero que se me pasaba por la cabeza—. Ahora mismo está en el bar, pero no tardará más de un minuto en volver. Vamos a ponernos este camisón antes de que lleguen, ¿no le parece? Es tan bonito, con los encajes en los puños y todo lo demás. Vamos a meterlo por la cabeza y a tirar luego hacia abajo. Así. Y el pelo, eso es. Ahora está mejor, ¿verdad que sí?

Se tumbó de nuevo, como si estuviera demasiado débil para luchar contra mis palabras. La respiración era entrecortada y como si tuviera agua en el pecho. Me resultaba insoportable escucharla.

—Voy corriendo a encender las lámparas —dije—. Para el amo y para el médico. Sólo será un segundo —me marché muy deprisa antes de que pudiera decir nada.

El señor Coleman llegó cuando estaba encendiendo las lámparas en el vestíbulo, y a continuación la señorita Black con el doctor. Subieron y luego se hizo un gran silencio en el piso de arriba. No pude evitarlo; tuve que subir y escuchar pegada a la puerta.

El médico hablaba en voz tan baja que todo lo que pude oír fue «hemorragia interna».

Entonces el señor Coleman arremetió contra la señorita Black.

—¿Por qué demonios no buscó un médico en el momento en que el caballo la coceó? —gritó—. No hacían ustedes más que presumir de lo multitudinaria que sería la manifestación. ¿No había un médico entre doscientas mil personas?

—No lo entiende —respondió Caroline Black—. Con tanta gente resultaba difícil moverse o incluso hablar y mucho más aún encontrar un médico.

—¿Por qué no la trajo a casa de inmediato? Si hubiera actuado usted con un mínimo de responsabilidad ahora podría estar bien, sin nada más que unos cuantos cardenales.

—¿Es que cree que no se lo supliqué? No conoce a su esposa si piensa que hubiera hecho lo que yo le pedía. Estaba decidida a ir a Hyde Park y a oír los discursos en una ocasión histórica, y nada de lo que dijera yo, ni ninguna otra persona, ni siquiera usted, señor mío, podría haberla disuadido.

—¡Exageraciones! —gritó el señor Coleman—. Incluso en un momento como éste, ustedes, las sufragistas, recurren a la exageración. ¡Maldita sea su ocasión histórica! ¿Se

molestó siquiera en examinarle el pecho después del accidente? ¿Vio el daño causado? ¿Y quién, por el amor de
Dios, le dijo a Kitty que llevara un caballo? ¡Es un desastre con los caballos!

—Fue idea suya. Nadie la obligó. Nunca me dijo que
no le gustaran los caballos.

—¿Dónde está Maude? —dijo el señor Coleman—.
¿Qué le ha pasado a mi hija?

—Viene..., viene camino de casa, estoy segura —Caroline Black lloraba ya.

No me quedé a oír nada más. Bajé a la cocina y puse la
tetera en el fuego. Luego me senté en la mesa y también
me eché a llorar.

IVY MAY WATERHOUSE

Por encima de su hombro vi caer una estrella. Era yo.

SIMON FIELD

Nunca he visto un muerto. Suena extraño en boca de un sepulturero. Me paso todo el día con cadáveres a mi alrededor, pero dentro de sus cajas, bien claveteadas y cubiertas de tierra. A veces estoy de pie sobre un ataúd en una fosa, y sólo hay un par de centímetros de madera entre el cuerpo y yo. Pero no lo veo. Si pasara más tiempo fuera del cementerio vería cadáveres todo el tiempo. Es curioso eso. Mi madre y mis hermanas han visto cientos: mujeres y niños muertos al nacer, o vecinos, muertos de hambre o de frío.

Es extraño ver así a alguien a quien conozco. Si no la hubiera estado buscando no la habría reconocido. No es que tenga cortes ni que esté aplastada ni nada parecido. Es sólo que no está. Las piernas, los brazos, la cabeza, todo en su sitio, sí; tumbada al fondo de unas caballerizas, detrás de un montón de ladrillos. Y la cara tan limpia e incluso suave, la boca cerrada, los ojos un poquito abiertos como si estuviera mirando de tapadillo para que no sepas que lo hace. Pero cuando la miro a la cara no consigo verla. Ya no es una persona, más bien algo así como un saco de patatas.

—Ivy May —la llamo en voz baja, mientras me acuclillo a su lado. Lo digo aunque sé que está muerta. Quizá tengo la esperanza de que vuelva si la llamo por su nombre.

Pero no lo hace. No abre los ojos ni me contempla con esa mirada suya de saber todo lo que está pasando y no decirlo. No se incorpora con las piernas completamente rectas hacia delante, de la manera en que le gusta sentarse. No se pone en pie, compacta, con aire de que nunca podrías derribarla, por mucho que empujaras.

El cuerpo sigue allí tumbado. Y yo tengo que volver de algún modo desde unas caballerizas que están a poca distancia de Edgware Road hasta Darmouth Park.

¿Cómo voy a llevarla todo el camino sin que alguien me vea? Quienquiera que me vea pensará que he sido yo.

Luego miro hacia el otro extremo de las caballerizas y veo a un individuo. Un tipo alto. No le veo bien la cara, sólo el brillo de las gafas a la luz del farol y un bigote fino. Me mira fijamente y cuando se ve descubierto retrocede hasta esconderse detrás del edificio.

Puede que piense que he sido yo y haya ido a contárselo a alguien. Pero sé que no. Ha sido él. Mi padre dice que los asesinos nunca dejan en paz sus crímenes; tienen que volver a olfatear, como cuando tiras de un diente que se mueve o te rascas una costra.

Salgo corriendo de la caballeriza buscándolo, pero se ha ido. Sé que volverá, sin embargo, y que si no me la llevo ahora lo hará él.

A Ivy May le estiro un poco el vestido, y el pelo, y le abrocho un zapato que se le ha salido. Cuando me la echo a la espalda veo que tenía debajo el sombrero de paja. Está todo roto y las flores aplastadas, y me resulta muy difícil recogerlo con Ivy May pesándome en la espalda, de manera que lo dejo donde está.

Si alguien pregunta, diré que es mi hermana y que se ha quedado dormida. Pero me alejo de los bares y utilizo calles apartadas y luego los parques: Regents, Primmers Hill, la parte trasera de The Heath, y no veo a mucha gente. Nadie pregunta. A esta hora de la noche los transeúntes están demasiado borrachos para fijarse o, de lo contrario, atentos a sus propias fechorías y no tienen ninguna gana de llamar la atención.

Durante todo el camino no dejo de pensar en el sombrero. Querría no haberlo dejado. No me gusta abandonar algo suyo. De manera que cuando termino, cuando la dejo en su casa, vuelvo, hago todo el camino a la inversa por los parques y las calles. No tardo nada sin su peso a la espalda. Pero cuando llego a las caballerizas y miro detrás de los ladrillos el sombrero ya no está, con las flores y todo lo demás.

MAUDE COLEMAN

Esperé en los escalones de hierro forjado que llevan de la puerta ventana al jardín. El aire olía a jazmín, a menta y a hierba humedecida por el rocío. Oía croar a las ranas en el estanque al fondo del jardín y, a través de la ventana de la cocina, a Jenny que sollozaba.

Nunca se me ha dado bien esperar; siempre me parece un desperdicio, y me siento culpable, como si debiera hacer otra cosa. Pero en aquel momento no podía hacer otra cosa; no había nada que hacer. La abuela, instalada en el cuarto de estar de las mañanas, tejía furiosamente, pero yo no quería ocuparme de esa manera. Me dediqué a mirar las estrellas, reconociendo las constelaciones: la Osa Mayor, el Cuervo, el Lobo.

Las campanas de la iglesia cercana dieron las doce de la noche.

Papá apareció, se quedó bajo el dintel de la puerta ventana, que estaba abierta, y encendió un cigarrillo. No lo miré.

—Una noche muy clara —dijo.

—Sí.

—Es una lástima que no podamos instalar el telescopio en el jardín; quizá viésemos incluso las lunas de Júpiter. Pero, por supuesto, no estaría bien, ¿verdad?

No le contesté, aunque a mí se me había ocurrido lo mismo.

—Siento haberte gritado cuando has llegado a casa, Maude. Estaba muy disgustado.

—No tiene importancia.

—Tenía miedo de haberte perdido también a ti.

Me removí sobre el metal frío.

—No digas eso, papá.

Tosió.

—No, tienes razón.

Luego oímos el grito, largo y muy agudo, que venía de la casa de los Waterhouse. Me estremecí.

—Dios santo, ¿qué ha sido eso? —preguntó papá.

Moví la cabeza. No le había contado la desaparición de Ivy May.

Alguien carraspeó dentro de casa. El médico había bajado a por nosotros. Ahora que la espera había terminado no quería moverme de los escalones. No quería ver a mi madre. Llevaba toda la vida esperándola y ahora prefería seguir esperándola siempre, si era ésa la única alternativa.

Papá tiró el cigarrillo al jardín y se volvió para seguir al médico. Oí el chisporroteo de la colilla sobre la hierba húmeda. Cuando cesó, también entré en casa.

Mamá estaba tumbada muy quieta, pálida, los ojos abiertos y con un brillo anormal. Me senté a su lado y me miró con fijeza. Supe que estaba esperando a que hablara yo.

No tenía la menor idea sobre qué decir o hacer. Lavinia y yo, en nuestros momentos histriónicos, habíamos ensayado escenas así muchas veces, pero nada de todo eso tenía sentido cuando estaba de verdad con mamá. Parecía tonto decir algo melodramático; y ridículo, en cambio, algo intrascendente.

Al final, sin embargo, recurrí a lo intrascendente.

—El jardín huele bien hoy. Sobre todo los jazmines.

Mamá asintió.

—Siempre me ha gustado el olor a jazmín en las noches de verano —dijo. Luego cerró los ojos.

¿Íbamos a hablar sólo de los jazmines? Daba esa impresión. Le apreté la mano y le miré la cara con mucha fijeza, como si hacerlo pudiera ayudarme a recordarla mejor. No me sentía con fuerzas para decirle adiós.

El médico me tocó en el hombro.

—Será mejor que salga, señorita.

Solté la mano de mamá, bajé y volví a salir al jardín, vadeando por la hierba húmeda hasta la cerca de atrás. La escalera aún seguía allí, aunque Lavinia y yo no la utilizábamos ya con tanta frecuencia. Subí a lo alto del muro. La escalera de los Waterhouse no estaba puesta. Me mantuve un momento en equilibrio y luego salté, cayendo sobre la hierba húmeda y manchándome el vestido. Cuando recobré el aliento, recorrí el jardín hasta la puerta ventana que llevaba directamente al salón de los Waterhouse.

La familia entera formaba un semicírculo, casi como si los hubiera colocado un pintor. Ivy May estaba tumbada en la chaise longue, el cabello extendido alrededor de la cara, los ojos cerrados. Lavinia se había tumbado a los pies de su hermana, con la cabeza en el borde de la chaise longue. La señora Waterhouse, sentada en un sillón, cerca de la cabeza de Ivy May, sostenía la mano de su hija pequeña. El señor Waterhouse, apoyado en la repisa de la chimenea, se tapaba los ojos con una mano. Simon, cerca de la puerta, agachaba la cabeza.

Supe, sólo con mirarlos, reunidos, pero tan aislados en su dolor, que Ivy May estaba muerta.

Sentí como si se me hubiera vaciado el corazón y ahora, además, el estómago.

Cuando entré todos me miraron. Lavinia se puso en pie de un salto y se me echó en los brazos, llorando. Miré a la señora Waterhouse por encima de su hombro. Era como si me viera a mí misma reflejada en su cara. Tenía los ojos secos y la expresión de alguien que ha recibido un golpe del que nunca se repondrá.

Precisamente por eso hablé dirigiéndome a ella:

—Mi madre ha muerto.

KITTY COLEMAN

Toda su vida Maude ha sido una presencia a mi lado, estuviera o no de verdad allí. La apartaba, pero ella seguía. Ahora me había agarrado a su mano y no quería soltarla. Ha sido ella quien se ha separado. Cuando finalmente lo ha hecho, he sabido que estaba sola y que había llegado el momento de marcharme.

SIMON FIELD

Al día siguiente el señor Jackson fue y le pegó un tiro en la cabeza al caballo blanco.

Más tarde, cuando estaba cavando con mi padre y con Joe, vino la policía y me llevó para interrogarme. Mi padre ni siquiera pareció sorprenderse. Sólo movió la cabeza y supe lo que estaba pensando; nunca debería haberme juntado con las chicas.

La policía me preguntó todo tipo de cosas sobre lo que hice aquel día: no sólo de cuando estuve buscando a Ivy May y la encontré, sino también sobre el caballo y Kitty Coleman y el señor Jackson. Me pareció que iban completamente descaminados y en muy mal plan, además. Era como si, para no complicarse la vida, estuvieran dispuestos a decir que era yo el asesino.

Cuando me pareció que estaban a punto de acusarme les dije:

—¿Quién sería lo bastante estúpido para hacerle eso a una chica y luego llevarla a casa de sus padres?

—Te sorprendería saber las cosas que hacen los criminales —dijo uno de ellos.

Me acordé del tipo alto con gafas al extremo de las caballerizas. Pero cuando llegó el momento de contar cómo había encontrado a Ivy May, no les hablé de él. Me habría facilitado las cosas hacerlo: les hubiera dado otro sospechoso a quien buscar.

Pero estaba seguro de que se había marchado hacía tiempo; aquellos incompetentes nunca lo encontrarían.

Aunque yo sí, algún día. Acabaría encontrándolo. Por Ivy May.

JOHN JACKSON

Dispuse las cosas para ver a la señorita Coleman en la sepultura familiar. Había pensado en la posibilidad de pedirle que fuera a Faraday, donde su madre y yo solíamos reunirnos. Pero era una idea tonta y sentimental, además de arriesgada; alguien podía hacer preguntas si nos veían solos en la sección de los disidentes, mientras que en el prado se podía pensar que hablábamos de cuestiones relacionadas con el cementerio.

Iba vestida de negro, con el pelo recogido bajo un sombrero negro de paja. Nunca la había visto con el pelo recogido: parecía varios años mayor. Ni siquiera se lo imagina, pero empieza a parecerse a Kitty.

—Gracias por venir, señorita Coleman —le dije cuando estuvimos uno al lado del otro junto a la sepultura—. Siento muchísimo la pérdida que ha sufrido. Ha sido un golpe terrible para todos nosotros. Pero ahora su madre está con Dios —parpadeé rápidamente con la mirada en el suelo. Con mucha frecuencia acompaño en el sentimiento a los parientes de los difuntos en el cementerio, pero en esta ocasión me percaté de lo inadecuado de las palabras que acababa de pronunciar.

—Mi madre no creía en el paraíso —dijo Maude—. Usted lo sabe.

Me pregunté qué querían decir aquellas tres últimas palabras. ¿Hasta qué punto estaba enterada de mi relación con su madre? Su actitud era tan cauta que resultaba imposible adivinarlo.

—Simon no me explicó por qué quería usted verme cuando me transmitió el mensaje —dijo—. Supongo que tiene que ver con el entierro de mi madre, aunque pensaba que mi padre ya lo había tratado con usted.

—Estuvo aquí ayer, es cierto. Había algo que quería tratar con él pero no llegamos a hablar de ello. He pensado que quizá podríamos hacerlo usted y yo.

Maude alzó las cejas pero guardó silencio.

No había ningún modo fácil de decirlo; ninguna expresión acuñada ni ningún eufemismo que suavizara el choque.

—Su madre me dijo que deseaba ser incinerada en lugar de enterrada.

Maude alzó los ojos hasta la urna de los Coleman, estudiándola como si no la hubiera visto nunca.

—Lo sé. Siempre temió que la enterrasen viva.

—En ese caso quizá pueda contárselo a su padre.

—¿Por qué no lo hizo usted ayer?

Tardé un momento en contestar.

—Su madre me lo dijo en privado; no lo puso por escrito ni se lo contó a su marido. No sería adecuado por mi parte intervenir.

Maude hizo una mueca.

—Papá sabe que quería ser incinerada. Solían discutir sobre ello. Mi padre considera que debemos atenernos a lo que dicta la sociedad sobre el destino de... los cuerpos.

—¿No accederá aunque sepa que era un deseo ferviente de su esposa?

—Hará lo que considere más adecuado —Maude hizo una pausa—. La había perdido y ahora que la ha recuperado querrá asegurarse de que la conserva.

—Lo que las personas hacen con sus muertos es de ordinario un reflejo suyo más que de los difuntos —dije—. ¿Cree que todas esas urnas y esos ángeles significan algo para los muertos? Se necesita un hombre muy desprendido para hacer exactamente lo que su esposa quiere sin que interfieran sus gustos y sus deseos, o los de la sociedad. Tenía la esperanza de que su padre fuera esa clase de hombre.

—Pero, a decir verdad, si todos esos monumentos no significan nada para los muertos, lo mismo sucede con cualquier otra cosa que hagamos por ellos —replicó Maude—. Si a ellos les da lo mismo, ¿no debemos hacer lo que sí es importante para nosotros? Somos los que quedamos, después de todo. He pensado con frecuencia que este sitio es en realidad para los vivos, no para los muertos. Proyectamos las sepulturas para que nos recuerden a los muertos y nuestra memoria de ellos.

—¿Le recordará la urna de su sepultura familiar a su madre, lo que era y lo que quería?

—No; no hay nada de mi madre ahí —reconoció Maude—. Si mi madre escogiera su propia tumba pondría una estatua de la señora Pankhurst y debajo de su nombre «Votos para las mujeres».

Negué con la cabeza.

—Si su madre eligiera su propia tumba no tendría ni estatuas ni palabras. Tan sólo flores silvestres.

Maude frunció el ceño.

—Pero mamá está muerta, ¿no es así? Muerta de verdad. No va a planear su sepultura.

Era una jovencita singular; pocas podrían decir lo que decía ella sin un estremecimiento.

—Y como está muerta —continuó—, le tendrá sin cuidado lo que pase con su cuerpo. No se la enterrará viva; lo sabemos. Pero a nosotros sí nos importa; sobre todo a mi padre, que nos representa a todos y debe decidir qué es lo mejor.

Me incliné y quité una araña de la sepultura de los Waterhouse. Sabía que no era justo exigirle nada; después de todo sólo tenía trece años y acababa de perder a su madre. Pero tenía que hacerlo por Kitty.

—Todo lo que le voy a pedir, señorita Coleman —dije, extremando la amabilidad—, es que le recuerde a su padre lo que usted sabe, lo que él sin duda sabe ya, de los deseos de su madre. Por supuesto le corresponde a él decidir después lo que se debe hacer.

Maude asintió y se volvió para marcharse.

—Maude —dije.

—¿Sí?

—Hay algo más.

Cerró los ojos un instante y luego me miró.

—Tu madre... —me detuve bruscamente. No se lo podía contar; sería una violación de mis deberes profesionales y podía perder mi puesto si decía algo. Pero quería advertirla de algún modo—. Sería muy conveniente que hablaras cuanto antes con tu padre.

—De acuerdo.

—Hay una razón de urgencia. Quizá más de lo que crees.

—Hablaré hoy con él —se dio la vuelta y caminó deprisa por el sendero que llevaba hacia la entrada.

Me quedé allí durante algún tiempo, contemplando la sepultura de los Coleman. Era difícil imaginar a Kitty enterrada allí. Aquella urna absurda me daba ganas de reír a carcajadas.

RICHARD COLEMAN

Vino a verme a mi estudio mientras repasaba unos documentos. Dejé de escribir.

—¿De qué se trata, Maude?

Respiró hondo; estaba muy nerviosa, evidentemente.

—Mamá me dijo en una ocasión que quería ser incinerada y que se esparcieran sus cenizas.

Me miré las manos. Tenía una mancha de tinta en un puño de la camisa.

—Tu madre dijo muchas cosas que no han llegado a suceder. En una ocasión dijo que quería cuatro hijos. ¿Ves alguna hermana o hermano a tu alrededor? A veces lo que pensamos y lo que hacemos no tiene por qué coincidir.

—Pero...

—Ya basta, Maude. No hay nada más que decir sobre ese asunto.

Maude se estremeció. Le había hablado de manera más cortante de lo que me proponía. En los últimos días me resulta difícil controlar el tono de voz.

—Lo siento, papá —susurró—. Sólo pensaba en mamá. No quería disgustarte.

—¡No me has disgustado! —apoyé la pluma con tanta fuerza sobre el papel que se agrietó.

La tiré sobre la mesa mientras se me escapaba una maldición.

Maude desapareció sin añadir una palabra más.

Cuanto antes pase esta semana, mejor.

LAVINIA WATERHOUSE

Compras realizadas en Jay's de Regent Street el 22 de junio de 1908:

1. 1 vestido negro de seda australiana para mí: para el funeral y los domingos; mi viejo vestido de merino es para usarlo a diario. Había otro vestido de seda todavía más bonito, con crespón alrededor del cuello, pero era demasiado caro.
2. 1 vestido negro para mamá de seda y estambre. Parece tan barato y brillante que traté de convencerla para comprar seda australiana, pero dijo que no teníamos dinero suficiente y que prefería que la llevase yo, puesto que para mí significa tanto. Es un amor de madre.
3. 1 enagua negra de algodón para mí, 2 pares de pololos con cordoncillo negro.
4. 1 sombrero negro de fieltro con velo para mí. Insistí en el velo: estoy horrible cuando he llorado y tendré

necesidad de bajarme el velo con frecuencia para ocultar la nariz y los ojos rojos. Mamá no se compró sombrero porque dijo que teñiría uno de sus gorros. Al final aceptó comprar unas plumas de avestruz para adornarlo.

5. 2 pares de guantes negros de algodón para las dos. Tienen 4 preciosos botones de azabache en el puño. Mamá había elegido unos muy sencillos sin botones, y no se dio cuenta cuando los cambié. También, para papá, un par de guantes, una cinta para el sombrero y un foulard.

6. 7 pañuelos con orla negra: 2 para mamá, 5 para mí. Yo quería muchos más, pero no ha sido posible. Mamá no ha llorado en absoluto, pero he insistido en que se compre alguno, por si acaso lo hace.

7. 200 cuartillas con orla negra de anchura media.

8. 100 recordatorios de encargo que dicen lo siguiente:

IVY MAY WATHERHOUSE
10 años
«Hermosa flor, pronto arrebatada,
Que embalsamará el reino de los cielos;
Serán miles los que deseen, en el día del Juicio,
Una vida tan breve como la mía.»

Elegí yo el epitafio, ya que a mamá le embargó la emoción en la tienda y tuvo que salir para tomar un poco el aire. El dependiente dijo que los versos estaban pensados para un bebé y no para alguien de la edad de Ivy May, pero me parece muy bonito, sobre todo la frase «Que embalsamará el reino de los cielos» e insistí en conservarlo.

Podría haberme pasado todo el día en Jay's; una tienda dedicada enteramente a la experiencia que estás viviendo resulta muy consoladora. Pero mamá se negó a seguir allí y llegó a perder la paciencia conmigo. No sé qué hacer con ella: está muy pálida, pobrecilla, y apenas dice una palabra, excepto para llevarme la contraria. Pasa la mayor parte del tiempo en su habitación, tumbada en la cama como si estuviera enferma. Raras veces se levanta para recibir a las visitas, de manera que me ha tocado a mí ocuparme de atenderlas: servir el té, pedir a Elizabeth que traiga más bizcocho y panecillos. Hoy han llegado tantos primos que se ha acabado todo y he tenido que mandar a Elizabeth a la panadería. Por mi parte no soy capaz de comer nada, excepto de cuando en cuando una rebanada de pan con pasas de Corinto, que el médico del Rey recomienda para reponer fuerzas.

He tratado de que mamá se interese por las cartas de pésame que hemos recibido, pero no parece que las lea. He tenido que contestarlas yo todas, porque me preocupa dejárselas y que sencillamente las olvide: no es admisible retrasar las respuestas.

La gente ha escrito las cosas más sorprendentes acerca de Ivy May: qué angelical era, una hija perfecta y un gran sostén para mamá, qué tragedia para nosotros y cuánto la echaremos de menos. Hasta el punto de que a veces tengo ganas de preguntar, al responder a sus cartas, si creen que soy yo quien se ha muerto. Pero me limito a firmar con mi nombre muy visible y claro, para que no haya duda.

Mamá me ha dicho durante el desayuno que no quiere que vuelva al colegio; que termine el trimestre estudiando en casa. (Menos mal, porque no estoy de humor para ir a clase. Probablemente lo estropearía todo llorando en los momentos más inadecuados.) Y que el trimestre que viene cambiaré de colegio para ir a Sainte Union en Highgate Road. El corazón me ha dado un salto, porque las chicas de allí tienen unos uniformes preciosos. Me ha sorprendido, desde luego, porque se trata de un colegio católico, pero quizá no debería sorprenderme: mamá pidió anoche al sacerdote de St. Joseph's en Highgate que viniera a verla. Papá no dijo una palabra. Si volver al catolicismo es un consuelo para ella, ¿qué objeción se le puede poner?

Papá ha estado muy ocupado con los preparativos, y eso es bueno, creo. Le he ayudado cuando he podido, ya que mamá es incapaz de hacer nada. Cuando el empresario de pompas fúnebres vino a vernos fui yo quien eligió el vestido que llevará Ivy May (el de algodón blanco con mangas abombadas que había sido mío) así como las flores (lirios) y el arreglo del pelo (rizos sueltos y una corona entretejida con rosas blancas). Papá respondió a las restantes preguntas sobre el féretro, los caballos y demás. También habló con la gente del cementerio, con el vicario y con la policía.

Papá vino además a casa con un detective ¡que quería interrogarme!, lo que me impresionó mucho. Estuvo bastante amable, pero me hizo tantas preguntas sobre aquella tarde espantosa en Hyde Park que empecé a confundirme sobre cuándo desapareció Ivy May exactamente. Me esforcé por ser valiente, pero mucho me temo que utilicé todos los pañuelos que acababa de comprar. Por suerte mamá estaba en el piso de arriba y no tuvo que oír los detalles. Papá tenía lágrimas en los ojos cuando terminé.

El policía me preguntó una y otra vez por los hombres que se mezclaron con la multitud. Preguntó incluso por Simon, ¡como si fuera sospechoso! En eso sí que lo saqué de su error. Y le hablé de los individuos que nos persiguieron a Maude y a mí en la manifestación y lo asustadas que estábamos.

No le dije nada del individuo que me puso la mano en el trasero. Sabía que debía hacerlo, que era precisamente lo que andaban buscando. Pero me avergonzaba tener que hablar de ello. Y no soportaba la idea de que aquel individuo se hubiera llevado a mi hermana. Hablarle de él al policía sería como admitir que fue así, efectivamente. Quería mantener a Ivy May a salvo de aquel individuo, aunque sólo fuera en mi cabeza.

Nadie ha hablado de lo que le hicieron a Ivy May. Pero me lo imagino. No soy idiota. Noté las señales que tenía en el cuello.

Estaba por la noche en la ventana cuando vi a Maude en la suya. Nos saludamos, pero resultó muy raro y al cabo de un momento me aparté. No nos permiten vernos, dado que se supone que no se hacen visitas cuando se está de luto. No creo, además, que ver a Maude ahora sea para mí un gran consuelo: no soy capaz de pensar en otra cosa que en su madre abandonándonos en medio de aquella enorme multitud y de la mano sudorosa de Ivy May escurriéndose de la mía.

Me senté en la cama y contemplé la de Ivy May, más pequeña, en el rincón. Nunca volveremos a tumbarnos en la cama por la noche para cuchichearnos historias; o, más bien, para contarlas yo y escucharlas ella. Ahora estoy completamente sola.

Me hacía tanto daño ver la otra cama que bajé en aquel mismo instante y le pedí a papá que la quitara de allí.

GERTRUDE WATERHOUSE

El peso de la culpa es tan tremendo que no consigo levantarme de la cama. Han venido el sacerdote y el médico, y ninguno de los dos consigue darme ánimos.

No les he dicho, ni tampoco a Albert, que fingí tener un esguince de tobillo. Mi marido, Dios lo bendiga, creyó que era verdad. Si no hubiera fingido, si hubiese llevado a mis hijas a la manifestación —o si me hubiera enfrentado de verdad con Livy y no le hubiera permitido ir—, Ivy May estaría ahora aquí conmigo.

He matado a mi hija con mi estupidez, y sin ella tampoco yo quiero vivir.

EDITH COLEMAN

Lo primero que hice fue despedir a esa doncella tan impertinente. Siento admitir que en una casa que estaba de luto hubiera algo que pudiese proporcionarme satisfacción, pero así fue. Por supuesto gimió y se retorció las manos, pero su histrionismo no tuvo efecto alguno sobre mí; en todo caso me convenció de que había hecho lo correcto, y que no debía esperar ni un minuto más.

Tuvo la desvergüenza de mencionar a Maude.

—¿Qué hará la pobre? —repetía entre lágrimas.

—Maude continuará como siempre. Yo me ocuparé de ella; he venido a quedarme y seguiré aquí todo el tiempo que se me necesite. Pero eso no es asunto suyo.

Jenny pareció afligirse mucho.

—La despedí hace dos años —le recordé—, por razones que sin duda no ha olvidado. Mi nuera no debió nunca volver a admitirla. Haga la maleta y váyase. Se le enviará el dinero que se le deba.

—¿Y qué hay de mis referencias?

Resoplé.

—¿Cree que voy a recomendar a una criatura como usted?

—Pero ¿cómo voy a colocarme de nuevo?

—Debería haber pensado en eso cuando se acostó con aquel hombre.

Salió corriendo de la habitación. Para sorpresa mía la señora Baker apareció pocos minutos después, y me pidió que no despidiera a Jenny.

—¿Por qué debería retener a una criada tan completamente falta de moral? —repliqué—. Créame, estará mucho mejor en casa, cuidando de su hijo, pobre criatura.

—Y qué le dará de comer, ¿aire?

—¿Cómo ha dicho?

—Olvídese del hijo de Jenny, señora —dijo la cocinera—. Le pido que no despida a Jenny por el bien de la señorita Maude. Esa pobre chica acaba de perder a su madre; me disgusta mucho verla perder además a las otras personas que conoce. Jenny ha estado aquí desde que la señorita Maude era un bebé. Para ella es como alguien de la familia.

—¡Esa desvergonzada no es parte de la familia de mi nieta! —estaba tan furiosa que me costó trabajo no levantar la voz—. ¡Cómo se atreve a compararla con los Coleman! Y Maude no la necesita: me tiene a mí —al perder a una madre, ha ganado una abuela, estuve a punto de decir, pero me lo pensé mejor.

De manera que se fue. Maude no dijo una palabra, aunque apareció en el vestíbulo, muy pálida, cuando Jenny salía.

Luego, por su bien y por el de Richard, tomé otra decisión. La mañana misma después de la muerte de Kitty empezaron a llegar las flores: complicadas coronas de lirios, flores de lis, acianos, rosas blancas, todas atadas con cintas violetas, verdes y blancas. Las tarjetas decían cosas como «A Nuestra Camarada Caída», «La Esperanza es Poderosa, en el Cielo como en la Tierra» y «Se Dio a la Causa». Y ese teléfono infernal sonaba tanto que llamé a un operario para que lo desconectara. Luego empezaron a presentarse las sufragistas y a preguntar por el funeral, hasta que hice que la chica que sustituyó a Jenny las despidiera. Era evidente que Kitty se estaba convirtiendo en una mártir. Me horrorizaba pensar en lo que sucedería si se presentaban en masa para el funeral: podían dar un golpe de mano y transformarlo en un mitin político. Nunca me perdonaría haber permitido que el apellido de James se viera arrastrado una vez más por el barro.

No dejaría que sucediera. Hablé con Richard de mi plan y accedió de inmediato. Después de eso no fue muy difícil arreglar las cosas a nuestro gusto; si bien se piensa, la discreción es primordial en el negocio de las pompas fúnebres.

JENNY WHITBY

Vino corriendo tras de mí cuando caminaba calle abajo con la maleta. Ya había dejado de llorar para entonces; pensar en lo que iba a ser de mí me asustaba demasiado hasta para llorar. No habló; sólo me echó los brazos al cuello y me abrazó con fuerza.

Maude no puede hacer nada: ¿una chica de trece años contra semejante abuela? Me siento fatal por faltar a la promesa que le hice a su mamá acerca de esa bruja, pero no tengo la menor influencia con alguien así: el ama debería haberlo sabido. Como tampoco puedo hacer nada para que los hombres no se enteren de su secreto. Eso queda ahora en las manos de Dios; o de la señorita Livy, más probablemente.

Nada de todo eso debería preocuparme ya: tengo mis propios problemas, como el de mantener a mi madre, a mi hijo y mantenerme yo sin sueldo ni referencias. No me queda tiempo para lágrimas. Llevo el resto de los cubiertos del ama en la maleta, pero eso no durará para siempre.

ALBERT WATERHOUSE

Estoy más bien avergonzado de mi hija. Sé que para ella, como para todos nosotros, son días difíciles; de hecho nos hemos preguntado si resistiría la presión. Pero quisiera que Livy y Maude no se hubieran dicho cosas tan terribles en público, y precisamente ante la tumba de Ivy May, mi pobre Ivy May, a la que no pude proteger de un miserable. Sólo me alegro de que a Trudy la estuviera consolando su hermana y no las oyera: le hubiera horrorizado oír que discutían sobre ella.

Al principio fue algo relacionado con el vestido de Maude. No soy juez de cosas así, pero llevaba un vestido de seda bastante elegante que Livy sin duda envidiaba. Mi hija dijo algo en el sentido de que era ostentoso para una chica de trece años.

Maude replicó entonces:

—Lavinia, no eres capaz de deletrear la palabra y menos aún entender lo que significa. Los vestidos de luto, por definición, no son ostentosos.

Me quedé un tanto sorprendido, porque Maude es, de ordinario, la amabilidad personificada. Pero, por otra parte, acababa de perder a su madre. Livy se escandalizó y se enfureció, siento decirlo.

—Sé lo suficiente para estar enterada de que no se debe llevar un sombrero de paja con ese vestido —dijo—. Ni recogerse el pelo bajo un sombrero así; resulta ridículo. Y se te está cayendo por detrás. No es lo bastante espeso para peinarlo como el mío.

—Quizá olvidas que no tengo una madre a quien pedir consejo —dijo Maude—. Ni una hermana, y ahora ni siquiera una doncella.

—¡Tampoco yo tengo una hermana! ¿Lo has olvidado?

Maude pareció avergonzarse de su error y si Livy le hubiera permitido disculparse, la discusión habría quedado en nada. Pero, por supuesto, mi hija tenía que insistir.

—Sólo piensas en ti misma. ¿Se te ha ocurrido pensar en mi pobre mamá, que ha perdido una hija? ¿Hay algo peor que eso?

—Perder a una madre, quizá —dijo Maude en voz muy baja.

Aquellas comparaciones eran tan odiosas que acabé por intervenir, lamentando no haberlo hecho antes. (A menudo lo hago cuando ya es demasiado tarde.)

—Livy, ¿no querrías acompañar a tu madre hasta el coche? —le pregunté, al mismo tiempo que dirigía a Maude lo que espero que fuera una mirada de simpatía.

—Papá, cuántas veces tengo que recordártelo... Me llamo Lavinia —mi hija le volvió la espalda a su amiga y se dirigió hacia donde estaba su madre. Me disponía a decir algo (el qué, no lo sé), pero antes de que pudiera hacerlo, Maude se escabulló y echó a correr hacia el interior del cementerio.

Aquella misma noche, como no podía dormir, bajé con mi vela a consultar el *Cassell's* y *La Reina*. Nunca había recurrido antes a manuales para mujeres: gracias a Dios tengo que ocuparme muy poco de cosas relacionadas con el hogar. Pero acabé por encontrar lo que buscaba: ambos manuales dicen que un hijo lleva luto por un progenitor y éste por su vástago durante el mismo periodo de tiempo: un año.

Dejé los dos libros abiertos por la página correspondiente encima de la mesa, pero cuando bajé a la mañana siguiente habían sido retirados.

MAUDE COLEMAN

No podía dejar de temblar. Nunca he estado tan furiosa.

Lo que peor me pareció fueron las cosas espantosas que también dije yo. Lavinia hizo salir lo peor que hay en mí, y es mucho más difícil vivir con eso que con sus comentarios. He aprendido a dar por sentado que dice cosas tontas y ridículas, y de ordinario conseguía no rebajarme a su nivel, hasta ahora.

Me quedé durante mucho tiempo sentada junto al ángel dormido. No había sabido hacia dónde corría hasta que acabé allí. Y allí me encontró. Imagino que sabía que estaba. Se sentó en el extremo de la lápida de mármol pero ni me miró ni dijo nada. Es su manera de comportarse.

Levanté los ojos a un cielo azul y muy brillante. Un día escandalosamente soleado para un funeral, como si Dios se estuviera burlando de todos nosotros.

—Lavinia es odiosa —dije, dando un manotazo a una hierba que estaba creciendo en la base del pedestal del ángel.

Simon lanzó un gruñido.

—Suena como algo que diría Livy.

Tenía razón.

—Pero tú no eres Livy —añadió.

Me encogí de hombros.

—Escucha, Maude —dijo; luego se calló.

—¿De qué se trata?

Simon golpeó el mármol con un dedo.

—Estamos cavando la fosa de tu mamá.

—Oh —no se me ocurrió nada más que decir.

—Tratándose de suelo arenoso es demasiado pronto para un funeral que se va a celebrar pasado mañana. Deberíamos cavarla mañana por la tarde. De lo contrario se podría hundir, por mantenerla abierta un día de más. Ya es bastante peligrosa sin necesidad de eso. Apuntalarla no siempre basta en el caso de la arena. Y con la tumba de Ivy May al lado. No me gusta cavar al mismo tiempo dos tumbas tan cerca la una de la otra; la tierra no se mantiene tan bien por ese lado. Pero no se puede hacer otra cosa, ¿no es cierto?

—¿Quién os dijo que preparaseis la tumba de mamá hoy en lugar de mañana?

—El jefe. Nos lo ha dicho esta mañana. Mi padre trató de protestar, pero insistió en que empezásemos tan pronto como terminara la ceremonia de Ivy May. Dijo que él se responsabilizaba de las consecuencias.

Esperé a que continuara. Le notaba en la cara que había algo más que terminaría por contarme, paso a paso y a su debido tiempo.

—De manera que he estado mirando un poco por ahí. No he visto nada en el plan de trabajo de la oficina. Luego me enteré de que han reservado la capilla del cementerio para mañana por la mañana. Sé, sin embargo, que los ataúdes de las demás sepulturas preparadas para mañana vienen de fuera. Nadie dice para qué han reservado la capilla.

Negué con la cabeza.

—El funeral por mamá es en St. Anne el viernes por la tarde. Me lo dijo papá.

—Luego uno de los pajes del funeral de Ivy May me acaba de decir que tienen un funeral, aquí, en la capilla, mañana —continuó Simon como si yo no hubiera hablado—. Tiene que ser el de tu mamá. La suya es la única sepultura preparada sin nada que meter dentro.

Me levanté; me hacía daño oírle hablar sobre mamá de aquella manera, pero no quería que notara lo mucho que sus palabras me afectaban.

—Gracias por contármelo —dije—. Trataré de averiguar por papá si han hecho algún cambio.

Simon asintió con la cabeza.

—Pensé que querrías saberlo —dijo un poco incómodo.

Me pregunté si Simon sabía que el señor Jackson me había hablado de incineración; parecía estar al tanto de todo lo que pasaba. Pero si lo sabía no me lo dijo. Ante la tumba de Ivy May el señor Jackson me había mirado a los ojos y respondí a su pregunta tácita con un movimiento de cabeza. De todos modos, debía de haberse imaginado ya para entonces que papá había dicho no; de lo contrario le habríamos avisado.

De manera que le pregunté otra cosa; algo que estaba segura de que sí sabía.

—¿Qué le sucedió a Ivy May aquel día? —dije, mirándole directamente a los ojos—. Nadie me lo quiere contar.

Simon cambió de postura sobre la lápida. Durante mucho tiempo no dijo nada y me pregunté si tendría que repetir la pregunta. Luego se aclaró la garganta.

—Alguien la estranguló.

Su respuesta fue tan descarnada que se me hizo un nudo en la garganta.

—¿Un hombre? —conseguí decir.

Simon asintió con un gesto y comprendí por su expresión que no debía pedir más precisiones.

Seguimos allí un momento sin hablar.

—Siento mucho lo de tu mamá —dijo Simon de repente. Luego se inclinó y me besó deprisa en la mejilla; después se levantó de un salto y desapareció.

De nuevo en casa me tropecé con la abuela en el vestíbulo, examinando un ramo de flores recién llegado: lirios sujetos con cintas de color verde, blanco, violeta y negro.

—¡Sufragistas! —murmuraba—. Menos mal que... —se detuvo al verme—. ¿De vuelta de la comida?

—Todavía no he ido a casa de los Waterhouse —confesé.

—¿No? Pues ve ahora mismo. Dales el pésame. La madre de esa pobre niña está deshecha. Una muerte tan espantosa. Espero que capturen al hombre que... —se detuvo de nuevo.

—Iré —mentí—. Pero... antes necesito hablar un momento con la señora Baker —corrí escaleras abajo para no tener que explicarle por qué no iba a la comida del funeral. Sencillamente no soportaba ver el rostro muerto de la señora Waterhouse. No podía imaginarme qué se siente al perder a una hija y además de una manera tan espantosa y tan misteriosa. Sólo podía compararlo con mis sentimientos al perder a mi madre: un vacío doloroso y el sentimiento de la precariedad de la vida ahora que una de las cosas que daba por sentadas había desaparecido. Mamá podía haber estado ausente o distante durante los últimos años, pero al menos estaba viva. Era como si me hubiera estado protegiendo de un fuego: al desaparecer de repente sentía en la cara las llamas que me quemaban.

Para la señora Waterhouse, sin embargo, debe de tratarse sencillamente de un sentimiento de horror que no sabría empezar a describir.

¿Una cosa era peor que otra, como Lavinia parecía sugerir? No lo sabía. Pero sí que me era imposible ver la mirada muerta de su madre sin sentir cómo dentro de mí se abría un abismo.

En lugar de ir a la comida de funerales de los Waterhouse bajé a preguntarle a la señora Baker por la nuestra. Dado que la estaba preparando, ella, mejor que nadie, sabría si se había producido un cambio de planes.

Nuestra cocinera movía una olla de gelatina colocada sobre el fuego.

—¿Qué tal, señorita Maude? —dijo—. Debería alimentarse..., no ha tocado la comida en estos últimos días.

—No tengo hambre. Quería..., quería preguntarle si todo estará listo para el viernes. La abuela quiere que se lo confirme.

La señora Baker me miró de una manera curiosa.

—Por supuesto que sí —se volvió de nuevo hacia la olla—. He hablado con su abuela hace poco. Nada ha cambiado en dos horas. La gelatina de vaca cuajará por la noche, el jamón lo traerán esta tarde. Todo estará listo al acabar el día. La señora Coleman quería que todo estuviera preparado para que mañana pueda ayudarla con otras cosas... No está contenta con las asistentas. Espero que no cuente conmigo para hacer cualquier cosa. No trabajaré de rodillas bajo ningún pretexto —fulminó a la olla con una mirada. Yo sabía que echaba de menos a Jenny, aunque no lo diría nunca.

Nuestra cocinera seguía pensando que el funeral iba a ser el viernes. Si papá había cambiado la fecha, nadie lo sabía excepto él y probablemente la abuela. No me sentía capaz de preguntarles a ninguno de los dos y sabía que no me lo dirían de todos modos.

Cuando bajé a desayunar a la mañana siguiente tanto papá como la abuela estaban sentados a la mesa con su mejor ropa de luto, y no habían probado el café que tenían delante. Su expresión era peculiar, pero se limitaron a decir «Buenos días, Maude», mientras me sentaba delante de un cuenco de gachas muy espesas. Traté de comer pero no conseguía tragar, de manera que me limité a darles vueltas con la cuchara.

Sonó la puerta de la calle. Papá y la abuela dieron un salto.

—Abriré yo —le dijo la abuela a la asistenta, que merodeaba junto al aparador. Miré a papá con el ceño fruncido, pero hacía esfuerzos para no verme; mantenía los ojos en el periódico, aunque no creo que lo leyera de verdad.

Oí hablar en voz baja en el vestíbulo y luego pasos que resonaban en la escalera, además de crujidos. Pronto los pasos sonaron encima de nosotros, en el cuarto de mamá, y entonces supe que Simon estaba en lo cierto.

—¿Por qué has hecho esto, papá?

Insistió en no mirarme.

—Termina tus gachas, Maude.

—No tengo hambre. ¿Por qué habéis cambiado el día del funeral?

—Ve a ponerte el vestido nuevo, Maude —la abuela hablaba desde el umbral.

No me moví de la silla.

—Quiero saber por qué has hecho esto. Tengo derecho a saberlo.

—¡No tienes derecho a nada! —rugió mi padre, golpeando la mesa con la mano de manera que se derramó café de las dos tazas—. Que no te vuelva a oír decir eso nunca. ¡Eres mi hija y harás lo que yo diga! ¡Y ahora ve a cambiarte!

No me moví de la silla.

Papá me fulminó con la mirada.

—¿Es que no tengo autoridad en mi propia casa? ¿Es que nadie me obedece? ¿Su influencia llega tan lejos que mi propia hija no hace lo que le digo?

No me moví de la silla.

Papá alargó la mano y tiró al suelo el cuenco de las gachas, que se rompió a los pies de la aterrada asistenta.

—Richard —le llamó la atención la abuela. Luego se volvió hacia mí, las arrugas de su rostro más pronunciadas que de ordinario, como si no hubiera dormido bien—. El funeral de tu madre va a ser hoy. Hemos considerado mejor una ceremonia privada para que no se la apropien personas inadecuadas. Ahora ve a tu cuarto y vístete. Deprisa, mientras hablo un momento con la señora Baker. El coche estará aquí enseguida.

—No he querido que lo secuestren las sufragistas —dijo papá de repente—. Viste lo que sucedió cuando salió de la cárcel: lo convirtieron en una victoria. Que me aspen si voy a dejar que la conviertan en mártir. Camarada caída, la llaman. ¡Que se vayan al infierno! —se recostó en la silla con una expresión tal de dolor que casi podría haberle perdonado su comportamiento.

Me di cuenta de que no había nada que pudiera hacer, de manera que subí corriendo al piso alto. Al pasar junto al dormitorio de mamá —que había evitado toda la semana, dejando que la abuela se encargase de cualquier cosa que hubiera que hacer allí— oí martillazos. Estaban cerrando el ataúd.

En mi cuarto me vestí deprisa. Entonces se me ocurrió de pronto que había una cosa que sí podía hacer. Busqué papel y lápiz y garrapateé una nota, parándome un momento para recordar la dirección que tantas veces había visto impresa en la sección de cartas del periódico local. Luego, agarrando sombrero y guantes, bajé a la carrera las escaleras, y dejé atrás en el vestíbulo los rostros sorprendidos de papá y de la abuela para continuar hasta la cocina.

La señora Baker estaba junto a la mesa, cruzada de brazos, mirando con ferocidad todos los alimentos que la ocupaban, con un enorme jamón recubierto de gelatina en el centro.

—Señora Baker —susurré—, si sentía usted afecto por mi madre, por favor, encuentre alguien que lleve esto de inmediato. Lo más deprisa que pueda, porque de lo contrario será demasiado tarde.

Lanzó una ojeada a la dirección y luego, sin una palabra, se llegó a la puerta trasera y la abrió decidida. Cuando me disponía a subir al coche con papá y la abuela la vi detener a un chico en la calle y darle la nota. No sé qué le dijo, pero le hizo correr como si tratara de cazar una gorra que se le hubiera llevado el viento.

Llovía a cántaros. El encargado de las pompas fúnebres había extendido paja delante de nuestra casa para amortiguar el ruido de los cascos de los caballos, pero no era necesario: la lluvia ahogaba los sonidos de todos modos. Unos pocos vecinos habían visto los coches fúnebres y estaban en las puertas de sus casas, pero la mayoría no esperaban tener que hacerlo hasta el día siguiente.

Nadie habló en el coche. Contemplé por la ventanilla las casas que dejábamos atrás, y luego la larga valla de ladrillos y hierro que separaba las tumbas de la calle. Delante de nosotros, el coche que llevaba el féretro, paredes laterales de cristal, era acribillado por la lluvia. A todo lo largo del camino la gente se quitaba un momento el sombrero al vernos pasar.

En el cementerio, el señor Jackson se acercó al coche con un gran paraguas y ayudó a bajar primero a la abuela y después a mí. Me hizo una breve inclinación de cabeza y conseguí devolvérsela. Luego nos condujo desde la puerta hasta la entrada de la capilla, donde nos estaba esperando la tía Sarah. Es doce años mayor que mamá y vive en Lincolnshire. Nunca fueron íntimas. Apenas me rozó la mejilla con un beso y estrechó la mano de papá. Luego entramos en la capilla para la ceremonia.

Me senté en el primer banco entre papá y la tía Sarah, con la abuela al lado de papá. Al principio sólo estábamos los cuatro y el párroco de St. Anne, que celebraba el funeral. Pero cuando empezamos el primer himno, oí voces detrás de mí que se incorporaban para cantar «Más cerca, mi Dios, de Ti» y, al volverme, vi de pie, atrás, al señor Jackson y a Simon.

Precisamente cuando terminábamos el segundo, «Quédate a mi lado» (himno que, por supuesto, mamá detestaba), la puerta se abrió ruidosamente. Caroline Black apareció en el umbral, agitada la respiración, el sombrero torcido y el pelo cayéndosele. Papá se puso rígido. «Maldita sea», murmuró. Caroline Black se sentó a mitad del pasillo y me buscó con la mirada. Le respondí con una inclinación de cabeza. Al volverme otra vez al frente, sentí la furia de papá a mi lado, de manera que sonreí un poco y alcé la barbilla, como hacía mamá cuando adoptaba una actitud desafiante.

Maldito tú, pensé. Te lo tienes merecido.

Cuando acabó todo, después de llevar el ataúd al cementerio y de colocarlo en la fosa con la gigantesca urna alzándose sobre ella; después de que Simon y su padre empezaran a llenarla a buen ritmo mientras llovía a cántaros; después de que me apartara de mi madre para iniciar el viaje de vuelta a casa, Caroline Black extendió el brazo y me cogió de la mano. Fue sólo entonces cuando por fin empecé a llorar.

DOROTHY BAKER

El despilfarro de toda aquella comida fue un crimen. Ni siquiera se disculpó; se limitó a decir que había habido un cambio de planes y que sólo serían cuatro personas para la comida del funeral. ¡Y allí estaba yo, cocinando para cincuenta!

Casi me despedí allí y entonces, si no hubiera sido por la señorita Maude. En una semana ha perdido a su mamá y a Jenny; y también a su mejor amiga, por lo que dice la asistenta de los Waterhouse. No necesita que me vaya yo además.

SIMON FIELD

Lo que sucede hoy no se lo contaré nunca a Maude. Probablemente no se lo contaré a nadie.

Después del funeral de Kitty Coleman, mi padre, Joe y yo empezamos a llenar la fosa. La tierra es arenosa, lo que hace difícil echar mucha cantidad de una vez, incluso con la lluvia. Siempre es más difícil cavar en el prado, en la arena. La arcilla hay que cortarla más con la laya, pero se mantiene junta, de manera que se maneja con más facilidad que la arena.

Hemos tenido muchísimo cuidado con esta sepultura, dado que está tan cerca de la de Ivy May. Más de tres metros de hondo, de manera que Maude y su papá y su abuela quepan cuando les llegue la hora. La hemos apuntalado más de lo corriente y nos hemos asegurado de que las tablas estaban todo lo ajustadas que es posible cuando se trata de arena. La arena puede ser una asesina si no se la maneja bien.

Llevamos echando paletadas algún tiempo y la fosa está llena a medias. Llueve con furia y estamos empapados. Luego a mi padre se le cae dentro la gorra.

—Bajo yo —le digo.

—Nada de eso, hijo; la recojo yo —responde, y salta dentro como si fuera otra vez un muchacho. Aterriza directamente encima de la gorra y empieza a reírse—. En el blanco —dice—. Me debes una cerveza.

—¿Dónde la va a conseguir? —me río—. Tendrá que caminar mucho.

El único bar de los alrededores que admite a sepultureros es The Duke of St. Albans al fondo de Swain's Lane, y ya no quieren saber nada de mi padre porque se emborrachó tanto que intentó besar a la dueña y luego destrozó una silla.

En ese momento se oye un crujido y el apuntalamiento por el lado de la tumba de Ivy May revienta. Eso sucede cuando la tierra de alrededor de una sepultura se corre. Antes de que mi padre pueda hacer nada, excepto evitar los trozos de madera que vuelan, ese lado de la fosa se viene abajo.

Debe de suceder deprisa, pero no lo parece. Parece que tengo muchísimo tiempo para ver a mi padre levantar la vista como si acabara de oír un trueno y esperase a ver el relámpago que lo sigue.

—Oh —creo que le oigo decir.

Luego la tierra le llueve encima, amontonándose a su alrededor hasta la cintura. Parece haber una pequeña pausa, pero no puede ser mucho tiempo, porque Joe y yo no nos hemos movido todavía, no hemos dicho una palabra, ni siquiera hemos respirado.

Mi padre me mira un segundo a los ojos y parece sonreírme. Luego cae un montón de tierra que lo derriba.

—¡Hombre dentro! —grito lo más fuerte que puedo a través de la lluvia—. ¡Hombre dentro! —son palabras que a nadie le gusta oír en el cementerio.

La tierra se sigue moviendo como si estuviera viva, pero ya no veo a mi padre. Se diría que nunca ha estado dentro. Joe y yo nos asomamos, pero tratamos de evitar nuevas caídas de tierra. Tres cuartas partes del agujero ya están llenas. Necesitamos una escalera de mano o un madero grande para cruzarlo sobre la fosa, y tener así algo estable desde donde trabajar, pero no hay nada parecido por los alrededores. Teníamos una escalera pero alguien se la ha llevado.

No se puede esperar mucho tiempo cuando una persona queda enterrada. Morirá en pocos minutos si no tiene aire. Salto dentro del agujero, aunque se supone que no debo hacerlo, y caigo sobre el barro a cuatro patas, como un gato. Miro y miro y por fin veo lo que mi padre me ha enseñado que hay que buscar. Uno de sus dedos sobresale de la tierra, sólo la punta, y se mueve. Se acordó de alzar el brazo. Con las manos empiezo a retirar el barro alrededor del dedo. No me atrevo a usar una pala. Escarbo con tanta fuerza que la arena se me mete bajo las uñas y duele de verdad.

—Aguante, padre —digo mientras escarbo—. Lo vamos a sacar. Le veo los dedos. Vamos a sacarlo.

No sé si me oye, pero quizá haga que se sienta mejor.

Escarbo y escarbo, tratando de encontrarle la cara, con la esperanza de que se la haya protegido con la otra mano. No hay tiempo, ni siquiera para alzar la vista. Si lo hiciera, sé que vería a Joe en el borde de la fosa, mirándome, las manos en los costados. Es un grandullón y capaz de cavar durante muchas horas sin parar, pero no le da por pensar. No hace trabajos delicados. Está mejor allí arriba.

—Joe, ponte a contar —le digo mientras sigo retirando la tierra—. Empieza con diez y no dejes de contar —calculo que llevo diez segundos cavando.

—Diez —dice Joe—. Once. Doce.

Si llega hasta doscientos y no he encontrado la cara de mi padre será demasiado tarde.

—Treinta y dos.

—Sesenta y cinco.

—Ciento veintiuno.

Siento algo por encima y miro. Es una escalera, cruzada sobre la fosa. Si cae más tierra dentro puedo agarrarme a uno de los travesaños para que no me cubra. Luego alguien salta a mi lado. Es el señor Jackson. Extiende los brazos y abarca el montón de tierra que he estado apartando. No creía que fuese tan fuerte, pero lo retira de una vez para que yo tenga más espacio. Hace exactamente lo que necesito que haga sin tener que decírselo.

—Ciento setenta y ocho.

Toco algo con los dedos. Es la otra mano de mi padre. Escarbo alrededor y encuentro la cabeza; sigo y le levanto la mano para que queden libres la boca y la nariz. Tiene los ojos cerrados y está blanco. Acerco el oído a la nariz, pero no noto una respiración que me cosquillee.

Enseguida el señor Jackson me aparta y pone la boca sobre la de mi padre como si lo estuviera besando. Respira varias veces, y veo que el pecho de mi padre sube y baja. Miro hacia arriba. Alrededor de la fosa, todos silenciosos e inmóviles, hay un círculo de espectadores: otros sepultureros, jardineros, marmolistas, incluso los chicos que se ocupan del estiércol. La voz se ha corrido deprisa y han venido a la carrera. Todos se han quitado la gorra, aunque continúa lloviendo a cántaros, miran y esperan.

Joe sigue contando.

—Dos veintiséis, dos veintisiete, dos veintiocho.

—Puedes dejar de contar, Joe —digo, limpiándome la cara—. Respira.

Joe se calla. Los demás se mueven, cambian el peso de pie, tosen, hablan en voz baja; todo lo que no han hecho mientras esperaban. A algunos de ellos no les gusta el amor de mi padre por la ginebra, pero tampoco quieren ver a nadie atrapado en una fosa.

—Pásanos una pala, Joe —dice el señor Jackson—. Todavía nos queda mucho trabajo por hacer.

Nunca he estado dentro de una sepultura con el señor Jackson. No tiene tanta práctica con una pala como yo u otros sepultureros, pero insiste en quedarse conmigo hasta que sacamos a mi padre. Y no les dice a los demás que vuelvan al trabajo. Sabe que quieren ver lo que está pasando hasta el final.

Me gusta trabajar a su lado codo con codo.

Nos lleva mucho tiempo destapar a mi padre. Tenemos que cavar con cuidado para no hacerle daño. Durante un tiempo sigue con los ojos cerrados como si estuviera dormido, pero finalmente los abre. Mientras trabajo, para que no se asuste, empiezo a hablar con él.

—Sólo estamos cavando para sacarle, padre —digo—. Saltaron los puntales con usted en el hoyo. Pero se cubrió la cara como me enseñó a hacerlo, y está perfectamente. Lo sacaremos en un santiamén.

No dice nada; sólo sigue mirando al cielo, con la lluvia cayéndole con fuerza por toda la cara. No parece notarlo. Empiezo a tener una mala sensación sobre la que no digo nada porque no quiero asustar a nadie.

—Mire —insisto, tratando de lograr que diga algo—. Mire, es el señor Jackson quien está cavando. Apuesto a que nunca pensó que vería al jefe cavando para usted, ¿eh?

Sigue sin hablar. Le vuelve el color a la cara pero todavía le falta algo en los ojos.

—Me parece que le debo esa cerveza, padre —digo, desesperado ya—. Creo que habrá mucha gente dispuesta hoy a pagarle una cerveza. Apuesto a que le dejarán entrar otra vez en The Duke of St. Albans. Es posible incluso que la patrona le permita besarla.

—Déjalo estar, chaval —dice el señor Jackson muy amablemente—. Acaba de pasar una prueba muy dura. Quizá tarde algún tiempo en recuperarse.

Después trabajamos sin hablar. Cuando por fin lo dejamos por completo al descubierto, el señor Jackson comprueba que no tiene ningún hueso roto. Luego lo coge en brazos y se lo pasa a Joe, que lo pone en un carro que utilizan para transportar piedras, y dos hombres lo llevan colina abajo en dirección a la entrada. El señor Jackson y yo salimos de la fosa, los dos cubiertos de barro de la cabeza a los pies, y el señor Jackson se dispone a ir tras el carro. Me quedo allí sin saber qué hacer: la sepultura no está llena y ese trabajo nos corresponde a nosotros. Pero enseguida otros dos sepultureros se adelantan y cogen las palas. No dicen nada: junto con Joe empiezan a rellenar el resto de la tumba.

Sigo al señor Jackson y al carro sendero abajo. Cuando le alcanzo quiero decirle algo para darle las gracias, algo que nos relacione, de manera que yo no sea sólo otro sepulturero. Estaba a su lado ante la tumba de Kitty Coleman y quiero recordárselo. De manera que digo lo que sé acerca de ella y él, para que recuerde la relación entre nosotros y sepa lo agradecido que le estoy por salvar a mi padre.

—Siento lo del niño, señor Jackson —digo—. Apuesto a que ella lo sintió también. Nunca volvió a ser la misma después, ¿verdad que no?

Se vuelve y me mira con los ojos muy abiertos.

—¿Qué niño? —dice.

Entonces me doy cuenta de que no lo sabía. Pero es demasiado tarde para desdecirme. De manera que se lo cuento.

Mayo de 1910

LAVINIA WATERHOUSE

Lo primero que se me ocurrió cuando oí doblar las campanas fue que podían perturbar a mamá, dado lo delicado de su estado. Pero luego pensé que nunca ha sentido tanto afecto por este Rey como por su madre. Que haya muerto es, por supuesto, una noticia muy triste y lo siento mucho por la pobre Reina Alejandra, pero no es como cuando murió la Reina Victoria.

Abrí la ventana para asomarme. Tendría que haber estado lloviendo, o con niebla o algo parecido, pero me encontré con una hermosa mañana de mayo, soleada y tibia. El tiempo nunca hace lo que debiera.

Las campanas parecían sonar por todas partes. Su tañido era tan triste que hice la señal de la cruz. Luego me quedé helada. Al otro extremo del jardín también Maude había abierto la ventana y se asomaba, todavía en camisón. Me miraba y parecía sonreír. Casi me aparté de la ventana, pero hubiera parecido muy descortés dado que ya me había visto. De manera que me quedé donde estaba y me sentí bastante orgullosa de mí misma. Le hice una inclinación de cabeza y ella me respondió con otra igual.

Llevábamos casi dos años sin hablarnos: desde el funeral de Ivy May. Ha sido muy fácil evitarla. No vamos ya al mismo colegio y cuando nos cruzamos por la calle me limito a volver la cabeza y a fingir que no la veo. A veces, cuando he ido a visitar a Ivy May al cementerio y he visto a Maude en la tumba de su madre, me he escabullido y he dado un paseo para esperar a que terminara.

Sólo una vez nos encontramos cara a cara por la calle. Ahora hace algo más de un año. Yo iba con mamá y ella con su abuela, de manera que era imposible evitarla. La abuela de Maude se extendió muchísimo dando el pésame a mamá mientras Maude y yo nos mirábamos los zapatos sin intercambiar una sola palabra. Fue todo terriblemente incómodo. De todas formas conseguí mirarla de cuando en cuando y comprobé que llevaba el pelo recogido los días de diario y que ¡había empezado a ponerse corsé! Me escandalicé tanto que quise decir algo, pero, por supuesto, no podía. Después hice que mamá me llevara sin dilación a comprar uno.

Nunca le he contado con detalle a mamá mi pelea con Maude. Sabe que reñimos, pero no por qué; le avergonzaría enterarse de que fue en parte por ella. Sé que piensa que Maude y yo nos estamos comportando de la manera más tonta. Quizás. No se lo confesaría a Maude, pero es verdad que la echo de menos. No he encontrado a nadie en Sainte Union que, como amiga, se aproxime ni de lejos a Maude. De hecho las chicas de allí me han tratado muy mal y, si soy sincera, creo que el motivo es que soy mucho más bonita que ellas. Puede ser un castigo tener unas facciones como las mías; aunque bien mirado creo que lo prefiero.

Supongo que mi inclinación de cabeza significaba que había perdonado a Maude.

Bajé a desayunar, todavía con la bata, y con cara triste por la muerte del Rey. Mamá, sin embargo, parecía no advertir en absoluto las campanas. Está tan abultada que le cuesta trabajo sentarse a la mesa, de manera que comía tostadas con mermelada en la *chaise longue* mientras papá le leía el periódico. Incluso mientras escuchaba las noticias, mamá sonreía para sus adentros, con una mano descansando sobre el estómago.

—Qué noticias tan tristes —dije, depositando un beso en la cabeza de ambos.

—Hola, cariño —dijo mamá—. ¿Te gustaría sentir las patadas del bebé?

De verdad: no necesito más para salir corriendo. Está bien que mamá se alegre con el niño, sobre todo a su edad, y es bueno que sus mejillas hayan recobrado un poco de color. Pero parece haberse olvidado por completo de Ivy May.

Papá me sonrió, sin embargo, como si entendiera y por él me quedé y conseguí tomarme un cuenco de gachas, aunque no tenía ganas.

Cuando volví al piso de arriba para cambiarme, debatí durante mucho tiempo delante del armario qué me iba a poner. Sabía que debía vestirme de negro por el Rey, pero sólo ver los viejos andrajos de merino que colgaban allí casi hizo que me desmayara. Quizá si todavía tuviera la seda maravillosa de Jay's me la hubiera puesto, pero la quemé un año después de la muerte de Ivy May, puesto que no se debe conservar ropa de luto: podría tentar al destino y provocar que tengamos que utilizarla de nuevo.

Quería, además, ponerme el vestido azul, que tanto me gusta. Tiene un significado especial: me lo he puesto con la mayor frecuencia posible, sobre todo a medida que se acerca el parto de mamá, que ya es inminente. Quiero un hermano. Sé que es una tontería, pero pensé que vestirme de azul ayudaría. No quiero otra hermana: me dolería demasiado y me recordaría lo lamentablemente que le fallé a Ivy May. Solté su mano.

De manera que me pongo el vestido azul. Al menos es azul oscuro; lo bastante oscuro para que, desde lejos, se pueda tomar por negro.

Lo triste acerca de hoy no es sólo que haya muerto el Rey, sino que su madre ha desaparecido de verdad. Si fuese ella la que hubiera muerto me habría vestido de negro sin pensarlo dos veces. Últimamente empiezo a sentir que soy la única que todavía piensa en ella como un ejemplo para todos nosotros. Incluso mamá mira hacia adelante. Me estoy cansando de nadar contra corriente.

MAUDE COLEMAN

Me quedé en la cama mucho tiempo y traté de adivinar qué campana pertenecía a qué iglesia: St. Mary's Brookfield en la cima de una colina; St. Michael's y St. Joseph's en lo alto de la colina de Highgate; y nuestra iglesia, St. Anne's, abajo. Todas tañían sólo una campana grave, y aunque cada una tocaba con un tono algo distinto y también variaba un poco el ritmo, parecían sonar igual. No había oído nada semejante desde la muerte de la Reina Victoria, hace nueve años.

Saqué la cabeza por la ventana y vi a Lavinia haciendo la señal de la cruz en la suya. De ordinario cuando la entreveo fugazmente en algún sitio —en su jardín o en la calle— siento una sacudida por todo el cuerpo como si alguien me hubiera empujado por detrás. Pero ahora me sorprendió tanto que hiciera un gesto que antes le era tan ajeno que olvidé disgustarme. Debe de haber aprendido a santiguarse en Sainte Union. Me acordé de cómo, hace años, en el cementerio, le asustaba ir a la zona de los disidentes, donde están enterrados los católicos, y sonreí. Es gracioso cómo cambian las cosas.

Lavinia me vio entonces, vaciló un momento, y me hizo una inclinación de cabeza en reconocimiento por mi sonrisa. No era mi intención sonreírle, en realidad, pero una vez que me saludó me pareció que debía responderle.

Después nos apartamos de nuestras ventanas respectivas y fui a arreglarme, aunque con dudas sobre qué me pondría. El vestido negro de seda aún seguía allí, pero necesitaría algún arreglo, porque he ganado peso desde que dejé de usarlo y además ahora llevo corsé. Vestí de luto durante casi un año después de la muerte de mamá, y por vez primera entendí por qué se supone que debemos vestirnos de negro. No es sólo porque el color refleja la tristeza de quien se lo pone, sino porque, además, esa persona no tiene ganas de elegir qué ponerse. Durante muchísimo tiempo me despertaba por la mañana y sentía alivio al pensar que no tenía que decidir entre mi ropa: la decisión ya estaba tomada por mí. No tenía ganas de usar colores ni de preocuparme por mi aspecto. Sólo cuando noté que quería otra vez recurrir a los colores supe que estaba empezando a reponerme.

A veces me preguntaba cómo le iría a Lavinia con un periodo de luto tan largo por Ivy May: seis meses para una hermana, aunque imagino que debió de hacer lo mismo que su madre y se vistió de negro durante un año. Ahora me pregunté qué se pondría para el Rey.

Miré de nuevo mi guardarropa. Luego reparé en el vestido gris perla de mamá que estaba entre ellos y pensé que quizá me lo pudiera poner. Todavía me sorprende que su ropa me siente bien. A la abuela le parece mal que me los ponga, pero el derrame cerebral apenas le permite hablar, y he aprendido a hacer caso omiso de sus miradas desaprobadoras.

Imagino que piensa en parte en papá, y procuro no ponerme la ropa de mamá cuando está delante. Lo veía en aquel momento, fumando un cigarrillo en el jardín, algo que mamá le prohibió hacer, porque siempre tiraba las colillas en la hierba. Bajé las escaleras con el vestido gris y salí a la calle antes de que me viera.

En Swain's Lane los chicos que venden periódicos anunciaban a gritos la muerte del Rey, y algunas tiendas estaban decoradas ya con estandartes negros y morados. Nadie, sin embargo, pintaba los herrajes de negro, como se había hecho a raíz de la muerte de la Reina. Algunas personas iban vestidas de negro, pero otras no. Se paraban a hablar unos con otros del Rey, pero no en voz baja y con gesto serio como suelen hacerlo quienes asisten a un duelo, sino de manera jovial. Me acordé de que al morir la Reina todo se detuvo: nadie fue a trabajar, cerraron los colegios y también las tiendas. Nos quedamos sin pan y sin carbón. Ahora, sin embargo, tuve la sensación de que eso no sucedería: el panadero repartiría el pan, el lechero la leche y el carbonero el carbón. Era sábado, y si fuese a The Heath, los niños seguirían echando a volar sus cometas.

Me había propuesto devolver un libro de la biblioteca, pero cuando llegué estaba cerrada, con un pequeño cartel —pegado en la puerta— que anunciaba la muerte del Rey. Algunas personas todavía respetaban la tradición. Busqué con la vista la entrada del cementerio al otro lado de la calle y me acordé de la tira de banderas blancas de la biblioteca cayendo sobre el cortejo fúnebre, y del señor Jackson y de Caroline Black. Parecía como si hubiera pasado mucho tiempo y, sin embargo, aún tengo la sensación de que fue ayer cuando perdí a mamá.

No quería volver a casa, de manera que crucé la calle, entré en el cementerio y eché a andar hacia el interior. A mitad de la subida encontré al padre de Simon sentado en una tumba y recostado contra una cruz celta. Con una mano en cada rodilla, miraba a lo lejos como hacen los ancianos a la orilla del mar. Sus ojos reflejaban el azul del cielo, de manera que era difícil saber qué miraba. No estaba segura de que me hubiera visto, pero me detuve de todos modos.

—Hola.

Se le movieron los ojos, pero no tuve la sensación de que me mirase.

—Hola —dijo.

—Es una pena lo del Rey, ¿no cree? —dije, pensando en que debía darle conversación.

—Pena lo del Rey —repitió.

Hacía mucho que no lo había visto. Siempre que buscaba a Simon cuando estaba trabajando, su padre, en lugar de cavar con él, iba de camino en busca de una escalera o de una carretilla o de un trozo de cuerda. Una vez lo había visto apoyado contra una tumba, dormido, pero pensé que se reponía después de una borrachera nocturna.

—¿Sabe dónde está Simon? —pregunté.

—Dónde está Simon.

Le puse la mano en el hombro y le miré despacio a los ojos. Aunque estaban vueltos en mi dirección, no mostraban reconocimiento alguno. Era como si estuviera ciego, aunque pudiera ver. Algo no le funcionaba; estaba claro que no volvería a clavar una laya en la arcilla. Me pregunté qué le habría sucedido.

Hice presión en el hombro con la mano.

—No importa. Me alegro de verle.

—Me alegro de verle.

Las lágrimas me quemaron ojos y nariz mientras seguía adelante.

Traté de no acercarme a nuestra sepultura familiar y deambulé durante algún tiempo por el cementerio, contemplando cruces, columnas, urnas y ángeles, silenciosos y brillando bajo el sol. Pero, de algún modo, al final acabé allí.

Lavinia me estaba esperando. Al verla pensé que se había puesto un vestido negro, pero al acercarme comprobé que era azul, como el que tan escandalosamente llevaba mamá cuando murió la Reina Victoria. Eso me hizo sonreír, pero cuando Lavinia me preguntó por qué sonreía, me guardé muy mucho de explicarle el motivo verdadero.

SIMON FIELD

Están sentadas cada una en su sepultura, como solían hacer. Hace muchísimo tiempo que no las he visto juntas, aunque ninguna, cuando las he visto a solas, me ha querido explicar qué les pasaba. Les sucedieron demasiadas cosas en muy poco tiempo.

No me ven; me escondo bien.

Casi no parecen ellas; no están cogidas del brazo, ni se ríen como solían hacerlo. Se han sentado muy alejadas la una de la otra y hablan como personas mayores que se esfuerzan por mostrarse corteses. Oigo que Maude pregunta:

—¿Qué tal está tu madre?

Livy pone una cara muy rara.

—Mamá va a dar a luz cualquier día de éstos.

Maude se sorprende tanto que casi suelto la carcajada y me descubro.

—¡Eso es maravilloso! Pero creía..., creía que era demasiado mayor para tener hijos. Y..., después de Ivy May...

—Parece que no.

—¿Estás contenta?

—Por supuesto —dice Livy—. La vida sigue adelante, es inevitable.

—Sí.

Las dos miran a sus tumbas, a los nombres de Ivy May y Kitty Coleman.

—Y tu abuela, ¿qué tal está? —pregunta Livy.

—Sigue con nosotros. Tuvo un derrame cerebral hace unos meses y no puede hablar.

—¡Qué cosa tan terrible!

—No creas. Ahora es mucho más fácil convivir con ella.

Las dos ahogan una risita, como si Maude hubiera dicho una inconveniencia. Salgo de detrás de una tumba y restriego los pies sobre los guijarros del camino para que me oigan. Las dos se ponen en pie de un salto.

—Hola —dice Maude.

—¿Dónde estabas, descarado? —añade Livy, y todo vuelve a ser como en los viejos tiempos.

Me acuclillo frente a ellas, junto a la tumba de mi abuelo; luego recojo dos piedrecitas del sendero y las froto entre los dedos.

—¿Cómo sabías que estábamos aquí? —pregunta Maude.

Me encojo de hombros.

—Sabía que vendríais las dos. Se ha muerto el Rey, ¿no es eso?

—Larga vida al Rey —dicen juntas, y luego se sonríen.

—¿No es una pena? —dice Livy—. Si mamá da a luz un niño tendrá que ponerle George. No me gusta tanto como Edward. Le hubiera llamado Teddy. Georgie me gusta mucho menos.

Maude ríe.

—Echaba de menos esos comentarios tuyos tan frívolos.

—Chitón —replica Livy.

—Simon, he visto a tu padre hace un momento —dice Maude de repente.

Dejo caer las piedrecitas.

—¿Qué le ha pasado? —me pregunta con voz muy dulce.

—Un accidente.

Maude no dice nada.

—Quedó enterrado. Lo sacamos, pero... —vuelvo a encogerme de hombros.

—Lo siento —susurra Maude.

—Y yo —añade Livy.

—Tengo algo que preguntarte —le digo a Livy.

Me mira fijamente. Apuesto a que está pensando en aquel beso en el fondo de la fosa, hace años. Pero no es eso lo que le voy a preguntar.

—Sabes que he marcado todas las tumbas que hay aquí. Todas las del prado, al menos es lo que creo. Excepto la tuya —muevo la cabeza hacia el ángel de los Waterhouse—. Me dijiste que no, hace muchos años, al morir la Reina. De manera que no lo hice. Pero quiero hacerlo ahora. Por Ivy May. Para recordar que está ahí.

—¿Cómo? ¿Para recordar que ya sólo quedan sus huesos? ¡Qué cosa tan espantosa!

—No, no; no es eso. Es para recordaros que todavía está ahí. Parte se pudre, claro, pero sus huesos seguirán ahí durante siglos. Más que esas piedras, incluso, apuesto cualquier cosa. Más que mis marcas. Eso es lo que importa, no la sepultura y lo que pones en ella.

Maude me mira con una expresión curiosa, y veo que en todos estos años tampoco ha entendido mi calavera con las tibias, pese a ser más lista que Livy.

Se callan durante un minuto. Luego Livy dice:

—De acuerdo.

Me levanto y me sitúo detrás del pedestal con la navaja. Mientras estoy allí, grabando mi marca, se ponen otra vez a hablar.

—Me da igual que Simon marque el ángel —dice Livy—. Nunca he vuelto a sentir lo mismo desde que se cayó. Siempre espero que se caiga de nuevo. Y sigo viendo las roturas en la nariz y en el cuello.

—A mí nunca me ha gustado nuestra sepultura —dice Maude—. La miro y no hay nada en ella que me haga pensar en mamá, aunque esté su nombre. ¿Sabías que quiso que la incinerasen?

—¡Cómo! ¿Y que la pusieran en el columbario? —Livy parece horrorizada.

—No; quería que se esparcieran sus cenizas donde crecen flores. Eso es lo que dijo. Pero papá no quiso hacerlo.

—No me extraña.

—Siempre me ha parecido mal que la enterrásemos aquí, pero no se puede hacer nada. La vida sigue adelante, como tú dices.

Termino la marca y cierro la navaja. Me alegro de haberlo hecho, como si por fin me hubiera rascado un picor en la espalda. Se lo debía a Ivy May desde hace mucho tiempo. Al salir les hago una inclinación de cabeza.

—Tengo que volver al trabajo. Joe estará preguntándose dónde me he metido —me callo durante un minuto—. ¿Volveréis las dos a verme, no es eso?

—Por supuesto —dicen.

No sé por qué lo he preguntado, porque conozco la respuesta, y no es la que han dado. Están creciendo y ya no juegan en el cementerio. Maude lleva el pelo recogido y cada día se parece más a su madre; y Livy...; bueno, Livy es Livy. Se casará a los dieciocho con un militar, supongo.

Tiendo la mano a Maude. Se sorprende pero la acepta.

—Adiós —digo. Sabe por qué lo estoy haciendo: también ella sabe la verdadera respuesta. De repente se acerca a mí y me besa en la mejilla, que está bastante sucia. Livy se pone en pie de un salto y me besa la otra. Se ríen y luego se cogen del brazo y echan a andar juntas por el camino hacia la entrada.

Se me ha ocurrido una idea detrás de la tumba de Ivy May. Escuchar a Maude me ha hecho pensar en la sepultura de su mamá, y cómo mi padre quedó enterrado en ella. Siempre he pensado que quizá fue una señal de que la señora C. no quería que la enterrasen allí. A veces me parece que el señor Jackson es de la misma opinión. Su expresión mientras bajaban el féretro fue como si le removieran un cuchillo dentro de la tripa.

Bajo a ver al señor Jackson. Está en la oficina, reunido con una familia para hablar de un entierro, de manera que espero en el patio. Una hilera de hombres empuja otras tantas carretillas hacia el vertedero. Este sitio no se detiene ni para un rey.

Cuando el señor Jackson despide a sus visitantes me aclaro la garganta.

—¿Puedo hablar con usted un momento, jefe? —digo.

—¿De qué se trata, Simon?

—Algo que tengo que decirle a solas. Lejos de todo el mundo —señalo con la cabeza a las carretillas.

Me mira sorprendido, pero me hace pasar al interior de su despacho y cierra la puerta. Se sienta detrás del escritorio y empieza a alisar el registro en el que estaba escribiendo, apuntando el próximo entierro: fecha y hora, lugar, profundidad y monumento.

Se ha portado bien conmigo, el señor Jackson. Nunca se queja de que mi padre no cave. Le paga incluso lo mismo que siempre, y nos da más tiempo a Joe y a mí para terminar. Algunos de los otros sepultureros no lo ven con buenos ojos, pero el señor Jackson los hace callar. A veces miran a mi padre y los veo estremecerse. «Dios misericordioso», susurran. «Podríamos haber sido nosotros.» No hablan mucho con Joe y conmigo. Como si estuviéramos malditos. Bueno; tendrán que soportarme. No me voy a ir a ningún otro sitio, por lo que veo. Excepto si hay guerra, tal como el señor Jackson dice a veces que podría haber. Necesitarán sepultureros.

—¿Qué querías, Simon? —dice el señor Jackson. Le preocupa lo que le pueda decir, y se pregunta si le reservo más sorpresas. Todavía me avergüenza lo que se me escapó sobre el bebé de Kitty.

No es fácil explicarlo.

—He estado en la tumba de los Coleman —digo por fin—. Maude y Livy estaban allí.

El señor Jackson deja de mover el registro y pone las manos sobre el escritorio.

—Maude contaba cómo su madre quería que la quemaran..., que la incinerasen. Y cómo ahora mira a la tumba y no hay nada de su madre, excepto el nombre.

—¿Es eso lo que ha dicho?

—Eso mismo. Y estaba pensando...

—Has pensado demasiado.

Casi no me atrevo a seguir, de tan abatido como suena. Pero hay algo acerca de Kitty Coleman que todavía nos une a los dos.

—Creo que deberíamos hacer algo —digo.

El señor Jackson mira hacia la puerta como temiendo que pueda entrar alguien. Se pone en pie y echa la llave.

—¿Qué quieres decir? —pregunta.

Entonces le cuento mi idea.

No dice nada durante un rato. Sólo se mira las manos que descansan sobre el escritorio. Luego las cierra y las convierte en puños.

—Los huesos son los que plantean el problema —dice—. Necesitamos un fuego que esté a mucha temperatura durante el tiempo suficiente. Carbón especial, quizá —se detiene.

Yo no digo nada.

—Puede que requiera algún tiempo organizarlo.

Digo que sí con la cabeza. Tenemos tiempo. Sé exactamente cuándo habrá que hacerlo: cuando todo el mundo esté mirando hacia otro sitio.

GERTRUDE WATERHOUSE

Cuando Livy entró no le dije una palabra sobre el vestido azul. No me había dado cuenta de que lo llevaba por la mañana. Aunque me sorprendió, conseguí ocultarlo parloteando sobre el bebé. Espero al menos que se ponga de negro el día del funeral por el Rey. Dicen que se fijará para dentro de quince días.

Pero, pensándolo bien, casi es mejor que Livy haya preferido el azul. Creo que en este momento no sería capaz de enfrentarme con el drama que es origen del luto. A mi querida Ivy May le habría horrorizado ver cómo su hermana se dedica a ella como nunca lo hizo cuando vivía.

La echo mucho de menos. Ese vacío nunca se colma, como tampoco el sentimiento de culpa, aunque por fin he conseguido perdonarme.

Quizás esté siendo injusta con Livy. Ha madurado mucho durante este último año. Y asegura haber hecho las paces con Maude. Me alegro. Esas chicas se necesitan, sucediera lo que sucediese en el pasado.

—¿Sabes, mamá —decía Livy hace un momento—, que los Coleman han instalado la electricidad? Maude dice que es maravilloso. Creo, de verdad, que deberíamos hacer lo mismo.

Pero no estaba escuchando. Había sentido algo dentro de mí que no era una patada. Empezaba.

ALBERT WATERHOUSE

Confieso haberme tomado unas cuantas. Con los brindis por la salud de Trudy, la desaparición del Rey y la salud de su sucesor, las jarras de cerveza se han ido sumando. Y estaba allí desde media tarde, cuando Trudy empezó con el parto. Para cuando se presentó Richard me encontraba ya en un estado de moderada embriaguez.

No pareció darse cuenta. Me invitó a otra jarra cuando oyó que Trudy estaba en cama, y habló del críquet y de qué partidos se suspenderían en razón de la muerte del Rey.

Luego me preguntó algo curioso. El hecho es que todavía no sé si lo dijo o si eran las jarras de cerveza hablándome al oído.

—Maude quiere ir a la universidad —me anunció.

—¿Cómo has dicho?

—Ha venido a hablar conmigo y ha dicho que quiere ir a un internado donde la prepararán para los exámenes de ingreso en Cambridge. ¿Qué crees que debería hacer?

Casi me eché a reír: Richard siempre tiene problemas con las mujeres de su familia. Pero, por otra parte, con esas Coleman puede suceder cualquier cosa. Me acordé de Kitty colgada de mi brazo aquella vez que la llevé a casa, y de sus tobillos en la bicicleta, esbeltos y encantadores bajo la falda, y no me pude reír. Quería llorar. Examiné la espuma de mi cerveza.

—Déjala —dije.

Precisamente entonces nuestra asistenta entró corriendo para decirme que tengo un hijo varón.

—¡Dios sea loado! —grité; y procedí a pagar una ronda a todo el bar.

RICHARD COLEMAN

Maude ha estado conmigo en el jardín mientras me fumaba un cigarrillo. Luego la señora Baker la ha llamado, ha entrado en la casa y me ha dejado solo. He contemplado el humo que formaba espirales entre mis dedos y he pensado: la echaré de menos cuando se vaya.

DOROTHY BAKER

No debería haber esperado tanto para pedir a la señorita Maude que interviniera. Pero yo no tenía por qué saber lo que pasaba, ¿no es cierto? Trato de ocuparme de mis asuntos. Y no podía decir nada cuando su abuela llevaba la casa. Esa apoplejía ha sido una gran bendición. He visto cómo la señorita Maude florecía una vez que a su abuela le cerraron la boca.

No dije nada inmediatamente después del derrame: habría parecido feo ir contra una mujer después de una cosa así. Pero el otro día me devolvieron una carta mía para Jenny diciendo: «se ha marchado». Por supuesto la habían abierto y se habían quedado con las monedas. He estado enviándole algún chelín suelto cuando me ha sido posible, tratando de ayudarla a sobrevivir. Sabía que estaban muy cerca del desastre, ella, su madre y Jack. Parece ahora que ya no podían pagar el alquiler.

Más tarde, cuando estaba preparando los menús de la semana con la señorita Maude, decidí que tenía que decir algo. Quizá debiera haberlo dicho quitándole importancia, pero no es mi manera de ser. Terminamos, cerré el libro y dije:

—Hay algo que no va bien con Jenny.

La señorita Maude se irguió en la silla.

—¿Qué sucede? —no hablamos nunca de Jenny, de manera que era una sorpresa para ella.

—Me han devuelto una carta: Jenny y su madre se han mudado.

—Eso no significa que suceda nada malo. Quizá se hayan mudado a algún sitio... mejor.

—Me lo hubiera dicho. Y no dispone de dinero para alquilar nada mejor —nunca le había dicho lo mal que le iban las cosas—. El hecho es que Jenny tiene muchos problemas desde que su abuela de usted la despidió sin darle referencias.

—¿Sin referencias? —lo repitió como si no entendiera.

—Sin referencias no se consiguen empleos de doncella. Ha estado trabajando en un bar, y su madre lava en casa. Apenas ganan un chelín entre las dos.

Empezaba a horrorizarse. Todavía vive en la inocencia sobre muchas de las cosas del mundo. No me atreví a decirle a qué puede llevar el trabajo en un bar.

Fue entonces cuando me sorprendió ella a mí.

—¿Cómo es posible criar a un hijo con eso?

No tenía seguridad hasta entonces de que supiera que Jack es hijo de Jenny. Pero lo dijo con tranquilidad, como si no la estuviera juzgando.

Me encogí de hombros.

—Tenemos que encontrarla —dijo—. Es lo menos que podemos hacer.

—¿Cómo? Londres es una ciudad muy grande: podría estar en cualquier sitio. Los vecinos le habrían dado la nueva dirección al cartero si la supieran.

—Simon la encontrará —afirmó—. La conoce. La encontrará.

Iba a decir algo, pero la señorita Maude tenía tanta confianza en el chico que me faltó corazón para quitarle la esperanza.

—Supongamos que sí la encuentra —dije—. ¿Qué hacemos entonces? No podemos traerla aquí, con la nueva doncella haciendo bien su trabajo. No sería justo.

—Yo misma daré referencias de la nueva doncella.

Es sorprendente lo deprisa que puede crecer una muchacha cuando se pone a ello.

SIMON FIELD

Cuando Maude me dice que encuentre a Jenny no pregunto el porqué. A veces no necesito saberlo. Y no me resulta difícil encontrarla: resulta que ha ido a ver a mi madre, que me dice donde está. Cuando llego, ella, su madre y Jack están en un cuarto diminuto sin un mendrugo que llevarse a la boca. Jenny se ha gastado el dinero que tenía en pagar a mi madre.

Los llevo a un café para que coman: Maude me ha dado dinero. El chico y su abuela comen todo lo que se les pone delante, pero Jenny escoge. Tiene la cara gris.

—No me encuentro bien —dice.

—Eso se te pasará —le explico, que es lo que mi madre siempre dice después de que una mujer haya ido a verla. Hace pocos años Jenny no quería saber nada de lo que mi madre hace a las mujeres, pero ahora las cosas han cambiado. Sabe lo que es tener un hijo que no come lo suficiente. Eso cambia las ideas de cualquiera sobre traer al mundo otra boca que no puedes alimentar.

No digo nada, sin embargo. Jenny no me necesita a mí para recordarle cómo cambian las cosas. Me callo la boca y consigo que tome un poco de sopa.

Me parece que la he pillado justo a tiempo.

LAVINIA WATERHOUSE

Bueno. La verdad es que no sé. De verdad, no sé qué pensar. Maude ha dicho con frecuencia que debo intentar ser más tolerante, e imagino que ésta es una buena ocasión. Pero es muy difícil. Ahora son dos los secretos que no puedo revelarle.

Acabo de regresar del cementerio, claro. Parece que nuestra vida gira a su alrededor. Había ido por mi cuenta a visitar nuestra sepultura. Quería hacerlo, precisamente antes del funeral por el Rey. Mamá, como es lógico, no podía venir porque todavía guarda cama, con Georgie a su lado. Cuando me marché estaban los dos dormidos, lo que me parece bien porque por otra parte no quería dejarla sola. Elizabeth está en casa, pero no le dejo coger a Georgie; estoy segura de que lo dejaría caer de cabeza. Papá ha ido a trabajar, aunque dice que ha sido una semana tranquila y más bien aburrida, todo el mundo con caras largas y sin dar golpe, en espera de que el Rey descanse definitivamente.

Podría haberle pedido a Maude que viniera conmigo, pero ayer pasamos todo el día juntas, haciendo cola en Whitehall para ver al Rey en su capilla ardiente, y me he sentido bastante feliz sola.

He depositado un ramillete nuevo para Ivy May en nuestra sepultura y he quitado las malas hierbas, también alrededor de la tumba de los Coleman, porque estaba necesitada de atención. Los Coleman pueden ser bastante descuidados. Y después me he quedado un rato sentada. La tarde era preciosa, soleada, tranquila. Sentía incluso crecer a mi alrededor la hierba, las flores y los árboles. Pensaba en el nuevo Rey, Jorge V. Incluso lo he dicho en voz alta unas cuantas veces. Es más fácil aceptarlo ahora que tengo un hermano que se llama como él.

Luego he tenido la idea de visitar a todos los ángeles. Empecé con el nuestro, por supuesto, y a continuación eché a andar y los fui contando. Hay muchos más de treinta y uno ahora, pero sólo iba buscando los más antiguos, los de mi infancia. Era como saludar a viejos amigos. Localicé treinta, pero, por más que me esforcé, no encontré el treinta y uno. Había llegado ya muy dentro del cementerio, al extremo noroeste, buscando todavía, cuando oí sonar la campana para el cierre. Recordé entonces que me había olvidado del ángel dormido, y bajé corriendo la Egyptian Avenue. Sólo después de verlo, descansando sobre el costado y con las alas bien recogidas, sentí que me podía marchar.

Me dirigí deprisa hacia la entrada. Era de verdad muy tarde: no se veía a nadie, y temí que la puerta principal pudiera estar cerrada. De todos modos, corrí hacia el prado, sólo un momento, para despedirme de Ivy May.

¡Y allí me encontré a Simon, a Joe y al señor Jackson que apalancaban la losa de granito que cubre la sepultura de los Coleman! Me asusté tanto que me quedé con la boca abierta. Por un espantoso momento creí que también había perdido a Maude. Luego Simon me vio y dejó caer la laya, y también se detuvieron Joe y el señor Jackson. Los tres parecían tan culpables que supe que algo no estaba bien.

—¿Qué hacen, por el amor de Dios? —exclamé.

Simon miró de reojo al señor Jackson y luego dijo:

—Livy, ven a sentarte un momento —me señaló el pie de mi ángel. Lo hice con desconfianza; nunca he vuelto a fiarme de él desde que se cayó.

Simon me lo explicó todo. Al principio fui incapaz de articular palabra. Pero cuando recobré el aliento dije:

—Es mi deber de cristiana recordarte que lo que estáis haciendo es al mismo tiempo ilegal e inmoral.

—Lo sabemos —me respondió el muy descarado: ¡y lo dijo casi con regocijo!

—Es lo que ella quería —dijo el señor Jackson en voz muy baja.

Me quedé mirándolo. Podía hacer que perdiera su puesto y lo mismo en el caso de Simon. Si se lo contaba a la policía, arruinaría su vida, y la de Simon, y disgustaría terriblemente a Maude y a su padre. Estaba en mi mano.

Pero eso no nos devolvería a Ivy May.

Me miraban asustados, como si supieran lo que estaba pensando.

—¿Se lo van a contar a Maude? —pregunté.

—En el momento adecuado —dijo el señor Jackson.

Les hice esperar un poco más. No se oía ningún ruido en el cementerio, como si todas las tumbas estuvieran esperando mi respuesta.

—No se lo contaré a nadie —dije por fin.

—¿Estás segura, Livy? —me preguntó Simon.

—¿Crees que no sé guardar un secreto? No le he contado a Maude lo que le pasó a su madre, ya sabes, acerca del bebé. He guardado ese secreto.

El señor Jackson se sobresaltó y se puso colorado. Lo miré y, después de años de no acabar de resolver el rompecabezas, por fin le dejé que ocupara su sitio al lado de Kitty. Con gran sorpresa por mi parte, me dio pena de él.

Otro secreto. Pero no lo contaré. Los dejé con su espantosa tarea y corrí a casa, procurando no pensar en ello. No fue difícil: una vez que entré y tuve a mi hermanito en brazos, descubrí que era muy fácil olvidarlo todo excepto la ternura que me inspira su rostro.

MAUDE COLEMAN

Fue bastante después de medianoche cuando papá y yo llegamos a la cima de Parliament Hill. Habíamos ido al nuevo observatorio de la Sociedad Científica de Hampstead, situado junto a Whitestone Pond para ver el cometa Halley y estábamos atravesando The Heath para volver a casa.

Había sido una observación decepcionante: la luna en cuarto creciente brillaba de tal manera que el cometa apenas se distinguía, aunque su larga cola curva siguiese resultando espectacular. Pero a papá le encanta el observatorio —luchó muchísimo para conseguir que lo construyeran— y no quise estropearle la velada quejándome de la luna. Era una de las pocas damas presentes y procuré pasar inadvertida.

Ahora, sin embargo, con la luna más baja en el cielo, el cometa resultaba más visible y me sentí más a gusto que en la cúpula, con su estrecha franja de cielo, abarrotada de señores que bebían brandy y fumaban puros. Aún había mucha gente en lo alto de la colina, contemplando el cometa. Alguien tocaba incluso *Un poquito de lo que te apetece* con un acordeón, si bien nadie bailaba: al Rey iban a enterrarlo al cabo de unas horas, después de todo. Era extraño que el cometa estuviera en el cielo la noche anterior al funeral. Una de esas cosas a las que Lavinia daría mucha importancia, pero de la que yo sabía que no era más que una coincidencia, y que con frecuencia las coincidencias se pueden explicar.

—Vamos, Maude, volvamos a casa —dijo papá, tirando la colilla en la hierba.

Percibí un resplandor con el rabillo del ojo. Miré hacia la colina siguiente en dirección a Highgate y vi una fogata enorme que iluminaba todos los árboles a su alrededor. Entre las ramas que parecían danzar me pareció ver el cedro del Líbano del cementerio.

Aquel fuego no era, por supuesto, una coincidencia: probablemente alguien lo había encendido en honor del Rey. Sonreí. Me encanta el fuego. Sentí casi como si también lo hubieran encendido para mí.

Papá desapareció en la oscuridad colina abajo, pero me quedé allí un poquito más, mirando sucesivamente al cometa y a las llamas.

SIMON FIELD

Lleva mucho tiempo. Nos hace falta toda la noche. El señor Jackson tenía razón acerca de los huesos.

Después, cuando está saliendo el sol, buscamos algunos cubos y los llenamos a medias con arena. Mezclamos las cenizas con la arena y las esparcimos por el prado. El señor Jackson planea dejar que crezcan allí flores silvestres, como ella quería. Supondrá un cambio en lugar de todos los arriates y senderos bien rastrillados que hay ahora.

Me queda un poquito en uno de los cubos y voy al rosal del abuelo y lo echo allí. De esa manera sabré con seguridad dónde hay algo de ella, si alguna vez Maude quiere saberlo. Además, la harina de huesos es buena para las rosas.

Nota de agradecimiento

La nota de agradecimiento es la única sección de una novela que descubre la voz «normal» de un autor. El resultado es que siempre las leo buscando pistas que arrojen luz sobre los escritores, sus métodos de trabajo y sus vidas, así como sobre sus conexiones con el mundo real. Sospecho que algunas de ellas están codificadas. Lamentablemente, sin embargo, ésta no tiene significados ocultos: sólo es una voz cotidiana que quiere manifestar su gratitud por la ayuda recibida de distintas formas.

A veces me pregunto si las notas de agradecimiento son en realidad necesarias o si rompen la ilusión de que los libros surgen completamente formados de la cabeza del escritor. Los libros, en cualquier caso, no salen de la nada. Otros libros y otras personas contribuyen a ellos de todas las maneras imaginables. He utilizado muchos libros para la confección de éste. Los que más me han ayudado han sido *The Victorian Celebration of Death* [El ceremonial victoriano en relación con la muerte] de James Steven Curl (2000); *Death in the Victorian Family* [La muerte en la familia de la época victoriana] de Pat Jalland (1996); *Death, Heaven and the Victorians* [La muerte, el paraíso y los victorianos] de John Morley (1971) y, mi favorito, *On the Laying Out, Planting, and Managing of Cemeteries, and on the Improvement of Churchyards* [Sobre el diseño, establecimiento y administración de cementerios, y sobre la mejora de camposantos] de J. C. Loudon (1843).

El novelista tiene el privilegio de inventar lo que quiera, incluso cuando en su relato aparecen personas y lugares reales. El cementerio descrito en este libro es el resultado de muchas cosas verdaderas y una considerable parte de ficción: detalles concretos y vuelos de la imaginación entretejidos, sin que haya necesidad alguna de separarlos. Si bien existe un cementerio en el sitio donde tiene lugar el presente libro, no he tratado de recrearlo con total exactitud; se trata más bien de un estado de ánimo, poblado de personajes de ficción, sin pretensión alguna de trazar parecidos.

De manera similar, he jugado con unos cuantos detalles de la historia de las sufragistas con el fin de incorporarlas a mi relato. Me he tomado la libertad de poner en boca de Emmeline Pankhurst palabras que nunca dijo en realidad, pero espero haber conservado el espíritu de sus numerosos discursos. Por añadidura, Juana de Arco y Robin de los Bosques aparecieron en un desfile, con la vestimenta que he descrito, pero no fue en la manifestación de Hyde Park. Gail Cameron, de la Suffragette Fellowship

Collection del Museo de Londres me fue de gran ayuda a la hora de recabar información.

Finalmente, gracias también a mi cuarteto de colaboradoras —Carole Baron, Jonny Geller, Deborah Schneider y Susan Watt— que supieron permanecer firmes cuando yo me tambaleaba.

Este libro
se terminó de imprimir
en los Talleres Gráficos
de Huertas, S. A.
Fuenlabrada, Madrid (España)
en el mes de mayo de 2002